M.H.B. BERTSCHIK

Fuhlsbütteler Blutjuwelen

TÖDLICHE JUWELEN Carlotta Birkmeier, Inhaberin eines Juweliergeschäftes im Hamburger Stadtteil Fuhlsbüttel, vermisst ihren 18-jährigen Bruder Sascha. Während Fuchs, seines Zeichens lizenzierter Privatermittler und Frauenschwarm, sich auf die Suche nach dem Verschwundenen macht, wird Carlottas Schmuckladen ausgeraubt. Als sie die beiden Einbrecher überrascht, wird einer der Räuber von einer verirrten Kugel getroffen. Voller Entsetzen entdeckt Carlotta, dass es sich bei dem Verletzten um ihren vermissten Bruder handelt. Fuchs ermittelt im Freundeskreis des jungen Mannes, während die ebenso hübsche wie ehrgeizige Kriminalkommissarin Julie Sommer den Juwelenraub aufzuklären versucht. Dabei geraten der Detektiv und die Polizistin ständig aneinander. Dann geschieht ein Mord – und in der Blutlache findet Fuchs einen Diamanten …

M. H. B. Bertschik, geboren 1951, studierte Kunst, Germanistik und Pädagogik und war Gymnasiallehrerin, bevor sie 2014 nach einem zusätzlichen Studium mit dem Schreiben begann. Ohne sich auf ein bestimmtes Genre festzulegen, veröffentlichte sie bisher Kurzgeschichten, Krimis sowie Romane, die sich nicht in eindeutige Rubriken einordnen lassen. Sie ist verheiratet, Mutter zweier erwachsener Söhne und lebt im Oldenburger Münsterland.

Weitere Informationen unter: www.autorin-margarete-bertschik.de

M.H.B. BERTSCHIK

Fuhlsbütteler Blutjuwelen

KRIMINALROMAN

GMEINER

Immer informiert

Spannung pur – mit unserem Newsletter informieren wir Sie regelmäßig über Wissenswertes aus unserer Bücherwelt.

Gefällt mir!

Facebook: @Gmeiner.Verlag
Instagram: @gmeinerverlag
Twitter: @GmeinerVerlag

MIX
Papier aus verantwortungsvollen Quellen
FSC® C083411
FSC
www.fsc.org

Besuchen Sie uns im Internet:
www.gmeiner-verlag.de

Im Ehnried 5, 88605 Meßkirch
Telefon 07575/2095-0
info@gmeiner-verlag.de

1. Auflage 2022

Lektorat: Claudia Senghaas, Kirchardt
Herstellung: Mirjam Hecht
Umschlaggestaltung: U.O.R.G. Lutz Eberle, Stuttgart
unter Verwendung eines Fotos von: © Piman Khrutmuang / stock.adobe.com
Druck: CPI books GmbH, Leck
Printed in Germany
ISBN 978-3-8392-0135-0

Personen und Handlung sind frei erfunden.
Ähnlichkeiten mit lebenden oder toten Personen
sind rein zufällig und nicht beabsichtigt.

DIENSTAG, 18. JUNI 2019

1. KAPITEL

»Leider habe ich keine guten Nachrichten für Sie, Frau Gutmann-Frost. Ihr Verdacht hat sich durch meine Recherchen voll und ganz bestätigt.«

Fuchs, seines Zeichens lizenzierter Privatermittler, reichte der Frau, die ihm in seinem winzigen Büro gegenübersaß, einen großen braunen Umschlag. Frau Gutmann-Frost öffnete das Kuvert und entnahm ihm einen Stapel großformatiger Farbfotos. Während sie die Bilder der Reihe nach betrachtete, nahm ihr Gesicht, das sicher einmal sehr hübsch gewesen war, einen verbitterten Ausdruck an. Sie presste die rot geschminkten Lippen aufeinander, sodass sie einen schmalen Spalt bildeten, und hatte offensichtlich Mühe, die Tränen zurückzuhalten. Fuchs konnte sich eines Anflugs von Mitleid mit seiner Mandantin nicht erwehren. Die Fotos, die Doktor Gisbert Frost, Filialleiter der größten Bank in diesem Stadtviertel Hamburgs, mit einer Unbekannten zeigten, die unübersehbar wesentlich jünger war als er, ließen an Deutlichkeit nichts zu wünschen übrig. Es hatte Fuchs einige Mühe und eine große Portion Geduld gekostet, das Pärchen in möglichst eindeutigen Situationen unbemerkt abzulichten.

Frau Gutmann-Frost fasste sich schnell. Sie schob mit einer aggressiven Handbewegung die Bilder zurück in den Umschlag und straffte die Schultern. Entschlossen öffnete sie ihre Designerhandtasche und entnahm ihr ein Portemonnaie, das optisch genau zur Handtasche passte.

»Was bin ich Ihnen schuldig?«, fragte sie. »Es ist Ihnen doch recht, wenn ich bar bezahle?«

»Absolut«, beeilte sich Fuchs angesichts seiner notorisch leeren Haushaltskasse zu beteuern, »wie es Ihnen lieber ist.«

Seit er aus Amerika zurück war – er hatte nach seinem nicht ganz freiwilligen Ausscheiden aus dem Polizeidienst und dem Tod seiner Eltern eine mehrjährige Motorradreise durch Nordamerika gemacht, ohne daran zu denken, wie seine weitere Zukunft aussehen sollte – versuchte Fuchs, sich als Privatdetektiv durchzuschlagen. Was nicht ganz einfach war, wie er schnell bemerkt hatte. Zwar stellte er als 35-jähriger Single keine allzu großen Ansprüche, dennoch wollten die laufenden Kosten wie Miete, Lebensmittel, Kleidung und nicht zuletzt der Unterhalt seiner geliebten Honda CB 1100RS erst einmal erwirtschaftet werden. Deshalb war er über jeden Auftrag, den er ergattern konnte, heilfroh, auch wenn es sich, wie bei dem Fall Gutmann-Frost, um eine simple Betrugsgeschichte handelte.

Er reichte seiner Mandantin einen Bogen Papier mit seiner Honorarabrechnung. »Ich habe die Kosten hier aufgelistet, wenn Sie einmal schauen wollen?«

Frau Gutmann-Frost warf einen Blick darauf, zählte

ohne mit der Wimper zu zucken den gesamten Betrag, immerhin 680 Euro für fast drei Tage Observierung, aus einem Bündel Scheine ab und legte das Geld auf den Schreibtisch.

»Vielen Dank für Ihre Arbeit, Herr Fuchs«, sagte sie und stand auf. Sie reichte dem Detektiv die Hand. »Die Scheidung wird das Arschloch teuer zu stehen kommen«, fügte sie hinzu. Darauf wusste Fuchs nichts zu antworten. Wortlos begleitete er die Frau zur Tür und verabschiedete sich mit einem verständnisvollen Händedruck.

Zurück am Schreibtisch, nahm er mit einem breiten Grinsen die Geldscheine in die Hand, fächerte sie auf und wedelte sich mit ihnen Luft zu. »Hmmm, dieser Duft! Es geht doch nichts über den Geruch von frischem Geld, was meinst du, Lady?«, sagte er zu der braun-weiß getigerten Katze, die in diesem Moment durch die nur angelehnte Tür zu Fuchs' Wohnung hereinstolziert kam. Lady ließ ein zufriedenes Maunzen hören, während sie einen Buckel machte und dann alle vier Pfoten wohlig von sich streckte. Offensichtlich war sie gerade von einem Schläfchen erwacht und nun zum Spielen aufgelegt.

»Endlich sind wir wieder flüssig, meine Schöne, schau nur, so viel Geld!«

Lady drückte sich an seine Beine und miaute zustimmend. »Das müssen wir feiern«, entschied Fuchs. Er nahm die Katze hoch und ging mit ihr durch das angrenzende Wohnzimmer in die kleine Küchennische zum Kühlschrank. »Jetzt gibt es ein feines Leckerli für dich, meine Liebe, und für dein fleißiges Herrchen einen schönen Pudding.«

Er öffnete den Kühlschrank. »Verdammt!«, fluchte er.

Seine eben noch gute Laune löste sich schlagartig in Luft auf. Kein einziger Pudding mehr da! Wann hatte er den letzten gegessen? Jetzt erinnerte er sich: Zum Frühstück hatte er bemerkt, dass außer einem traurigen Rest von der Pizza vom Vorabend nur noch eine halb volle Packung Margarine und eine trockene Scheibe Edamerkäse ihr jämmerliches Dasein im Kühlschrank fristeten. Deshalb hatte er die drei letzten Portionen seiner Lieblingsspeise verputzt. Dabei achtete er eigentlich sehr darauf, dass er immer einen ausreichenden Vorrat des Vanillepuddings besaß. Er kochte ihn selbst nach dem Rezept seiner verstorbenen Mutter, jeweils eine riesige Portion, die er dann auf kleine Schälchen verteilte und gekühlt aufbewahrte. Fuchs war sich bewusst, dass er süchtig nach dem Pudding war, so wie andere nach Alkohol oder Zigaretten. Sie waren seine Belohnung, wenn er einen Fall erfolgreich abgeschlossen hatte, sein Trost, wenn die Aufträge tagelang ausblieben und überhaupt die Voraussetzung dafür, dass es ihm gut ging. Nur gut, dass er die Kalorien der köstlichen Süßspeise beim wöchentlichen Judo- und Karatetraining und im Fitnessstudio gleich wieder abtrainierte, andernfalls würde er sicher schon einen ansehnlichen Bauch mit sich herumschleppen.

»Erinnere mich daran, dass wir einkaufen gehen, Lady, ich brauche unbedingt was Anständiges zu essen«, sagte er zu der Katze, die ihn mit ihren unergründlichen grünen Augen ansah, »und vor allem daran, dass ich heute Abend Pudding koche!« Er nahm die Dose mit dem Katzenfutter aus dem Küchenschrank, öffnete sie und schüttete den Inhalt in das Futterschälchen, das auf der Küchenspüle bereitstand. Dann füllte er eine weitere Schale mit frischem Wasser und trug beides in die Katzenecke im

Wohnzimmer, in der neben Ladys Schlafpolster ihr Kratzbaum und die Katzentoilette ihren Platz hatten. »Du hast es gut«, murmelte Fuchs missmutig, während Lady leise miauend um seine Beine strich und sich erwartungsvoll ihr Schnäuzchen leckte. »Du hast jemanden, der für dich sorgt.«

Die Türklingel ertönte, und Fuchs kehrte eilig in sein Büro zurück.

Sollte seine berufliche Glückssträhne etwa ausnahmsweise einmal anhalten und ein neuer Mandant vor der Tür stehen? Auf dem Weg zur Eingangstür warf er einen flüchtigen Blick in den Garderobenspiegel. Grob fuhr er sich mit beiden Händen durch sein welliges schwarzes Haar, das danach aber um keinen Deut ordentlicher aussah als vorher. Es wurde höchste Zeit, dass er wieder einmal zum Friseur ging. Was soll's, dachte er. Er grinste sein Spiegelbild an, zog sein T-Shirt zurecht und öffnete die Tür.

Eine junge Frau stand vor ihm.

Fuchs erfasste mit geübtem Blick die schlanke, hochgewachsene Gestalt, das schicke, wie angegossen sitzende Sommerkostüm, den erlesenen Designerschmuck an dem zarten Hals und am Handgelenk. Sein Blick blieb an den dicht bewimperten nussbraunen Augen hängen, die ihn aus dem schmalen Gesicht misstrauisch ansahen. Hübsch, dachte er, kultiviert. Aber nervös und offensichtlich besorgt.

Die Besucherin trat von einem Fuß auf den anderen und schaute sich nach allen Seiten um, als sei sie nicht sicher, am richtigen Ort zu sein. Fuchs wurde sich schlagartig der Bescheidenheit des roten Ziegelsteingebäudes aus den 60er-Jahren an der Alsterkrugchaussee bewusst, in dem sich sein Büro befand. Dabei wusste er, dass er froh sein konnte, in Hamburg überhaupt eine bezahlbare Wohnung gefunden zu haben. Die Nähe des Flughafens, der sich mit den ständigen geräuschvollen Überflügen der startenden und landenden Flugzeuge bemerkbar machte, und der Justizvollzugsanstalt sowie des riesigen Ohlsdorfer Friedhofes sorgte dafür, dass die Immobilienpreise sich hier im nördlichen Stadtgebiet Fuhlsbüttel, das weiß Gott nicht als das schönste der Hansestadt bezeichnet werden konnte, noch einigermaßen im Rahmen hielten.

»Guten Tag«, sagte er freundlich. »Was kann ich für Sie tun?«

»Bin ich hier richtig bei der *Privatdetektei Fuchs*?«, fragte die angehende Mandantin mit deutlichem Zweifel in der Stimme.

»Ja, das sind Sie. Mein Name ist Fuchs, Privatermittler. Darf ich Sie bitten näherzutreten?«

Mit einer einladenden Geste wies Fuchs der Besucherin den Weg durch den Hausflur in sein Büro. Sie folgte ihm zögernd und musterte skeptisch den sparsam mit Schreibtisch, Aktenschrank und Regalen sowie Laptop, Drucker, Fax und Telefon ausgestatteten Raum. Ihr Blick blieb an dem gerahmten Druck hängen, der eine fotografische Ansicht des Grand Canyon zeigte, eine Erinnerung an die Amerikajahre des Detektivs. Als sie schließlich auf dem Besuchersessel vor seinem Schreibtisch Platz nahm, schien das bescheidene, aber zweckmäßige Ambiente ihr Vertrauen in Fuchs' fachliche Kompetenz verstärkt zu haben.

Lady kam aus dem Wohnzimmer und strich um die Beine der Besucherin, was dieser ein überraschtes Lächeln entlockte. »Ihre Katze?«, fragte sie. Fuchs nickte. »Das ist Lady. Sie scheint Sie zu mögen. Darauf dürfen Sie sich etwas einbilden. Lady ist gewöhnlich sehr wählerisch.«

Wieder lächelte die junge Frau. Sie streichelte der Katze kurz über den Rücken, woraufhin Lady zufrieden war und sich trollte.

»Nun«, eröffnete Fuchs das Gespräch, »wie kann ich Ihnen helfen?«

»Entschuldigen Sie, ich habe mich noch gar nicht vorgestellt«, antwortete die Besucherin. Fuchs sah erstaunt, dass eine leichte Verlegenheitsröte in ihre Wangen stieg. Sieh mal einer an, dachte er, da ist jemand, der eine gute Kinderstube genossen hat.

»Mein Name ist Carlotta Birkmeier. Ich bin hier, weil mein Bruder vermisst wird. Ich mache mir große Sorgen um ihn.«

»Aha«, meinte Fuchs. Er nahm einen Stift und legte ein Blatt Papier vor sich auf die Schreibtischplatte, bereit, sich Notizen zu machen. »Erzählen Sie mir bitte, was geschehen ist, Frau Birkmeier.«

»Das ist es ja eben, ich weiß es nicht! Sascha, so heißt mein Bruder, ist seit zwei Nächten nicht nach Hause gekommen. In der Schule war er auch nicht. Ich habe dort angerufen.«

»Hm«, machte Fuchs, »wie alt ist Ihr Bruder?«

»18 Jahre. Letzten Monat geworden. Deshalb sagt die Polizei ja, dass sie nichts machen könne. Er sei volljährig und dürfe hingehen, wo er wolle.«

Fuchs legte den Stift wieder hin.

»Also waren Sie schon bei der Polizei, gut. Nun ja. Ein junger Mann in dem Alter bleibt schon mal ein paar Nächte von zu Hause weg. Ich denke, da sollten Sie sich keine allzu großen Sorgen machen, Frau Birkmeier.«

Er lehnte sich zurück. Das schien kein schwieriger Fall zu sein. »Was sagen denn Ihre Eltern dazu?«

Ein Schatten flog über das Gesicht der jungen Frau. »Unsere Eltern sind vor einem halben Jahr bei einem Autounfall ums Leben gekommen. Sascha und ich leben zusammen in meiner Wohnung. Ich …«, sie zögerte kurz und sprach dann weiter, »ich kümmere mich jetzt um meinen Bruder.«

Alle Achtung, dachte Fuchs, dabei ist sie ja selbst noch ein Küken.

»Darf ich fragen, wie alt Sie sind und welchen Beruf Sie ausüben, Frau Birkmeier?«

Carlotta straffte die Schultern und hob das Kinn. »Ich bin 26, also alt genug«, sagte sie trotzig, als hätte sie Fuchs' Gedanken gelesen. »Ich habe ein abgeschlossenes Kunststudium und bin Modedesignerin. Und Goldschmiedin. Ich bin selbstständig und besitze einen Juwelierladen nicht weit von hier, im Zentrum von Fuhlsbüttel. Hier«, sie zeigte auf ihren ausgesucht aparten Armreif aus geflochtenen Goldfäden, in die in großen Abständen kleine Flussperlen und Rubine eingearbeitet waren, »das habe ich selbst entworfen und angefertigt. Mein eigenes Label.« Sie warf ihre braunen Haare zurück und blickte Fuchs herausfordernd an.

»Ich bin beeindruckt, Frau Birkmeier«, sagte Fuchs und meinte es auch so. »Trotzdem: Ich glaube nicht, dass Sie sich allzu sehr um Ihren Bruder sorgen sollten. Sicher wird er bald wieder zurückkehren.«

Wahrscheinlich war der Junge bei einer ausufernden Party mit seinen Freunden versackt und hatte den gewaltigen Kater, der ihn nach dem Aufwachen irgendwann am folgenden Vormittag heimgesucht hatte, gleich wieder in Alkohol ertränkt, dachte Fuchs. Oder er hatte eine süße Tussi kennengelernt und konnte sich nicht von ihr losreißen. Sicher würde er über kurz oder lang mit schlechtem Gewissen wieder bei seiner Schwester auftauchen, und alles wäre gut. »Oder gibt es noch einen anderen Grund, weshalb Sie ihn suchen lassen wollen?«, ergänzte er, als er den zweifelnden Ausdruck auf dem Gesicht seiner Besucherin sah.

Carlotta wechselte ihre Sitzhaltung. Unruhig verschränkte sie die Hände im Schoß. »Ich weiß nicht, Herr Fuchs, vielleicht bilde ich mir das alles auch nur ein. Sascha ist in den letzten Wochen so ...«, sie suchte nach dem richtigen Wort, »... so anders geworden. Er isst nicht mehr richtig, ist nervös und fahrig, voller Unruhe, schläft kaum noch ... Wenn ich ihn darauf anspreche, reagiert er gereizt. Früher, als Kind, war er immer lustig und zu allen möglichen Späßen aufgelegt. Ich kenne ihn nicht wieder.« Hilflos hob sie die Schultern und ließ sie wieder fallen. »Ich weiß einfach nicht, was mit ihm los ist. Und jetzt ist er verschwunden ...«

Fuchs' Interesse wuchs. Offenbar hatte Carlotta noch nicht alles gesagt. »Kann es nicht sein, dass diese Veränderungen mit dem Tod Ihrer Eltern zu tun haben? Mit 17 verkraftet man einen solchen Schicksalsschlag nicht ohne Weiteres, vermute ich.« Er lehnte sich vor und sah seine Besucherin aufmerksam an.

Die junge Frau nestelte nervös am Verschluss ihrer Handtasche herum.

»Ja, natürlich. Aber ...«, Carlotta stockte und hob in einer ratlosen Geste die Hände, »... Sie müssen wissen, Herr Fuchs, ich habe meinen Bruder in den letzten Jahren nur selten gesehen. Als ich von zu Hause ausgezogen bin zum Studieren, war er erst zwölf Jahre alt. Ich bin acht Jahre älter als er; wir hatten in unserer Kindheit nicht viel miteinander zu tun.«

»Hm«, machte Fuchs. Nachdenklich musterte er die junge Frau. Er wusste nicht recht, wie er ihr Verhalten deuten sollte. »Und Sie möchten jetzt, dass ich Ihren Bruder suche und ihn zu Ihnen zurückbringe, verstehe ich Sie richtig?«

Carlotta nickte eifrig. »Ja. Ich weiß mir keinen anderen Rat mehr. Ich habe solche Angst, dass Sascha etwas zugestoßen ist. Ich hätte besser auf ihn achtgeben müssen!«

Fuchs stellte besorgt fest, dass in den Augen seines Gegenübers Tränen glitzerten. Bloß das nicht, dachte er, wenn sie bloß nicht anfängt zu weinen! Weiblichen Tränen gegenüber fühlte er sich vollkommen hilflos. Er räusperte sich.

»Also gut«, sagte er, »ich übernehme Ihren Fall. Aber dazu brauche ich noch mehr Informationen von Ihnen.«

Erleichtert richtete Carlotta sich auf. »Ja, natürlich. Was wollen Sie wissen?«

»Wann haben Sie Ihren Bruder zuletzt gesehen?«

»Warten Sie, das war vorgestern Morgen beim Frühstück. Ich hatte es eilig, in meine Werkstatt zu kommen, und habe nicht viel mit ihm geredet. Ich dachte, er würde zur Schule gehen. Aber dort war er nicht. Und auch gestern war er nicht in der Schule. Seine Tutorin sagte mir, dass er in letzter Zeit häufig gefehlt habe.«

Fuchs zückte seinen Stift, um sich Notizen zu machen. »Welche Schule ist das?«

»Die Gesamtschule hier im Stadtbezirk.«

»Wie ist der Name seiner Tutorin?«

»Warten Sie …«, Carlotta überlegte, »eine gewisse Frau Doktor Schrader. Ich kenne sie nur per Telefon. Sie schien besorgt zu sein über Saschas Verhalten.«

»Gut. Ich werde selbst mit ihr sprechen. Wer sind Saschas Freunde? Mit wem ist er häufig zusammen?«

Carlotta senkte den Blick und biss sich auf die Lippen. »Ich weiß es nicht, tut mir leid. Nach dem Tod unserer Eltern hatte ich so viel zu erledigen, ich hatte kaum Zeit, mich um Sascha zu kümmern. Die Beerdigung, der ganze Schreibkram, wissen Sie. Der Verkauf des Hauses, das Einrichten des Ladens, der Umzug in unsere Wohnung … Und Sascha war immer so in sich gekehrt, hat kaum ein Wort gesprochen …« Ihre Stimme verlor sich.

»Das war bestimmt eine schwere Zeit für Sie beide, Frau Birkmeier. Sie müssen sich keine Vorwürfe machen«, beruhigte Fuchs die junge Frau. Carlotta nickte und versuchte zu lächeln. Es misslang kläglich, sodass Fuchs den Impuls unterdrücken musste, aufzustehen und sie tröstend in die Arme zu nehmen. Wieder räusperte er sich.

»Darf ich fragen, wie Sie und Ihr Bruder finanziell gestellt sind?«

Carlotta sammelte sich. »Unsere Eltern haben mit einer Lebensversicherung für uns gesorgt. Sie waren beide Beamte im öffentlichen Dienst, mein Vater war beim Finanzamt, meine Mutter war Standesbeamtin. Unser Elternhaus war bis auf eine kleine Hypothek abbezahlt; von dem Verkaufserlös und der Lebensversicherung konnte ich mir das Designerstudio kaufen und den Laden eröffnen. Saschas Anteil ist für sein Studium bestimmt.«

»Gut«, schloss Fuchs die Befragung ab. Er schaute auf seine Armbanduhr. »Jetzt ist es gleich 18 Uhr. Ich werde damit beginnen, sämtliche Krankenhäuser in Hamburg abzutelefonieren, ob Sascha vielleicht einen Unfall hatte. Könnte ja sein, dass er ohne Bewusstsein ist und sich nicht äußern kann.«

Als er den erschrockenen Ausdruck im Gesicht seiner Mandantin sah, hob er beschwichtigend die Hand. »Was ausgesprochen unwahrscheinlich ist, keine Sorge.« Dass er seinen alten Freund und Kumpel Hannes Olthus, Polizeikommissar in der Schaltzentrale des Hamburger Landeskriminalamtes und sein heißer Draht zu inoffiziellen polizeilichen Informationen, als Erstes anrufen würde, um ihn nach einem etwaigen unbekannten Leichenfund zu befragen, verschwieg Fuchs wohlweislich. »Und dann werde ich heute Nacht in den Diskotheken und Klubs in der Umgebung nachfragen, ob jemand Ihren Bruder in den letzten Nächten gesehen hat. Danach schauen wir weiter.«

Er sah Carlotta an, wie erleichtert sie war, dass jemand sich ihrer Sorgen annahm.

»Jetzt brauche ich nur noch Ihre Adresse und Ihre Unterschrift unter diesem Vertrag hier«, fuhr der Detektiv fort. Er nahm das entsprechende Formular aus einer der Schreibtischschubladen und schob es zu seiner neuen Mandantin hinüber. »Mein Honorar beträgt 250 Euro pro Tag plus Spesen.«

Carlotta nahm das Blatt Papier in die Hand und warf einen Blick darauf. Dann öffnete sie ihre voluminöse Citybag und entnahm ihr eine Brieftasche, aus der sie einige große Geldscheine zog. »Ich gebe Ihnen das Geld für zwei Tage im Voraus. Bitte tun Sie alles, um Sascha zu finden, Herr Fuchs«, sagte sie und legte fünf Hunderter auf den Tisch. »Und hier ist meine Karte mit meiner Adresse und allen Telefonnummern. Bitte rufen Sie mich an, sobald Sie etwas erfahren.«

Sie legte eine hübsche, feminin gestaltete zartviolette Visitenkarte neben das Geld und schob den unterschriebenen Vertrag zu Fuchs hinüber.

»Sehr gut«, sagte er, »jetzt brauche ich nur noch ein Foto Ihres Bruders, Frau Birkmeier.«

»Ja, daran habe ich, Gott sei Dank, gedacht«, antwortete Carlotta, griff wieder in ihre Tasche und reichte Fuchs ein postkartengroßes Porträtfoto. »Es ist ganz neu; ich habe es letzten Monat an seinem Geburtstag gemacht«, fügte sie hinzu.

»Okay«, beendete Fuchs die Unterredung, »damit wäre fürs Erste wohl alles geregelt.« Er begleitete die junge Frau zur Haustür und verabschiedete sich.

Zurück an seinem Schreibtisch, erstellte Fuchs eine Liste mit Punkten, die er erledigen wollte. Dann nahm er das Festnetztelefon und rief der Reihe nach alle Notaufnahmen der Hamburger Krankenhäuser an. Nirgendwo war ein junger Mann eingeliefert worden, auf den die Beschreibung Saschas passte. Seinen Freund Olthus im Polizeipräsidium erreichte Fuchs nicht; der Beamte hatte schon Feierabend. Diesen Anruf musste er auf den nächsten Tag verschieben.

Aufatmend lehnte Fuchs sich zurück. Lady kam auf leisen Pfoten aus dem Wohnzimmer und sprang mit einem Satz auf den Schreibtisch und von da auf Fuchs' Schoß. Sie schmiegte ihren Kopf an sein Gesicht und verlangte, gestreichelt zu werden. In ihr zufriedenes Schnurren, als ihr Herrchen der Aufforderung nachkam, mischte sich das unüberhörbare Knurren in Fuchs' Bauch, ein Signal, dass er kurz vorm Verhungern stand. Er musste unbedingt etwas in den Magen bekommen, stellte er fest. »Ja, Lady, gut, dass du mich daran erinnerst«, murmelte er. »Außerdem muss ich noch Pudding kochen.« Seufzend stand er auf und setzte das widerstrebende Tier auf den Boden. Auf dem Weg zur Küche zog er sein Handy, mit dem er seine privaten Gespräche tätigte – das Festnetz benutzte er nur beruflich, um die Gebühren als Spesen in Rechnung stellen zu können – aus der Jeanstasche und tippte auf eine einprogrammierte Nummer.

»Na, du alter Gauner, meldest du dich auch mal wieder?«, schallte es ihm aus dem Hörer entgegen. Fuchs lachte. »Hallo, Kumpel«, sagte er, »sag deinem Schatz, sie soll mir den Rest vom Abendessen warmstellen. Ich bin in einer halben Stunde bei euch.«

Es war schon kurz vor 21 Uhr, als Fuchs in seiner schwarzen Motorradjacke und mit dem Helm unter dem Arm in der Wellingsbütteler Landstraße in der Frank'schen Siedlung vor dem Haus der Familie Halmer stand und auf die Klingel drückte.

»Hi, Alter«, begrüßte er seinen Freund Jörg Halmer, der ihm die Tür öffnete, und tauschte mit ihm eine männlich-knappe Umarmung. »Was geht ab?«

Melanie, Jörg Halmers zierliche brünette Frau, kam aus dem Inneren des Hauses, stellte sich auf die Zehenspitzen, um an Fuchs' Kopf heranzureichen, küsste ihn auf die Wangen und wuschelte mit der Hand durch sein Haar.

»Dass du dich auch mal wieder blicken lässt, Fuchs«, begrüßte sie ihn. »Gut siehst du aus. Komm rein und mach es dir gemütlich!« Sie zog ihn mit sich in Richtung Wohnzimmer, während ihr Mann den beiden schmunzelnd folgte. Melanie und ihr Mann nannten den Privatermittler immer nur beim Nachnamen; er verabscheute seinen Vornamen und wollte von allen einfach »Fuchs« genannt werden.

Jonah, der neunjährige Sohn der Halmers, kam im Schlafanzug auf Fuchs zugelaufen. »Hi, Fuchs«, rief er und tauschte ein High Five mit dem Detektiv.

»Guck mal, was ich hier habe«, verkündete Fuchs und zog eine Dinosaurier-Plastikfigur aus der Tasche seiner Jacke.

»Cool«, meinte der Junge, »ein Triceratops. So einen habe ich noch nicht. Danke, Mann!« Wieder ein High Five, dann rannte Jonah in sein Zimmer, um die Figur seiner umfangreichen Sammlung einzuverleiben.

»Setz dich schon mal an den Tisch, ich hole das Essen«, forderte Melanie ihren Gast auf und verschwand in der Küche. Halmer nahm Fuchs seine Lederjacke und den Helm ab und verstaute beides in der Garderobe.

Immer, wenn der Detektiv seinen Freund besuchte, wurde ihm bewusst, was es bedeutete, eine Familie und ein gemütliches Zuhause zu besitzen. Seit er Jörg Halmer vor Jahren – das war noch während seiner Zeit bei der Polizei – auf der Suche nach der Single *Red River Valley* von Michael Martin Murphey in einem altmodischen Plattenladen in der Abteilung für amerikanische Country- und Westernmusik getroffen hatte, waren sie die besten Freunde. Sie hatten sich geschlagene zwei Stunden über die Vor- und Nachteile der einzelnen Songs und Interpreten unterhalten, und schließlich hatte Fuchs die begehrte Scheibe im Austausch gegen Merle Haggards *Today I Startet Loving You Again* von Halmer erhalten. Nachdem die beiden Männer zudem ihre gemeinsame Leidenschaft für alte amerikanische Westernfilme entdeckt hatten, verbrachte Fuchs manchen gemütlichen Filmabend in dem adretten Reihenhaus an der Alster. Halmer und seine Frau unterrichteten am Fuhlsbütteler Gymnasium ganz in der Nähe, Halmer Physik und Mathematik, Melanie Französisch und Englisch. Das Lehrerehepaar hatte Fuchs sozusagen als drittes Kind adoptiert, neben Jonah und seiner sechsjährigen Schwester Enya, die an diesem Abend schon im Bett lag und schlief. Seit der Detektiv vor einem Vierteljahr von seinem USA-Trip nach Deutschland zurückgekehrt war und versuchte, als Privatermittler Fuß zu fassen, war die Familie Halmer so etwas wie sein emotionaler Rückzugsort geworden. Abgesehen davon hatte Halmer Fuchs in der ersten Durstphase seines Berufslebens oft finanziell unter die Arme gegriffen.

Melanie kam mit einer großen Schüssel dampfender Spaghetti aus der Küche und stellte sie neben den Topf mit der Bologneser Soße auf den Tisch, der schon für Fuchs gedeckt war. Ihm lief das Wasser im Mund zusammen. Die Freunde setzten sich. »Nun greif schon zu, Fuchs«, forderte Melanie ihn auf. »Ich bringe Jonah ins Bett. Entschuldigt mich bitte ein paar Minuten, ihr beiden.« Sie rief nach dem Jungen, der den Männern Gute Nacht winkte und seiner Mutter gehorsam folgte, mehrere Dinosaurier im Arm.

Während Fuchs riesige Mengen Spaghetti mit Fleischsoße in sich hineinschaufelte – er hatte wirklich großen Hunger – beobachtete sein Freund ihn amüsiert. Der Studienrat verkörperte den typischen Beamten. Im Gegensatz zu Fuchs, dessen südländisches, von seiner italienischen Mutter ererbtes Aussehen bewirkte, dass die

Frauen sich auf der Straße nach ihm umdrehten, trug der fast gleichaltrige Halmer eine randlose Brille, war nahezu glatzköpfig, weshalb er sein blondes Resthaar extrem kurz geschnitten hatte, und versteckte seinen kaum zu übersehenden Bauchansatz unter weiten Pullis. Überhaupt hätten die beiden Männer unterschiedlicher nicht sein können: der eine extravertiert, gesellig und temperamentvoll, der andere zurückhaltend und besonnen. Dennoch, oder vielleicht gerade deshalb, verstanden sie sich ausgesprochen gut.

Fuchs häufte sich die dritte Portion Spaghetti auf seinen Teller, die er nur aß, weil es ihm so gut schmeckte, denn sein größter Hunger war inzwischen gestillt. Deshalb nahm er sich jetzt Zeit, wischte sich den Mund mit der Serviette ab und klaubte zwei der jüngst verdienten 100-Euro-Scheine aus seiner Jeanstasche.

»Ich habe gerade einen Fall abgeschlossen und schon wieder einen neuen. Also: Hier hast du dein Geld zurück. Danke, dass du mir wieder einmal aus der Patsche geholfen hast, Kumpel.«

Halmer nahm das Geld an sich. »Ist okay. Ein neuer Fall also. Spannend?«

Fuchs hatte seine Mahlzeit endlich beendet, lehnte sich zurück und strich sich über den Bauch. »Mein Gott, war das lecker«, sagte er zu Melanie, die gerade den Raum betrat. Er stand auf und drückte der verblüfften Frau links und rechts einen herzhaften Schmatz auf die Wange. »Danke, mia cara. Du bist die allerbeste Köchin, die ich kenne!«

»Schon gut, du italienischer Charmeur«, wehrte Melanie ab. Sie setzte sich zu den Männern an den Tisch. »Und? Was gibt es Neues an der Verbrecherfront?«, fragte sie.

»Wollte ich gerade erzählen. Ich habe einen neuen Fall. Diesmal keine Betrugsgeschichte. Eine Schwester macht sich Sorgen um ihren Bruder, der seit zwei Tagen nicht nach Hause gekommen ist. Er ist 18. Wahrscheinlich treibt er sich nur irgendwo herum. Aber vielleicht steckt auch etwas anderes dahinter, ich weiß nicht so recht, was ich davon halten soll.«

»Aha«, meinte Halmer, »und was willst du jetzt tun?«

»Naja, ich werde ihn suchen. Heute Nacht klappere ich erst einmal die einschlägigen Lokale ab, morgen werde ich seine Schule aufsuchen. Apropos, ist euch eine Lehrerin namens Doktor Schrader bekannt? Sie unterrichtet an der Gesamtschule, sagt die Schwester.«

Beide schüttelten den Kopf. »Du weißt ja, wir haben keinen so engen Kontakt zur Gesamtschule«, sagte Halmer. Er stand auf. »Jetzt hole ich uns erst einmal ein kühles Bier, und dann setzen wir uns auf die Terrasse. Es ist solch ein schöner Sommerabend heute, das müssen wir ausnutzen.«

»Ich suche schon mal eine schöne Scheibe raus, okay?«, kündigte Fuchs an und ging zu dem Plattenschrank mit der umfangreichen Sammlung seines Freundes.

Wenig später saßen alle drei mit einer Flasche Bier in der Hand auf der Terrasse, schauten über den winzigen Garten hinaus durch die Uferbüsche der Alster auf den glitzernden Fluss und lauschten der sonoren Stimme von Kenny Rogers, der seine Angebetete Ruby beschwor: »Don't take your love to town«.

MITTWOCH, 19. JUNI 2019

2. KAPITEL

Als Fuchs nachts um 2.30 Uhr nach seiner Tour durch die bekanntesten Discos und Bars in und um Hamburgs Stadtteil Fuhlsbüttel aufs Motorrad stieg, um nach Hause zu fahren, drehte er den Gashebel lauter auf, als nötig, sodass das satte Dröhnen seiner Honda die Nacht erfüllte. Er war frustriert. Jetzt hatte er sich drei Stunden lang mit unfreundlichen Türstehern, überarbeiteten Kellnerinnen und angespannten Barkeepern auseinandergesetzt, hatte gegen den dröhnenden Beat der Musik angeschrien und Dutzenden von schwitzenden Tänzern Saschas Foto vor die Nase gehalten, ohne den geringsten Erfolg. Niemand hatte den unscheinbaren Jungen mit der Brille gesehen, geschweige denn, dass jemand dem Detektiv sagen konnte, wo er sich aufhielt. Offensichtlich war Sascha kein Discogänger.

Unzufrieden fuhr Fuchs los. Es blieb ihm wohl nichts anderes übrig, als abzuwarten, was der morgige Tag bringen würde, wenn er mit Saschas Lehrern und Mitschülern sprach. Trotz der späten Stunde fühlte er sich kein bisschen müde. Er beschloss, einen kleinen Umweg zu machen und beim Haus der Geschwister Birkmeier vorbeizufahren, um sich den Schmuckladen anzusehen. Womöglich war es sein untrüglicher Ermittlerinstinkt, der ihn dazu veranlasste, denn als er in den Erdkampsweg einbog, an dem das Geschäft lag, sah er schon von Weitem das rotierende Blaulicht eines Polizeiautos und das gelbe Warnlicht eines Krankenwagens. Was ist denn da passiert, dachte er alarmiert. Er stoppte seine Maschine vor dem rot-weißen Absperrband, mit dem die Polizei den Ort gesichert hatte, und gesellte sich zu der kleinen Schar von Schaulustigen, die sich trotz der nächtlichen Stunde dort versammelt hatten.

»Was ist denn hier los«, fragte Fuchs den Zuschauer neben sich, der mit Pantoffeln an den Füßen und einer Jacke über seinem Schlafanzug dastand.

»Es ist ein Schuss gefallen«, antwortete der Mann, »vielleicht ein Überfall.«

Die Tür zu dem kleinen Juwelierladen, der zwischen einem Schuhgeschäft und einem Café lag, stand offen. Fuchs beobachtete, wie zwei Sanitäter eine Person, die auf einer Trage lag, eilig zu dem Rettungswagen schoben und dort hineinhievten. Kaum war die Tür geschlossen, brauste das Gefährt mit eingeschaltetem Martinshorn los. Oh Gott, dachte Fuchs, das wird doch nicht Carlotta Birkmeier gewesen sein! Er hob das Absperrband an und wollte darunter hindurchschlüpfen, aber ein Uniformierter mit entschlossener Miene stellte sich ihm in den Weg.

»Bitte lassen Sie mich durch«, bat Fuchs. »Ich kenne die Familie. Was ist denn passiert?«

»Ein Überfall«, ließ der Polizist ihn wissen. Misstrauisch fügte er hinzu: »Was haben Sie um diese Uhrzeit hier zu suchen?«

»Frau Birkmeier, die hier wohnt, hat mich engagiert. Er geht um ihren Bruder. Ich bin privater Ermittler.«

Er zückte seinen Ausweis und hielt ihn dem Beamten unter die Nase. Der studierte ihn sorgfältig. »Privatdetektiv, aha.« Immer noch skeptisch musterte er Fuchs ausgiebig. »Warten Sie hier«, beschied er ihn dann, drehte sich um und marschierte zu einer jungen Frau, dic gerade aus der Tür des Ladens trat. Er wechselte ein paar Worte mit ihr und wies dabei auf Fuchs, der ungeduldig von einem Fuß auf den anderen trat. Während die Polizistin mit schnellen, entschlossenen Schritten auf ihn zukam, registrierte Fuchs gewohnheitsmäßig ihr Äußeres: Ende 20, sportliche Figur, Jeans, T-Shirt und Wolljacke, blonder Pferdeschwanz. Das Gesicht müde, aber voll konzentriert. Als sie bei ihm angekommen war, zog sie einen Ausweis aus ihrer Hosentasche.

»Kriminaloberkommissarin Julie Sommer«, stellte sie sich vor. »Wer sind Sie?« Ihre Stimme klang energisch, aber nicht unfreundlich. Im Schein der Straßenbeleuchtung und des blauen Blinklichtes sah ihr Gesicht blass aus.

»Fuchs. Privatermittler. Frau Birkmeier hat mich engagiert. Ich war gerade auf dem Rückweg von einer Recherche, als ich das Polizeilicht sah. Was ist denn hier passiert? Ist was mit den Geschwistern Birkmeier?«

Julie Sommer betrachtete ihn prüfend. Er hielt ihrem kühlen Blick ruhig stand, wobei er bemerkte, dass ihre Augen grünlich schimmerten, wie die von Lady.

»Die Fragen stelle ich hier«, beschied die Kommissarin ihn knapp. »Worin besteht Ihr Auftrag?«

Unter ihrem Blick, der ihn noch einmal von Kopf bis Fuß taxierte, fühlte Fuchs sich wie ein Insekt unter dem Mikroskop. Er versuchte ein Grinsen.

»Schweigepflicht, Frau Kommissarin. Meine Mandantin hat ein Recht auf meine Diskretion. Das sollten Sie aber wissen.«

Ein knappes Nicken ihrerseits. »Kommen Sie, ich bringe Sie zu ihr.«

Sie hob das Band an, sodass Fuchs hindurchschlüpfen konnte. Dabei nahm er ihren Duft wahr: frisch, irgendwas mit Lavendel und frisch gemähtem Gras. Während er neben ihr herging, musterte er sie unauffällig von der Seite. Eine hohe Stirn, kurze gerade Nase, ein großzügiger Mund, der im Moment herb geschlossen war, ein kleines energisches Kinn. Durchaus sympathisch, dachte Fuchs, wenn sie nur nicht so dienstlich wäre.

Sie betraten den Juwelierladen, dessen Fenster mit einem metallenen Rollladen gesichert waren. Das Innere des etwa 30 Quadratmeter großen Raumes zeigte die typische Ausstattung eines Schmuckgeschäftes: unterschiedliche Vitrinen, eine Ladentheke mit Designerstücken unter einer Glasplatte, zahlreiche geschmackvolle Dekorationsgegenstände. Der cremefarbene Teppichboden war übersät mit Scherben, die von den zerschlagenen Vitrinen stammten. Halsketten, Armbänder und Ringe lagen verstreut zwischen den Glassplittern. Zwei Männer in weißen Schutzanzügen waren dabei, Spuren zu sichern. Carlotta Birkmeier saß in Schlafanzug und Morgenmantel auf einem Hocker, eine Polizeidecke um die Schultern. Ihr Gesicht war leichenblass, die Augen gerötet, das Haar unordentlich. Als sie Fuchs erkannte, brach sie in lautes Weinen aus. Wortlos setzte der Detektiv sich zu ihr, legte den Arm um sie und drückte sie tröstend an sich. Über ihren Kopf hinweg warf er der Kommissarin einen fragenden Blick zu. Julie Sommer zuckte die Schultern. Sachlich erklärte sie: »Frau Birkmeier hat um 2.55 Uhr den Notruf betätigt, weil sie Einbrecher überrascht hat. Es ist ein Schuss gefallen. Die Kugel hat einen der Einbrecher getroffen. Er ist auf dem Weg ins Krankenhaus. Der zweite Täter ist geflohen. Eine Schusswaffe wurde nicht gefunden. Bisher war Frau Birkmeier nicht in der Lage, uns etwas über die Ereignisse mitzuteilen. Vielleicht bringen Sie sie dazu, uns zu erzählen, was hier geschehen ist, Herr Fuchs.«

»Aber Sie sehen doch, dass die Frau unter Schock steht, Frau Kommissarin«, wies Fuchs die Polizistin zurecht. »Sie muss erst einmal zur Ruhe kommen.« An die zitternde Goldschmiedin gewandt, sagte er mit sanfter Stimme: »Ich werde erst einmal bei Ihnen bleiben, wenn Sie erlauben, Frau Birkmeier.«

Carlotta nickte. Sie versuchte, ihr Schluchzen unter Kontrolle zu bringen, was ihr nur teilweise gelang.

Kommissarin Sommer überlegte einen Moment. »Also gut. Wir müssen sowieso zuerst die Ergebnisse der KTU abwarten«, entschied sie. Sie ging in die Hocke, um Carlotta ins Gesicht sehen zu können. »Ich komme morgen Früh gegen 9 Uhr zu Ihnen, um Ihre Aussage aufzunehmen, Frau Birkmeier. Ruhen Sie sich aus. Wir tun alles, um die Räuber zu fassen.«

Sie wandte sich an Fuchs. »Ich hoffe, Sie unterstützen uns bei unserer Arbeit, Herr Detektiv. Wenn Sie etwas wissen, was uns bei unseren Ermittlungen helfen könnte, müssen Sie es uns unverzüglich sagen, ist Ihnen das klar?«

»Natürlich, Frau Kommissarin, selbstverständlich!«, beeilte sich Fuchs, ihr zu versichern. Dabei setzte er sein unschuldigstes Gesicht auf.

Die Männer von der Spurensicherung hatten inzwischen ihre Arbeit beendet, und Julie Sommer verließ mit ihnen den Raum.

»Wir gehen am besten in Ihre Wohnung, Frau Birkmeier«, sagte Fuchs. Fürsorglich fasste er die Decke und zog sie fester um die schmale Gestalt der jungen Frau. »Kommen Sie! Sie zittern ja.«

Carlotta stand auf und wandte sich der Werkstatt zu, durch die es zum Treppenhaus ging. Der Detektiv folgte ihr in ihre Wohnung, die direkt über dem Laden lag. Er war ernsthaft besorgt um die junge Frau, deren Gesicht immer noch eine geisterhafte Blässe zeigte. In dem modern eingerichteten Wohnzimmer ließ Carlotta sich auf die Couch fallen.

»Sie brauchen jetzt etwas Starkes zu trinken, Carlotta. Wo haben Sie Ihren Alkoholvorrat?« Fuchs war unwillkürlich dazu übergegangen, die Juwelierin beim Vornamen zu nennen, wohl wegen der Beschützerrolle, die ihm, ohne dass er es wollte, zugewachsen war.

Carlotta wies mit dem Kinn zu der Regalkombination, wo in einem Glasfach einige Flaschen und Gläser standen. Fuchs öffnete eine Flasche Cognac, schenkte einen Schwenker halb voll und reichte ihn der jungen Frau. Carlotta trank einen großen Schluck und schüttelte sich. Zufrieden beobachtete Fuchs, wie allmählich wieder etwas Farbe in ihre Wangen zurückkehrte. Er setzte sich neben sie und nahm ihre eiskalte Hand in seine warme. Sanft fragte er:

»Glauben Sie, dass Sie mir erzählen können, was geschehen ist?«

Carlotta versuchte, sich zu sammeln. Sie nahm ein Kleenextuch aus einer Schachtel, die auf dem Couchtischchen stand, wischte sich das tränenfeuchte Gesicht ab und putzte sich die Nase.

»Es geht schon wieder«, behauptete sie tapfer. Der Blick, der Fuchs aus ihren Rehaugen traf, zeigte jedoch eine solch abgrundtiefe Verzweiflung, dass er sich fragte, was sie so erschüttert haben konnte. Es war zwar sicher ein furchtbarer Schreck gewesen, die Juwelenräuber auf frischer Tat zu ertappen, aber war das ein Grund für diese übergroße Verzweiflung? Allerdings war geschossen und ein Mann schwer verletzt worden. War es das, was Carlotta so mitnahm? Als er sah, dass sie schon wieder mit den Tränen kämpfte, fasste er die Hand der jungen Frau und drückte sie.

»Bitte, Carlotta, erzählen Sie mir der Reihe nach, was sich hier abgespielt hat. Ganz in Ruhe. Trinken Sie ruhig noch einen Schluck Cognac.« Er reichte ihr das Glas. Als sie es nahm, bemerkte Fuchs, dass sie immer noch zitterte. Die Decke war ihr von den Schultern gerutscht. »Vielleicht sollten Sie sich vorher etwas Wärmeres anziehen«, schlug er angesichts ihres dünnen Morgenmantels vor.

Carlotta nickte. »Ja, Sie haben recht. Ich ziehe mir schnell etwas anderes an.« Sie stand auf und verließ den Raum durch eine Tür, hinter der Fuchs ihr Schlafzimmer vermutete. Kurze Zeit später kehrte sie in Hose und Pulli zurück. Sie hatte sich inzwischen das Gesicht gewaschen und die Haare gekämmt. So völlig ungeschminkt wirkte sie auf Fuchs wie ein Teenager. Er winkte sie zu sich auf die Couch, und sie setzte sich neben ihn.

»So, und nun erzählen Sie mir alles, bitte!«

3. KAPITEL

»Also«, setzte die junge Frau zu ihrem Bericht an, »ich konnte nicht schlafen heute Nacht …«

Carlotta Birkmeier wälzte sich im Bett hin und her und fand keine Ruhe. Ihre Gedanken waren bei ihrem Bruder. Wo, um Himmels willen, konnte Sascha sein? Wenn ihm nur nichts Schlimmes passiert war! Hoffentlich konnte der Detektiv, dieser Fuchs, etwas herausfinden. Er schien ja kompetent und motiviert zu sein. Sie verschränkte die Arme hinter dem Kopf und starrte ins Dunkel.

Plötzlich hörte sie ein Geräusch. Erschrocken setzte sie sich auf. Was war das? Sie horchte. Nichts. Sicher hatte sie sich getäuscht. Da, wieder ein Geräusch! Es klang wie ein Klirren. Das kam von unten. Eindeutig. Carlottas Herz fing heftig an zu klopfen. War jemand in ihrem Laden? Sascha! War er zurückgekommen? Aber warum kam er dann nicht hoch in ihre Wohnung? Carlotta schlug die Bettdecke zurück und stand auf. Sie zog ihren Morgenmantel über, schlüpfte in ihre Hausschuhe und schlich auf Zehenspitzen zur Tür. Im Wohnzimmer war alles ruhig und dunkel. Sie öffnete die Wohnungstür und spähte ins Treppenhaus. Die spärliche Nachtbeleuchtung reichte aus, um zu sehen, dass sich niemand dort aufhielt. Da! Wieder ein Klirren! Als ob jemand Glas zerschlüge. Das kam eindeutig aus dem Verkaufsraum. Vorsichtig schlich Carlotta die Treppe hinunter und lauschte. Nichts. Sie öffnete leise die Tür, die zu ihrer Werkstatt führte. Alles war still und dunkel. In dem Licht, das vom Treppenhaus durch die Tür fiel, konnte sie die Konturen des Mobiliars sehen. Ihre Hausschuhe verursachten kein Geräusch, als sie den Raum betrat. Da bemerkte sie unter der Tür, die zum Verkaufsraum führte, einen Lichtschein aufblitzen, wie von dem Strahl einer Taschenlampe. Jemand war in ihrem Laden! Wenn es Sascha war: Warum machte er kein Licht? Carlotta spürte, wie ihr Mund trocken wurde. Lautlos öffnete sie die Tür und blieb wie erstarrt stehen. Das Bild, das sich ihr bot, ließ ihr das Blut in den Adern gefrieren. Im unruhig umherstreifenden Strahl der Taschenlampen waren zwei Männer dabei, ihr Geschäft auszurauben. Beide waren vollständig schwarz gekleidet und trugen Skimasken, die nur die Augen freiließen, sodass ihre Körper wie unheimliche dunkle Schatten wirkten. Der eine warf gerade die Schmuckstücke aus den zerschlagenen Vitrinen in einen Beutel. Der Tresor, in dem Carlotta ihre wertvollsten Unikate und das Rohmaterial für ihre Designerarbeiten – Gold- und Silberstücke, Diamanten und Edelsteine – aufbewahrte, stand offen. Der zweite Mann war dabei, ihn auszuräumen. Carlotta wagte kaum zu atmen, ihr Puls raste, in ihrem Kopf überschlugen sich die Gedanken. Was sollte sie tun? Die Polizei! Sie musste die Polizei rufen! Noch hatten die Einbrecher sie nicht bemerkt. An das Telefon, das unter dem Verkaufstresen stand, kam sie nicht heran. Ihr Handy! Wo war ihr Handy? Oben natürlich! Sie drehte sich vorsichtig um. Dabei trat sie mit dem Fuß auf eine Glasscherbe. Es knirschte. Alarmiert durch das Geräusch, wandten sich die Räuber nach ihr um. Der Mann am

Tresor zischte »Verdammt!« Plötzlich hatte er eine Pistole in der Hand und zielte auf sie. Carlotta stand da wie versteinert, unfähig, sich zu rühren. Der Komplize, der kaum einen Meter von ihr entfernt die Vitrine leergeräumt hatte, schrie »Nein« und warf sich auf sie. Dann krachte ein Schuss. Die Kugel traf den Räuber. Einen endlosen Augenblick lang klammerte er sich an Carlotta fest, dann sank er zu Boden. Fassungslos starrte sie den Mann an. Ein Schrei löste sich aus ihrer Kehle, sie schrie und schrie. Wie betäubt nahm sie wahr, dass der erste Mann den zu Boden gefallenen Beutel mit dem Schmuck an sich raffte und durch die offene Tür ins Freie rannte. Voller Entsetzen presste Carlotta die Hand vor den Mund, um den Schrei zu ersticken. Sie zitterte am ganzen Körper, ihr Herz hämmerte gegen ihre Rippen, und ihr Atem ging stoßweise. Bebend stand sie da, unfähig zu fassen, was sie gerade erlebte. Ein Stöhnen ließ sie zusammenfahren. Der Mann am Boden regte sich. Im Schein der Taschenlampe, die dem Einbrecher aus der Hand gefallen war, konnte sie nicht erkennen, wie schwer er verletzt war. Automatisch betätigte sie den Lichtschalter. Oh Gott, wie der Mann blutete! Sein ganzes Shirt war bereits durchtränkt. Sie musste ihm helfen! Das Telefon! Vorsichtig stieg sie über den Verletzten hinweg und griff nach dem Apparat unter dem Tresen. Ihre bebenden Hände konnten den Hörer kaum festhalten. Sie drückte die Nummer 110.

Carlotta hielt in ihrer Erzählung inne, sprang auf und fing an, im Zimmer hin und her zu laufen. »Es war so furchtbar, Herr Fuchs! Ich hatte solche Angst.«

»Das glaube ich gerne, Carlotta. Schließlich überrascht

man nicht alle Tage bewaffnete Räuber auf frischer Tat im eigenen Haus. Sie waren sehr tapfer.«

Carlotta blieb vor ihm stehen und rang die Hände.

»Aber das Schlimmste wissen Sie noch gar nicht, Herr Fuchs«, flüsterte sie, als wagte sie nicht, es laut auszusprechen. »Oh mein Gott! Wenn ich daran denke!« Sie schlug die Hände vors Gesicht und brach erneut in Tränen aus.

Fuchs trat zu ihr, nahm die völlig aufgelöste Frau um die Schultern und nötigte sie, sich wieder hinzusetzen. »Beruhigen Sie sich, meine Liebe. Nichts ist so schlimm, wie es im ersten Augenblick aussieht. Erzählen Sie mir, was dann passierte.«

Es dauerte eine Weile, bis Carlotta so weit war, dass sie sprechen konnte. Nach zwei weiteren durchweichten Kleenextüchern holte sie schließlich tief Luft, faltete die Hände im Schoß und versuchte, ihrer Aufgeregtheit Herr zu werden.

»Also«, hob sie an, »es dauerte nicht lange, bis die Polizei da war. Auch der Krankenwagen kam sofort. Der Sanitäter kniete mit seiner Tasche neben dem Verletzten nieder, der sich die ganze Zeit nicht gerührt hatte. Aber stellen Sie sich vor: Als der Sanitäter ihm die Haube vom Kopf nahm … ich dachte, mir bleibt das Herz stehen! Es war Sascha! Mein Bruder Sascha!«

Dem Detektiv fiel die Kinnlade herunter. Er starrte seine Mandantin ungläubig an. »Ihr Bruder?«, echote er.

»Ja«, schrie sie hysterisch. »Ich kann es ja auch kaum glauben. Mein eigener Bruder raubt meinen Laden aus!«

Fuchs versuchte, sich zu konzentrieren.

»Aber warum hat sein Komplize auf ihn geschossen?«, fragte er mehr sich selbst als sein aufgeregtes Gegenüber.

Wieder traf ihn ein verzweifelter Blick von Carlotta.

»Ich glaube, er wollte mich beschützen, Herr Fuchs. Ich glaube, sein Komplize hatte vor, mich zu erschießen, als er sah, dass ich sie entdeckt hatte. Sascha hat sich vor mich gestellt, sodass er getroffen wurde.« Plötzlich sprang sie auf. »Ich muss zu ihm! Ich muss wissen, wie schwer er verletzt ist.« Sie schaute sich in dem Wohnzimmer um, als müsse sie sich orientieren. »Wie spät ist es eigentlich? Wo ist meine Handtasche? Ich brauche meine Autoschlüssel.«

Anscheinend hat sie den schlimmsten Schock überwunden und kann wieder einigermaßen klar denken, stellte Fuchs fest. Er packte ihren Arm.

»Ganz ruhig, Carlotta. Sie können jetzt unmöglich Auto fahren. Erstens sind Sie zu aufgeregt, und zweitens haben Sie zwei Gläser Cognac getrunken.«

»Aber ich muss zu ihm, verstehen Sie das nicht? Ich muss wissen, wie es ihm geht.«

»Also gut. Ich fahre Sie. Wo steht Ihr Auto?«

»Unten in der Garage. Danke, Herr Fuchs!«

4. KAPITEL

Die Farbe von Carlottas VW Beetle Cabrio, in dem Fuchs nur mit Mühe seine langen Beine unterbringen konnte, erinnerte ihn angenehm an die des Vanillepuddings, von dem ein beruhigender Vorrat in seinem Kühlschrank auf den Verzehr wartete. Es dauerte kaum eine Viertelstunde, bis er und seine Mandantin um diese frühe Morgenstunde – es war gerade 4.30 Uhr geworden und schon taghell – den Weg vom Erdkampsweg zum Allgemeinen Krankenhaus zurückgelegt hatten. Fuchs nahm an, dass die Sanitäter des *Roten Kreuzes* Sascha dorthin gebracht hatten, weil es am nächsten lag. Die Frau in der Notaufnahme tippte eine Weile auf ihrer Computertastatur herum, als Fuchs nach einem jungen Mann mit einer Schussverletzung fragte, und ließ sich seinen Ausweis zeigen. Erst als Carlotta beteuerte, dass es sich um ihren Bruder handle, ließ sie sich herbei, ihnen mitzuteilen, dass der Patient auf der Intensivstation liege, und wies ihnen den Weg dorthin. Im Laufschritt durcheilten die beiden die langen Gänge des Krankenhauses, immer den entsprechenden Schildern folgend. Endlich standen sie vor der verschlossenen Tür der Intensivstation. Fuchs drückte auf den »Bitte Klingeln«-Knopf. Es dauerte lange, bis die Tür von einer Krankenschwester geöffnet wurde. »Ja bitte?«, fragte sie.

Fuchs trat vor. »Wir suchen einen jungen Mann, der hier mit einer Schusswunde eingeliefert worden ist.« Er nahm Carlotta am Arm und zog sie näher. »Dies ist Carlotta Birkmeier. Sie ist die Schwester des Jungen. Mein Name ist Fuchs. Ich begleite Frau Birkmeier. Können wir Sascha sehen bitte?«

Die Krankenschwester musterte die beiden skeptisch. Ihre müden Augen zeugten von einer langen Nachtschicht. »Warten Sie einen Augenblick. Ich hole den behandelnden Arzt.«

Carlotta wechselte einen bangen Blick mit Fuchs. »Oh Gott, hoffentlich ist die Schusswunde nicht lebensgefährlich gewesen!« Nervös trippelte sie auf der Stelle, rang die Hände und biss sich auf die Lippen. Fuchs wusste nicht, wie er sie beruhigen sollte. Hilflos strich er ihr über den Arm, was Carlotta aber kaum wahrzunehmen schien.

Wieder mussten sie warten. Die Sekunden verstrichen wie in Zeitlupe. Endlich öffnete sich die Tür, und ein erschöpft aussehender Arzt im weißen Kittel sah sie fragend an. Erneut übernahm Fuchs das Reden. Mit knappen Worten erklärte er, wer sie waren.

»Aha«, meinte der Mediziner, »der junge Mann ist also Ihr Bruder, Frau Birkmeier. Wir haben uns schon gefragt, wen wir da auf unserem Operationstisch liegen haben.« Er öffnete die Tür weiter und forderte die Besucher mit einer Geste auf hereinzukommen.

»Operation? Oh Gott!«, entfuhr es Carlotta. »Wie geht es ihm, Herr Doktor? Ist er in Lebensgefahr?«

Der Arzt ließ sich nicht aus der Ruhe bringen. Er wies auf einen Behälter mit Schutzkitteln und Hauben sowie Plastikhüllen für die Schuhe. »Bitte ziehen Sie die Schutzkleidung über und desinfizieren Sie die Hände. Wir wollen ja nicht, dass Sie die Schwerkranken hier mit irgendetwas anstecken, nicht wahr?«

Gehorsam nahmen Fuchs und Carlotta die entsprechenden Utensilien aus einem Behälter und zogen sie an. Carlotta wurde immer nervöser, und auch Fuchs wurde sich zunehmend der bedrückenden Atmosphäre auf dieser Krankenstation bewusst, wozu der Geruch nach Desinfektionsmitteln maßgeblich beitrug.

»Ich bin Doktor Heinfeld, Internist und Chirurg«, stellte der Arzt sich etwas verspätet vor. »Ich habe Ihrem Bruder das Projektil aus der Lunge geholt. Er ist noch nicht aus der Narkose aufgewacht, und wir werden ihn auch noch eine Weile im künstlichen Koma halten, bis sein Körper sich ein wenig erholt hat.«

»Wo ist er? Kann ich ihn sehen?«, fragte Carlotta.

»Natürlich können Sie ihn sehen, aber, wie gesagt, er ist nicht bei Bewusstsein.« Der Arzt ging vor ihnen her und führte sie in einen Raum, der eher einem Hightech-Labor glich als einem Krankenzimmer: Monitore, Schläuche, seltsam aussehende Apparaturen und mittendrin eine schmale Person auf einem hohen Bett mit einem Sauerstoffschlauch unter der Nase und einem breiten weißen Verband um den Brustkorb. Ein weiterer Schlauch führte zu dem linken Handrücken des Patienten, in dem eine mit Heftpflaster fixierte Kanüle steckte. Das Gesicht mit den eingefallenen Wangen unter dem braunen Haarschopf wirkte blass und geradezu erschreckend jung.

»Ihr Bruder hat großes Glück gehabt, Frau Birkmeier. Wäre die Kugel nur drei Zentmeter weiter rechts eingeschlagen, hätte sie das Herz getroffen und er wäre jetzt tot. Auch dass keine Rippe getroffen wurde, ist gut, denn so gab es nur einen geraden Einschusskanal. Wie konnten das Projektil ohne Schwierigkeiten aus der Lunge entfernen. Allerdings hat Ihr Bruder viel Blut verloren, sodass sein ohnehin angegriffener Körper jetzt erst einmal eine Weile brauchen wird, um sich zu regenerieren.«

Carlotta war an das Bett herangetreten und strich nun vorsichtig über die rechte Hand ihres Bruders. Mitleidig betrachtete sie Saschas Gesicht und achtete kaum auf das, was der Arzt sagte. Doch Fuchs horchte auf. »Wieso angegriffen?«, fragte er. »War der Junge krank?«

Doktor Heinfeld wandte sich ihm zu. »Krank nicht, aber drogenabhängig. Wir haben in seinem Blut Rückstände von Methamphetamin festgestellt. Sie kennen es sicher unter dem Namen Crystal Meth. Ein gefährliches Zeug. Macht sofort süchtig.«

»Was?« Carlotta fuhr auf. »Drogen? Wir haben doch noch nie etwas mit Drogen zu tun gehabt!« Ungläubig schaute sie den Mediziner an. Dann jedoch nickte sie nachdenklich und murmelte: »Das war es also. Das hat ihn so verändert in der letzten Zeit.« Sie beugte sich über ihren Bruder und hauchte ihm einen Kuss auf die Wange. »Warum hast du denn nicht mit mir gesprochen? Ich bin doch deine Schwester«, flüsterte sie.

Fuchs betrachtete den Körper des Jungen genauer. Dünn, ja geradezu mager sah er aus. Typisch für Abhängige: Sie vergaßen in ihrer Euphorie oft zu essen und zu trinken. Plötzlich fiel ihm etwas auf: schmale rote Striemen an beiden Handgelenken.

»Was ist denn das?«, fragte er den Arzt.

»Sieht aus wie Fesselungsspuren«, antwortete der Mediziner. »Die gleichen haben wir auch an seinen Fußgelenken gefunden. Wahrscheinlich stammen sie von einem Kabelbinder, der Breite nach zu urteilen. Das passt zu den frischen Hämatomen, die wir auf seinem Rücken, dem Bauch und den Armen gefunden haben.« Er hob einen Arm Saschas an und zeigte auf eine rotviolette Fläche, die bereits anfing, sich blau zu färben. »Sehen Sie hier! Höchstens ein oder zwei Tage alt.«

»Das bedeutet, der Junge ist gefesselt und geschlagen worden, sehe ich das richtig?«, resümierte Fuchs.

Carlotta sah die beiden Männer entsetzt an. »Um Gottes willen! Soll das heißen, Sascha ist gefoltert worden?«

»So sieht es leider aus, Frau Birkmeier. Können Sie sich erklären, in was Ihr Bruder da hineingeraten ist?«

Carlotta schüttelte den Kopf. »Nein. Ich hatte ja keine Ahnung …« Ihre Augen füllten sich mit Tränen. »Der arme Junge«, flüsterte sie.

Fuchs nahm sanft ihren Arm. »Kommen Sie, Carlotta, hier können Sie im Moment nichts für Ihren Bruder tun. Ich fahre Sie nach Hause, und dann legen Sie sich erst einmal hin und versuchen zu schlafen.«

Noch einmal beugte Carlotta sich über das blasse Gesicht ihres Bruders und küsste ihn zart auf die Wange. Dann ließ sie sich bereitwillig von dem Detektiv wegführen.

»Bitte geben Sie der Krankenschwester die genauen Daten Ihres Bruders, Frau Birkmeier«, erinnerte Doktor Heinfeld Carlotta, während er die Besucher zum Ausgang begleitete. »Auch Ihre Krankenversicherungskarte brauchen wir noch. Ich gebe dann der Polizei Bescheid über die Identität Ihres Bruders. Immerhin ist er in einen Kriminalfall verwickelt.« Er unterdrückte ein Gähnen und rieb sich die Augen. Fuchs fiel auf, wie erschöpft der Arzt aussah.

Carlotta reichte Doktor Heinfeld die Hand. »Vielen Dank, Herr Doktor, für alles, was Sie für meinen Bruder getan haben.«

Er lächelte müde. »Nichts zu danken. Das ist mein Job.«

5. KAPITEL

Trotz der frühen Morgenstunde besaß die Sonne schon wärmende Kraft, und der makellos blaue Himmel versprach einen herrlichen Sommertag. Selten genug im sonst so verregneten Hamburg, dachte Fuchs. Er genoss die kurze Fahrt in dem niedlichen kleinen Cabrio, obwohl er mit der Frau auf dem Beifahrersitz neben ihm ehrlich mitfühlte. Carlotta war verständlicherweise nicht in der Lage, den schönen Morgen zu genießen. Schweigsam und in sich gekehrt saß sie da und starrte auf die Straße.

Fuchs überlegte, ob er den Auftrag, den Carlotta ihm erteilt hatte, nicht als erledigt betrachten müsste, jetzt, wo Sascha auf diese spektakuläre Art wieder aufgetaucht war. Natürlich würde er ihr mindestens die Hälfte der Vorauszahlung zurückerstatten, denn er war ja nur einen Tag, genauer gesagt, eine Nacht für sie tätig gewesen.

»Herr Fuchs«, unterbrach die Stimme Carlottas seine Überlegungen. »Darf ich Sie um etwas bitten?«

Überrascht warf Fuchs seiner Begleiterin einen Seitenblick zu.

»Aber selbstverständlich, Carlotta«, antwortete er.

»Sie müssen herausfinden, was mit Sascha geschehen ist. Warum er Drogen genommen hat. Ich muss wissen, was geschehen ist, dass es so weit kommen konnte mit ihm, verstehen Sie?« Sie wandte sich Fuchs zu, drückte seinen Arm und sah ihn flehend an.

»Aber das ist eigentlich Sache der Polizei, Carlotta. Die Kommissarin wird sicher nicht begeistert sein, wenn ich ihr ins Handwerk pfusche.«

»Aber die Polizei will doch nur die Täter finden und sie bestrafen. Vielleicht steckt sie Sascha sogar ins Gefängnis für das, was er getan hat. Ich möchte, dass Sie herausfinden, wie Sascha in das alles hineingeraten ist. Was ihn dazu getrieben hat, Drogen zu nehmen.« Sie stieß einen tiefen Seufzer aus. »Und warum er sich mir nicht anvertraut hat«, fügte sie leise hinzu. »Ich bin doch seine große Schwester.«

Fuchs verstand seine Mandantin gut. Sie fühlte sich verantwortlich für ihren Bruder, nachdem die Eltern gestorben waren, und hatte ein schlechtes Gewissen, weil sie glaubte, sich nicht genügend um ihn gekümmert zu haben. Gerührt warf er Carlotta einen kurzen Blick zu.

»Selbstverständlich bin ich für Sie da, Carlotta. Zumal ich Ihnen ohnehin noch anderthalb Tage Arbeit schulde, vergessen Sie das nicht.«

Zufrieden sah er, dass seine Bemerkung der jungen Frau ein kleines Lächeln entlockte.

Inzwischen waren sie im Erdkampsweg angekommen. Die Polizei hatte die Absperrung entfernt und die Tür zum Laden versiegelt. Direkt vor dem Eingang parkte ein schicker Sportwagen, ein Porsche Cayman, wie Fuchs mit Kennerblick feststellte, silberfarben mit offenem Verdeck. Der Mann, der am Kühler des Wagens lehnte, sah ihnen überrascht entgegen.

»Chris!«, rief Carlotta. Sie öffnete die Autotür, kaum, dass Fuchs das Auto zum Stillstand gebracht hatte, sprang hinaus, lief zu dem Mann am Porsche und fiel ihm in die Arme.

Während Fuchs das Paar beobachtete – offensichtlich handelte es sich bei dem Porschefahrer um die aktuelle Beziehung Carlottas – registrierte er routinemäßig das Aussehen des Mannes: Anfang 30, schlank und sportlich, teurer Business-Anzug. Das Gesicht gut geschnitten, Dreitagebart, moderne Scheitelfrisur mit rasierten Seiten. Chris also. Komisch, dass Carlotta ihn bisher mit keinem Wort erwähnt hatte.

Fuchs stieg aus dem Beetle und ging langsam auf das Paar zu. Endlich löste Carlotta sich aus den Armen des Mannes und winkte ihn zu sich.

»Chris, das ist Herr Fuchs. Er ist Privatermittler und hilft mir bei einer Sache mit Sascha.« An Fuchs gerichtet, sagte sie: »Das ist Christoph Fischer, mein Freund. Er war beruflich im Ausland.«

Ein kühler, taxierender Blick traf Fuchs. »Guten Morgen«, sagte Fischer knapp. Ohne Fuchs weiter zu beachten, wandte er sich an Carlotta. »Kannst du mir bitte erklären, was das alles hier zu bedeuten hat? Das Polizeisiegel an der Tür, ein Privatdetektiv, der dich am frühen Morgen in deinem Auto nach Hause fährt?«

Carlotta nahm seinen Arm. »Komm mit ins Haus, Chris, ich erkläre dir alles drinnen!«

Fuchs nutzte die Gelegenheit, um sich zu verabschieden.

»Ich melde mich bei Ihnen, sobald ich etwas Neues erfahre, Frau Birkmeier«, sagte er, nickte Fischer zu und schlenderte zu seiner Honda, die immer noch dort stand, wo er sie in der Nacht – war das wirklich erst vier Stunden her? – abgestellt hatte.

Zu Hause empfing ihn eine beleidigte Lady, die auf ihr Frühstück wartete. »Schon gut, meine Liebe, du glaubst ja nicht, was für eine Nacht ich hinter mir habe!« Er fütterte die Katze, wechselte ihre Streu, aß zwei Portionen Pudding – er war ja immer noch nicht dazu gekommen, Lebensmittel einzukaufen – duschte, fiel ins Bett und schlief sofort ein.

6. KAPITEL

Kriminaloberkommissarin Julie Sommer saß in ihrem Büro an dem Bericht, den sie über den nächtlichen Vorfall verfassen musste, und versuchte, die Müdigkeit zu ignorieren, die ihre Augenlider schwer wie Blei werden ließ. Kaffee! Sie brauchte unbedingt einen starken Kaffee! Ein Blick auf die Uhr belehrte sie darüber, dass das Bäckereicafé zwei Straßen weiter noch geschlossen war. 6.15 Uhr: Um diese unchristliche Zeit hatte sie nur die Wahl, die wässrige braune Brühe aus dem Kaffeeautomaten auf dem Flur zu trinken oder simples Leitungswasser. Dann doch lieber einen Schluck Leitungswasser, entschied sie und füllte ihren Becher, ein Geschenk ihres Partners Ole Möller mit der schmeichlerischen Aufschrift »Für die beste Chefin der Welt«, am Handwaschbecken mit frischem Wasser. Nachdem sie einen Schluck getrunken hatte, öffnete sie das Bürofenster und atmete die kühle Morgenluft tief ein. Draußen, in den Zweigen der Bäume und Büsche, die das Polizeigebäude umgaben, zwitscherten und tirilierten die Vögel um die Wette. Ein herrlicher Sommermorgen, stellte Julie fest. Sie streckte und reckte sich ausgiebig. Tatsächlich verflog dadurch die schlimmste Müdigkeit, und sie wandte sich mit neuem Eifer ihrer Arbeit zu.

Gerade war der Bericht der KTU per E-Mail auf ihrem Computerbildschirm eingetroffen; der schriftliche würde, wie üblich, später folgen. Julie stützte ihr Kinn auf die Hand, während sie die Informationen studierte, die sie in ihren Bericht aufzunehmen würde. Was für ein merkwürdiger Einbruchsdiebstahl das war! Das Schloss an der Tür war unbeschädigt, der Tresor ebenfalls; offensichtlich hatten die Einbrecher über entsprechende Schlüssel verfügt und die Safekombination gekannt. Auch dass die Alarmanlage in dem relativ neuen Laden zwar schon installiert, aber noch nicht in Betrieb genommen worden war, hatten die Räuber anscheinend gewusst. Von den Videokameras hatten sie ebenfalls Kenntnis gehabt, denn sonst hätten sie sich nicht maskiert mit diesen schwarzen Skimützen. Alles wies auf Insiderwissen hin. Merkwürdig! Die Besitzerin, diese Frau Birkmeier, konnte doch unmöglich etwas damit zu tun haben, dafür hatte ihre Schockiertheit zu glaubwürdig gewirkt. Oder war sie nur eine gute Schauspielerin?

Julie blätterte den Bericht der Kriminaltechnik durch. Zahlreiche Fingerabdrücke waren sichergestellt worden, aber die mussten noch mit denen der Besitzerin abgeglichen werden. Außerdem nützten sie sowieso nicht viel, denn jeder Kunde, der in dem Laden gewesen war, hatte natürlich Spuren hinterlassen. Wenn sie wenigstens schon wüsste, wie groß die Beute war, die der flüchtige Räuber mitgenommen hatte, und woraus sie bestand, dann könnte sie im Internet und bei den infrage kommenden Händlern nach den Schmuckstücken fahnden. Aber sie wusste bis jetzt ja nicht einmal, wer der Verletzte war, der im Krankenhaus lag, und auch nicht mit Sicherheit, wer auf ihn geschossen hatte. Und wo die Waffe geblieben war. Carlotta Birkmeier würde hoffentlich bald in der Lage sein, den Hergang des Geschehens zu schildern. Julie hatte noch das Bild der Frau vor Augen, wie sie, die Decke um die Schultern, auf dem Stuhl hockte. Die Arme! Ein einziges Häufchen Elend war sie gewesen, hatte total unter Schock gestanden. Konnte es möglich sein, dass sie selbst geschossen hatte? Unwahrscheinlich, denn dann hätte die Waffe auffindbar sein müssen. Aber warum hätte der Räuber auf seinen Komplizen schießen sollen?

Die Kommissarin schüttelte den Kopf. Die ganze Sache war absurd. Und dann dieser Privatdetektiv! Wie hieß er noch? Ach ja: Fuchs, so hatte er sich vorgestellt. Was hatte er mit der Angelegenheit zu tun? Gut jedenfalls, dass er sich der völlig aufgelösten Frau angenommen hatte. Fuchs. Schon dieser Name! Gut aussehender Typ übrigens. Diese dunklen Augen! Und das nette Grinsen! Julie runzelte die Stirn. Hoffentlich kam er ihr nicht in die Quere bei den Ermittlungen. Man kannte das ja von diesen Schnüfflern, die in alles ihre neugierigen Nasen steckten.

Die Kommissarin streckte sich und gähnte herzhaft. Wieder sah sie auf die Uhr. Lohnte es sich noch, nach Hause zu fahren und sich ein Stündchen aufs Ohr zu legen? Um 9 Uhr wollte sie Carlotta Birkmeier aufsuchen. Noch gut zwei Stunden Zeit, immerhin.

Gerade, als sie aufstehen wollte, um das Büro zu verlassen, klingelte das Telefon. Wer konnte das sein um diese Uhrzeit? Richtig, jetzt erinnerte sie sich. Sie hatte im Krankenhaus ihre Karte hinterlassen mit der Bitte, sie sofort anzurufen, wenn es etwas Neues gäbe in Bezug auf den verletzten Einbrecher. Er würde doch hoffentlich nicht gestorben sein?

»Oberkommissarin Sommer«, meldete sie sich knapp.

»Hier Doktor Heinfeld. Ich sollte Sie informieren, Frau Kommissarin, sobald wir Näheres wissen über den Patienten mit der Schussverletzung.«

»Ja, ich weiß, Herr Doktor. Wie geht es ihm? Er ist doch hoffentlich nicht verstorben?«

»Nein, nein, es geht ihm relativ gut. Wir konnten das Projektil aus seiner Lunge entfernen und seinen Zustand stabilisieren. Aber er wird noch eine Weile im künstlichen Koma verbleiben. Sie können ihn also noch nicht vernehmen.«

»Hm, ja. Ich verstehe. Da kann man nichts machen, bedauerlich.« Julie war enttäuscht.

»Ich habe trotzdem einige Informationen für Sie, Frau Kommissarin«, sagte der Arzt. Er beschrieb den körperlichen Zustand seines Patienten, seine Drogensucht und die Spuren von Misshandlungen. Dazu berichtete er der Polizistin von dem Besuch Carlotta Birkmeiers und des Detektivs. »Die Identität des Mannes ist also geklärt. Was ihn veranlasste, den Juwelierladen seiner Schwester zu überfallen, müssen Sie herausfinden, Frau Kommissarin«, schloss er seine Ausführungen.

Julie bedankte sich und legte auf. Das waren interessante neue Erkenntnisse! Also der eigene Bruder hatte seine Schwester bestohlen! Wahrscheinlich hatte es etwas mit seine Drogensucht zu tun. Aber wer hatte ihn gefesselt und misshandelt? Und warum? Anscheinend steckte noch viel mehr hinter dieser Geschichte.

Mit frischem Elan machte die Kommissarin sich an die Arbeit. Sie aktivierte ein bestimmtes Programm in ihrem Computer. Als Erstes würde sie sich alles Wissenswerte über die Drogenszene Hamburgs aufrufen. Das sah nach einer Menge Recherchearbeit aus. Den Schlaf musste sie auf später verschieben.

7. KAPITEL

Es war schon nach 13 Uhr mittags, als Fuchs seinen uralten VW Golf, den er wegen seiner Unauffälligkeit für die Observationen benutzte, auf dem Lehrerparkplatz der Gesamtschule abstellte. Er hatte fest und traumlos geschlafen, und wenn Lady nicht auf seine Brust gesprungen wäre und es sich dort gemütlich gemacht hätte, würde er wahrscheinlich immer noch selig schlummern. Nachdem wieder einmal ein Vanillepudding als Frühstück herhalten musste, fand er, dass ein umfangreicher Einkauf zwecks Auffüllung seiner Lebensmittelvorräte vor allem anderen Vorrang hatte. So kam es, dass er erst jetzt, kurz vor Schluss des Vormittagsunterrichts, bei der Schule ankam.

Gerade als er durch den Haupteingang trat, lief ihm Oberkommissarin Julie Sommer in die Arme, im Schlepptau einen schlaksigen Kollegen mit Brille, der aussah, als ob er seine Tage und wahrscheinlich auch die Nächte vor dem Computer verbrächte.

»Sieh mal an, der Privatschnüffler!«, entfuhr es der Polizistin. »Was machen Sie denn hier?«

»Na, das ist ja mal eine nette Begrüßung«, entgegnete Fuchs. »Ihnen auch einen guten Tag, Frau Kommissarin!« Verflixt, dachte er, musste die Beamtin ihm gerade jetzt über den Weg laufen? Er beschloss, das Beste aus der Situation zu machen. »Gibt es schon etwas Neues in Sachen Juwelenraub?«, fragte er und setzte sein nettestes Lächeln auf. Sein Charme schien bei Julie Sommer jedoch nicht zu verfangen. Sie baute sich vor ihm auf und starrte ihn herausfordernd an.

»Allerdings«, sagte sie. »Aber warum sollte ich es Ihnen verraten?« Fuchs bemerkte, dass in ihrer linken Wange ein Grübchen entstand, wenn sie ein Wort mit dem Vokal E aussprach. Sah niedlich aus, fand er.

»Kommen Sie, Frau Sommer«, meinte er versöhnlich, »wir ziehen doch am gleichen Strang. Kein Grund, so kratzbürstig zu sein.«

Die Beamtin zog ihre Stirn kraus und betrachtete ihn skeptisch. Der Computertyp meldete sich zu Wort. »Ich bin übrigens Ole Möller, Kriminalkommissar«, merkte er an. »Und wer sind Sie?«

»Fuchs. Privatermittler. Ich arbeite im Auftrag von Frau Birkmeier.«

Er gab dem jungen Kommissar die Hand. »Wie geht es Ihnen?«

Bevor Möller antworten konnte, unterbrach Julie Sommer den Dialog der Männer. »Also gut«, seufzte sie. »Über Sascha Birkmeier wissen Sie ja Bescheid, da Sie bei ihm im Krankenhaus waren, wie mir Doktor Heinfeld sagte. Und Carlotta Birkmeier wird Ihnen den Hergang des Überfalls sicher erzählt haben, oder?«

Fuchs nickte. »Eine rätselhafte Geschichte, das Ganze, nicht wahr?«

Julie stieß einen Seufzer aus. »Das kann man wohl sagen.«

Fuchs bemerkte, dass ihre Augenlider gerötet waren. Offensichtlich war sie noch nicht zum Schlafen gekommen.

»Ich habe eben mit seiner Tutorin, einer Frau Doktor Schrader gesprochen«, fuhr Julie Sommer fort. »Sie sagte, seine Leistungen hätten sich in den letzten Monaten sehr verschlechtert, und er habe sich auch in anderer Hinsicht verändert. Sie führte das auf den Tod seiner Eltern zurück. Über seine Freunde oder mit wem er oft zusammen war, konnte sie nichts sagen.« Sie zuckte mit den Schultern. »Sie sehen, das hilft uns nicht viel weiter.«

»Hm«, machte Fuchs, »okay. Jedenfalls vielen Dank für die Info.«

Die Kommissarin wandte sich zum Gehen. »Also dann«, ein knappes Lächeln, »auf Wiedersehen!« Ole Möller hob wortlos die Hand zum Abschied und folgte seiner Chefin.

Fuchs sah sich um. Lange leere Korridore, an den Wänden die Schülerarbeiten aus dem Kunstunterricht. Der Detektiv fühlte sich lebhaft an seine eigene Schulzeit erinnert.

In diesem Moment ertönte der Gong, und die Schüler strömten über die Flure ins Freie oder in die Mensa. Er mischte sich unter eine Gruppe Jugendlicher, von denen er annahm, dass sie etwa in Saschas Alter waren. Ein Mädchen mit langen blonden Haaren musterte ihn misstrauisch. Er lächelte ihr zu und zog seinen Ausweis aus der Tasche. »Entschuldige bitte, darf ich dich kurz etwas fragen?«

Sie blieb stehen und warf einen Blick auf das Dokument. »Ja?«

»Mein Name ist Fuchs, ich bin Privatdetektiv. Kennst du Sascha Birkmeier?«

»Ja, er ist in meinem Jahrgang. Was ist denn mit ihm?«

»Hm, darüber darf ich leider nichts sagen. Kanntest du ihn näher?«

»Nein, eigentlich nicht. Ich habe nur den Spanischkurs mit ihm zusammen.« Das Mädchen hielt die Collegemappe schützend vor ihre Brust und machte Anstalten weiterzugehen.

»Warte bitte einen Augenblick. Sascha ist da in etwas hineingeraten, und ich versuche, ihm zu helfen. Seine Schwester hat mich beauftragt.«

»Ach so?« Das Misstrauen des Mädchens schien sich zu verflüchtigen.

»Ja. Und deshalb versuche ich, so viel wie möglich über ihn zu erfahren, verstehst du?«

»Aber ich weiß nichts über Sascha. Ich kenne ihn ja kaum.« Die Schülerin zuckte bedauernd die Schultern.

»Aber weißt du vielleicht, wer Sascha besser gekannt hat? Ein Freund vielleicht oder eine Freundin?«

Das Mädchen überlegte. »Vielleicht Jenny. Jenny Neustein. Ich glaube, die beiden waren mal zusammen. Ist aber schon ’ne Weile her.«

»Aha, Jenny also. Kannst du mir sagen, wo ich sie jetzt finden könnte?«

»Hm. Wahrscheinlich ist sie in der Cafeteria. Kommen Sie mit, ich will auch dorthin.«

Fuchs schenkte der Schülerin sein schönstes Lächeln. »Danke dir, das ist sehr nett. Wie heißt du überhaupt?«, fragte er, während er neben ihr herging.

Das Mädchen erwiderte sein Lächeln. »Mareike.«

»Danke, Mareike. Du bist mir eine große Hilfe!«

In der Cafeteria drängten sich die Schüler an der Essensausgabe, während viele schon an den Tischen saßen und ihre Mahlzeit verzehrten. Die verschiedensten Essensgerüche erfüllten die Luft und erinnerten Fuchs daran, dass er seit dem jämmerlichen Puddingfrühstück nichts gegessen hatte. Der Lärmpegel, der durch die Gespräche der Jungen und Mädchen entstand, war enorm.

Mareike wies auf eine Schülerin mit langen, welligen braunen Haaren, die an einem Tisch neben einem kräftigen Burschen mit blondem Bürstenhaarschnitt saß und an einem Baguettesandwich knabberte. »Das da ist sie«, sagte sie.

Fuchs bedankte sich bei ihr und trat an den Tisch, an dem Jenny saß. »Hey«, grüßte er freundlich, »bist du Jenny?«

Überrascht blickte das Mädchen auf und sah ihn an. »Ja. Warum?«

»Darf ich mich einen Moment zu dir setzen? Ich hätte ein paar Fragen an dich über Sascha.«

»Über Sascha? Wieso das denn?« Jennys Gesichtsausdruck zeigte Überraschung und Argwohn. Und Sorge, stellte der Detektiv fest.

»Wer sind Sie überhaupt?«, mischte sich der Junge neben Jenny in das Gespräch ein. »Und was haben Sie hier zu suchen?«

Der Ton des Schülers war nicht nur äußerst selbstbewusst, sondern ausgesprochen aggressiv, fand Fuchs.

»Nur die Ruhe«, sagte er und zeigte seinen Ausweis vor. »Fuchs mein Name. Ich bin im Auftrag von Carlotta Birkmeier unterwegs.« An Jenny gerichtet, fuhr er fort: »Wie ich gehört habe, kennst du Sascha, ihren Bruder, recht gut, Jenny, stimmt das?«

Ehe das Mädchen antworten konnte, ergriff wieder der Junge das Wort. »Sie dürfen hier gar nicht einfach Leute verhören, das ist eine Schule. Jenny, du brauchst nichts zu sagen. Dieser Schnüffler hat gar kein Recht, hier zu sein.«

»Nun mal langsam, mein Junge. Reg dich nicht auf. Das Ganze geht dich gar nichts an, verstanden?« Fuchs' Stimme war eine deutliche Spur kälter geworden.

Erbost sprang der Schüler auf. »Ich hole die Aufsicht. Jenny, du brauchst ihm nichts zu sagen. Ich bin gleich mit einem Lehrer wieder da.« Er drängte sich durch eine Traube Schüler in Richtung Flur.

»Nun?«, wandte sich Fuchs erneut an Jenny.

»Was ist denn mit Sascha? Er war seit Tagen nicht mehr hier. Ist ihm etwas passiert?« Die Sorge in den Augen des Mädchens war nun unübersehbar.

»Ja, er liegt im Krankenhaus. Näheres darf ich dir leider nicht sagen.«

»Oh mein Gott, der Arme!«

»Wart ihr beide ein Paar, du und Sascha?«

»Nein, schon lange nicht mehr. Vor einem Vierteljahr habe ich Schluss gemacht. Trotzdem … Was ist denn passiert?«

»Gerade das versuche ich ja herauszufinden, Jenny. Warum hast du denn Schluss gemacht, darf ich das fragen?«

Über das anmutige Gesicht des Mädchens flog ein schmerzlicher Schatten.

»Es war nicht mehr auszuhalten mit ihm. Sie müssen wissen, seit dem Tod seiner Eltern war Sascha nicht mehr derselbe. Mal war er ausgelassen und geradezu fröhlich, dann wieder schrecklich deprimiert. Manchmal wurde er sogar richtig aggressiv. Aber so oft ich ihn auch gefragt habe, was mit ihm los ist: Er wollte es mir nicht sagen.«

»Wusstest du, dass er Drogen genommen hat?«

Entsetzt sah Jenny den Detektiv an. »Nein, um Gottes willen! War das vielleicht der Grund für sein komisches Verhalten?« Nachdenklich schüttelte sie den Kopf. »Jetzt wird mir einiges klar.«

»Was wird dir klar, Jenny?«

»Na, warum er kaum noch Zeit für mich hatte. Warum er kein Interesse mehr an der Schule hatte und sich so komisch benahm.«

»Eine letzte Frage noch, Jenny: Weißt du, mit wem Sascha in den letzten Monaten oft zusammen war? Wer seine Freunde waren, mit denen er 'rumhing und so?«

»Na, mit Patrick natürlich. Der Junge, der eben hier neben mir gesessen hat. Wir waren früher oft zusammen unterwegs, Sascha, Patrick und ich.«

»Patrick. Und wie weiter?«

»Patrick Nordmann. Wir haben einige Kurse zusammen.«

Fuchs bemerkte, dass besagter Patrick in diesem Moment mit einer streng aussehenden Lehrperson im Schlepptau in die Cafeteria kam und auf ihn zuhielt. Schnell stand er auf, sagte »Danke, Jenny« und drängte sich auf der anderen Seite durch die Schülergruppen zum Ausgang. Er hatte keine Lust, lange Erklärungen darüber abzugeben, weshalb er sich unerlaubterweise auf dem Schulgelände aufhielt und Mädchen ansprach.

8. KAPITEL

Fuchs' Magen knurrte. Er hatte in seinem Kopf eine absolut realistische Vision davon, wie er das saftige 500-Gramm-Steak, das er am Vormittag beim Metzger seines Vertrauens erstanden hatte, in die Pfanne mit dem zischenden Fett legen und es genau drei Minuten von beiden Seiten braten würde, sodass es im Inneren noch zartrosa wäre. Die Vorstellung davon, wie er es danach zusammen mit einem knackigen grünen Salat und mit frischem, warmem Knoblauchbrot verspeisen würde, ließ ihm das Wasser im Mund zusammenlaufen, und er meinte, den verlockenden Duft des gebratenen Steaks in der Nase zu haben.

In Wirklichkeit saß er in seinem VW Golf und wartete schon seit fast zwei Stunden auf das Ende des Unterrichtes. Endlich, um kurz nach 15 Uhr, hörte er den Schulgong, und gleich danach strömten die Schüler aus dem Gebäude. Kurzzeitig vergaß Fuchs seine Essensfantasien, als er sich darauf konzentrierte, den blonden Schopf von Patrick Nordmann zu entdecken. Es war sein Instinkt, der ihm sagte, dass der forsche Patrick irgendetwas mit dem Desaster zu tun hatte, in dem der junge Birkmeier sich befand.

Da war er! Der Jugendliche hielt zügig auf die Mofas und Motorroller zu, die neben den zahllosen Fahrrädern in einem überdachten Teil des Hofes abgestellt waren. Er setzte sich einen Helm auf, stieg auf einen schicken schwarzen Roller der Marke *Venus* von *Alpha Motors* und fuhr los. Das neu aussehende Kraftrad schaffte mit seinen 50 Kubikzentimetern gut und gerne 45 Stundenkilometer, und Fuchs machte sich bereit, dem flinken kleinen Roller im Stadtverkehr zu folgen. Umsichtig fädelte er sich in den laufenden Verkehr ein und konzentrierte sich darauf, den Schüler nicht aus den Augen zu verlieren. Die Fahrt führte durch den Stadtteil Fuhlsbüttel Richtung Stadtrand, ging durch eine Wohnsiedlung und endete auf einem riesigen Supermarktparkplatz, der um diese Uhrzeit gut besucht war, sodass Fuchs Mühe hatte, einen freien Stellplatz zu finden. Er beobachtete, wie Patrick etwas abseits am Rand des Platzes seinen Roller abstellte, den Helm abnahm und das Handy aus der Tasche zog. Er tippte eine Nummer ein und telefonierte. Das Gespräch dauerte höchstens eine Minute. Anschließend lief der Junge unruhig hin und her; anscheinend wartete er auf jemanden.

Fuchs holte seinen schon etwas betagten Camcorder aus dem Handschuhfach; die handliche *Sony HDR-CX 240* hatte ihm schon oft gute Dienste geleistet. Er versuchte, eine Sitzposition zu finden, in der er einen unverstellten Blick auf das zu erwartende Geschehen hatte, ohne selbst aufzufallen. Er breitete eine Straßenkarte vor sich auf dem Steuerrad aus und tat so, als suche er nach dem richtigen Weg, derweil um ihn herum geschäftige Menschen ihre Einkäufe in großen Einkaufswagen vor sich herschoben und im Kofferraum ihrer Autos verstauten. Fuchs' Geduld wurde auf eine harte Probe gestellt, während er wartete, und er nahm sich fest vor, auf seiner nächsten Beobachtungstour ein Butterbrot mitzunehmen.

Seine Ausdauer wurde belohnt, als sich nach 20 Minuten ein blauer Opel Astra langsam dem Jungen und seinem Roller näherte. Fuchs betätigte den Auslöser des Camcorders. Gewohnheitsmäßig prägte er sich das Nummernschild des Opels ein und versuchte, die Kamera so auszurichten, dass sie möglichst brauchbare Bilder produzierte.

Die Ankömmlinge stiegen aus und begrüßten den Schüler mit kurzem Handschlag. Patrick redete auf die Männer ein und gestikulierte heftig dabei. Offensichtlich versuchte er, den beiden etwas zu erklären, was diese nicht gerne hörten. Alle drei schienen ausgesprochen nervös zu sein. Der ältere der beiden, ein drahtiger, mittelgroßer Typ, tänzelte dauernd hin und her und sah sich ständig nach allen Seiten um. Der zweite, groß und muskulös, schien den Großteil seiner Zeit beim Bodybuilding zu verbringen. Schließlich verabschiedeten sich die Männer von dem Schüler mit einer angedeuteten Umarmung, wobei der drahtige dem Jungen unauffällig ein kleines Paket zuschob, das dieser in seiner Jackentasche verschwinden ließ. Patrick seinerseits steckte ihm ebenfalls etwas zu; Fuchs nahm an, dass es Geldscheine waren. Aha, dachte er. Hier war also die Verbindung zu den Drogen, deren Opfer Sascha geworden war.

Er stellte den Camcorder aus und startete den Golf, um den beiden Männern zu folgen. Wenn er Glück hatte, würden sie ihn zu dem Versteck führen, wo sie ihre Vorräte an Crystal Meth lagerten oder wo sie ihren Lieferanten trafen, denn Fuchs hielt es für unwahrscheinlich, dass die beiden allein arbeiteten. Der dichte Feierabendverkehr, der inzwischen eingesetzt hatte, machte es schwer, den blauen Opel nicht aus den Augen zu verlieren. Da Fuchs nicht riskieren konnte, dass die Männer ihn bemerkten, achtete er darauf, immer mindestens zwei

Wagen hinter ihnen zu bleiben. An einer Ampel wechselte das Gelb gerade auf Rot, als er noch schnell über die Kreuzung rauschte. Je länger die Fahrt dauerte, desto größer wurde die Gefahr, dass die Dealer ihren Verfolger bemerkten. Schon überlegte Fuchs, die Observierung abzubrechen, als der Opel am Rande des Flughafengeländes in eine Nebenstraße einbog, die durch brachliegendes Gelände zu einer Reihe von Bauten führten, die offensichtlich als Lagerhallen dienten. Die Gebäude, die wie große Garagen wirkten, waren jeweils durch ein Tor verschlossen, in das eine kleine Tür eingelassen war. Fuchs blieb in einiger Entfernung stehen und beobachtete, wie die beiden Männer den Opel parkten, ausstiegen und durch eine dieser Türen im Inneren der Halle verschwanden. Fürs Erste hatte er genug gesehen. Sorgfältig merkte er sich den Standort, wendete den Golf und machte sich auf den Weg nach Hause.

9. KAPITEL

Die Zubereitung des Steaks lief genauso ab, wie Fuchs es sich vorgestellt hatte. Während er es Bissen für Bissen mit ungeheurem Genuss verspeiste, dazu das duftende Brot und den frischen Salat aß und eine kühle Flasche Bier trank, hatte er das Gefühl, dass es ihm lange nicht mehr so gut gegangen war wie in diesem Moment.

»Hmm, Lady, du hast ja keine Ahnung, wie gut solch ein Steak schmeckt«, teilte er der Katze mit, die neben dem Tisch auf dem Boden saß und ihn mit unergründlichem Gesichtsausdruck beobachtete. Während er kaute, überlegte er sich das Programm für den Abend. Als Nächstes würde er Carlotta besuchen, um ihr das Ergebnis seiner Recherchen mitzuteilen und die weitere Vorgehensweise mit ihr zu besprechen. Dann würde er ins Fitnessstudio gehen und sein wöchentliches Training absolvieren. Danach hätte er Zeit, im Internet alles Wichtige über die Herstellung, den Vertrieb und den Konsum von Crystal Meth zu recherchieren.

Carlotta empfing Fuchs mit einem Lächeln; sie schien sich einigermaßen gefasst zu haben. »Guten Abend, Herr Fuchs«, begrüßte sie ihn förmlich. »Bitte treten Sie näher!«

Sie ging ihm voraus in das Wohnzimmer, das er schon kannte. Auf der Couch saß Christoph Fischer, der Mann mit dem Porsche. Die Männer reichten sich die Hände zur Begrüßung. Fuchs konnte sich nicht helfen, aber er fand Carlottas Freund unsympathisch, konnte aber nicht recht sagen, worauf sich sein Gefühl gründete. War er vielleicht eifersüchtig, weil Fischer jetzt die Rolle des Beschützers bei Carlotta eingenommen hatte? Er schob den unangenehmen Gedanken beiseite. Unwichtig im Moment.

»Bitte setzen Sie sich, Herr Fuchs. Möchten Sie etwas trinken?« Carlotta war ganz die charmante Gastgeberin.

»Gerne. Vielleicht ein Bier, wenn Sie haben.«

Fuchs ließ sich breitbeinig in einem der modischen kleinen Sessel nieder. Fischer, der ein Glas Whisky vor sich stehen hatte, fragte: »Haben Sie schon etwas herausfinden können, Herr Fuchs? Die Sache mit Sascha ist ja wirklich merkwürdig. Der Junge tut mir so leid.«

»A-hm«, machte Fuchs und nickte. Carlotta kam und stellte eine Flasche Bier vor ihm auf den Couchtisch, dazu ein Tulpenglas. Sie setzte sich neben ihren Freund und sah den Ermittler erwartungsvoll an. »Gibt es etwas Neues?«, fragte nun auch sie.

Während Fuchs sich das Bier einschenkte, überlegte er, ob er im Beisein Fischers frei reden sollte. Warum nicht, entschied er, offensichtlich waren die beiden sehr vertraut miteinander.

»Also«, begann er, »ich habe möglicherweise eine Spur zu den Dealern, von denen Sascha seinen Stoff bezogen hat.«

Er berichtete mit knappen Worten, was er erlebt hatte bei der Observierung des Schülers.

»Ich habe das Treffen gefilmt und werde davon auch der Polizei Kenntnis geben. Vorher möchte ich Sie bitten, sich die Aufnahmen anzusehen. Vielleicht kennen Sie die Personen oder haben sie schon einmal mit Sascha gesehen.« Er zog den Camcorder aus der Sporttasche, in die er die Kamera zusammen mit seinem Trainingsoutfit gepackt hatte, und stellte den Rekorder an. Interessiert beugten sich Carlotta und Fischer vor und betrachteten die Aufnahme. Carlotta schüttelte den Kopf.

»Nein, die Männer habe ich noch nie gesehen. Der Junge, der mit ihnen spricht, kommt mir bekannt vor. Kann sein, dass ich ihn schon einmal mit Sascha gesehen habe, vielleicht, als ich ihn gelegentlich von der Schule abgeholt habe. Aber ich bin mir nicht sicher.«

»Die Identität des Jungen ist geklärt. Er heißt Patrick Nordmann und ist mit Sascha befreundet. Jedenfalls sagt das die ehemalige Freundin von Sascha, Jenny Neustein. Kennen Sie sie?«

Die Goldschmiedin schüttelte bedauernd den Kopf. »Leider nein. Sie wissen ja, die viele Arbeit und das alles hier …«

Hilfesuchend sah sie ihren Freund an.

»Du hast keine Schuld, Liebling! Sascha ist selbst schuld, dass er in diesen Schlamassel hineingeraten ist.« Fischer legte seinen Arm um Carlottas Schultern und drückte sie leicht an sich. Dann wandte er sich an Fuchs. »Was haben Sie denn jetzt weiter vor, Herr Detektiv?«, fragte er in einem herausfordernden Ton, der Fuchs gar nicht zusagte. »Noch wissen wir ja nichts über die Verbrecher, die den Jungen zu dem Überfall in Carlottas Laden erpresst haben. Haben Sie schon eine Idee, wie Sie die Typen aufspüren können?«

Fuchs verstaute dem Camcorder wieder in seiner Sporttasche.

»Nun ja«, sagte er seufzend, »morgen werde ich erst einmal die Polizei informieren über das, was ich beobachtet habe. Anhand der Kamerabilder kann man die

Dealer sicher identifizieren. Die Kommissare werden dann die entsprechenden Maßnahmen ergreifen. Dieser Patrick wird bestimmt mehr wissen über die Verteilung der Drogen. Womöglich ist er derjenige, der Sascha in die Szene eingeführt hat. Außerdem werden wir erfahren, was sich in der Halle befindet, wenn die Polizei genügend Grund für eine Durchsuchung erkennt. Danach sehen wir weiter.«

Er stand auf, um sich zu verabschieden. Carlotta und Fischer erhoben sich ebenfalls. »Jetzt habe ich erst einmal eine Runde im *Aktivclub* vor mir«, sagte Fuchs zu Carlotta auf dem Weg zur Tür. »Wie geht es übrigens Ihrem Bruder inzwischen, Frau Birkmeier?«

»Er liegt immer noch im Koma, sagt Doktor Heinfeld. Es wird sicher noch ein, zwei Tage dauern, bis sie ihn aus dem künstlichen Tiefschlaf herausholen. Gott sei Dank ist er nicht in Lebensgefahr.«

Fischer reichte dem Ermittler die Hand. »Viel Erfolg bei Ihren Recherchen, Herr Fuchs«, sagte er höflich. Fuchs lächelte beiden aufmunternd zu und verließ die Wohnung.

Draußen empfing ihn ein milder Sommerabend mit lauer Luft und munterem Vogelgezwitscher in den großen Kastanien, die die Straße säumten. Fuchs beschloss, eine Runde mit seinem Motorrad an der Alster entlang zu drehen, bevor er sein fälliges Training im Fitnessstudio absolvierte. Ob Tina heute Abend wohl ebenfalls im Studio sein würde, so wie die letzten Male? Während er im gemächlichen Tempo durch die ruhigen Straßen fuhr, dachte er mit einem selbstgefälligen Lächeln an die vielversprechenden Begegnungen mit Tina. Die hübsche Brünette mit ihrem durchtrainierten Body hatte eindeutiges Interesse an ihm gezeigt, erinnerte Fuchs sich. Vielleicht konnte er heute Abend die Bekanntschaft vertiefen. Er grinste. Gegen einen kleinen Flirt war schließlich nichts einzuwenden.

10. KAPITEL

Fuchs wurde enttäuscht. Die gesundheitsbewusste Tina war nicht da, sodass er den Parcours durch die verschiedenen Trainingseinheiten allein absolvieren musste. Als er frisch geduscht und wohltuend müde mit seiner Sporttasche aus der Tür des Studios trat, war es vollkommen dunkel, und auf der Straße herrschte nur noch wenig Verkehr. Der zum Studio gehörende Parkplatz war menschenleer; nur ein paar Pkws standen verstreut auf dem von einer dichten Reihe Büsche umstandenen Fläche.

Der Detektiv sah die beiden Männer, die aus dem Schatten der Hausmauer heraustraten, erst im letzten Moment. Beide waren schwarz gekleidet und trugen Strumpfmasken. Der Schlag auf den Hinterkopf traf Fuchs völlig unvorbereitet. Der Schmerz explodierte mit einem hellen Blitz in seinem Kopf, und einen Augenblick lang glaubte er, das Bewusstsein zu verlieren. Während er versuchte, sich zu fangen, packte ihn der größere der beiden Angreifer und riss ihm brutal die Arme auf den Rücken. Zugleich baute sich der kleinere vor ihm auf und tastete seine Kleidung ab. Er fand die Brieftasche, nahm mit flinken Fingern die Geldscheine heraus, steckte sie ein und warf die Geldbörse auf den Boden. Dann durchsuchte er die Sporttasche, fand den Camcorder und steckte ihn ebenfalls ein. In der Zwischenzeit hatte sich Fuchs ein wenig von dem Schlag auf den Kopf – wahrscheinlich hatte der Typ einen Totschläger dazu benutzt – erholt und versuchte, sich aus dem eisernen Griff des Hünen zu befreien. Keine Chance. Wie in einem Schraubstock hielt der Angreifer seine Arme fest. Der Kleine baute sich vor ihm auf, streifte einen Schlagring über seine rechte Hand und versetzte ihm einen gezielten Schlag gegen den Kiefer, sodass Fuchs' Schädel wie ein Punchingball zur Seite flog. Der Schmerz zuckte vom Kopf aus durch seinen gesamten Körper und bewirkte, dass seine Knie nachgaben. Der Riese hielt ihn in der Senkrechten fest und der Schläger trat dicht an ihn heran. »Merk dir das, Schnüffler«, zischte er dem Detektiv ins Ohr, »das passiert Leuten, die ihre Nase in Sachen hineinstecken, die sie nichts angehen.« Dann jagte er seine geballte Faust in Fuchs' Magengrube, worauf der Detektiv zusammenklappte wie ein Taschenmesser. Der Mann hinter ihm zerrte ihn brutal wieder hoch. Fuchs schnappte nach Luft. Gerade als der kleine Typ wieder ausholte, fuhr Fuchs sein rechtes Bein aus und platzierte einen gut berechneten Tritt in die Weichteile des Schlägers. Jaulend heulte der Angreifer auf und krümmte sich vor Schmerzen. Dadurch bekam Fuchs ein wenig Spielraum. Er versuchte, sich mit einem kräftigen Ruck aus dem Griff des Hünen zu befreien. Das gelang fast, aber bevor er sich vollständig lösen und einen Judogriff ansetzen konnte, hatte der kleinere Typ sich wieder aufgerafft. Voller Wut versetzte er Fuchs mit dem Schlagring einen gezielten Hieb gegen die Schläfe. Ein greller Blitz, und Fuchs versank in Dunkelheit.

Als er aufwachte, lag er immer noch auf dem Parkplatz. Von den Angreifern keine Spur. Fuchs sah auf seine Armbanduhr. Es waren kaum fünf Minuten vergangen. Er rappelte sich auf. Etwas Warmes sickerte an seiner linken Wange herunter. Er griff mit der Hand danach. Die Wunde an seiner Schläfe fühlte sich nass an. Er blutete! Fuchs suchte in seiner Jackentasche nach einem Papiertaschentuch und presste es auf die Verletzung. Sein Kopf hämmerte. Behutsam tastete er sein Gesicht ab. Der Kiefer war geschwollen. Vorsichtig rückte er ihn hin und her, um zu prüfen, ob er gebrochen war. Offenbar nicht. Glück gehabt, dachte er. Dafür schmerzten die Schultergelenke von dem barbarischen Griff des Hünen, ebenso der Bauch, wo ihn die Schläge des kleineren Angreifers getroffen hatten. Er hob seine Sachen auf und wankte stöhnend zu seinem Motorrad, das nach wie vor an Ort und Stelle stand. Langsam und vorsichtig stieg er auf und lenkte die Maschine durch den abendlichen Verkehr heimwärts.

Unterwegs dachte er über den Vorfall nach, obwohl sein Hirn immer noch leicht benebelt war. Konnte das ein normaler Raubüberfall gewesen sein und er nur ein zufälliges Opfer? Nein, auf keinen Fall. Die Warnung, die der Schläger ihm zugeflüstert hatte, wies eindeutig darauf hin, dass er als Detektiv gemeint gewesen war. Es musste etwas mit seinem neuen Fall zu tun haben. Diese Sache mit dem jungen Birkmeier schlug anscheinend höhere Wellen, als er gedacht hatte. Hatten die Angreifer nicht so ausgesehen wie die beiden Männer, die sich mit Patrick Nordmann getroffen hatten? Zwar hatte er sie nur schemenhaft erkennen können, aber von der Größe und der Statur her könnten sie es gewesen sein. Aber woher, um Himmels willen, wussten die Verbrecher von ihm und seinem Auftrag? Hatte Patrick es ihnen gesteckt? Aber der hatte doch so gut wie nichts über ihn gewusst, jedenfalls nicht, wo er den Abend verbringen würde. Oder hatten die beiden Dealer ihn etwa gesehen, als er das Treffen mit Patrick beobachtet hatte? Nichts hatte darauf hingewiesen, dass sie ihn bemerkt hatten. Vielleicht hatten die Typen seinen Wagen entdeckt, als er ihnen gefolgt war. Obwohl er so gut aufgepasst hatte. Verdammt! Wie hatte ihm das passieren können!

Fuchs' Kopf dröhnte, der Kiefer schwoll immer mehr an, und seine Schultergelenke schmerzten so sehr, dass er kaum das Motorrad lenken konnte. Froh, endlich zu Hause angekommen zu sein, stellte er seine Maschine in der Garage ab, nahm seine Sporttasche und den Helm, der durch die Kopfverletzung ganz blutig geworden war, und schleppte sich ins Haus. Lady begrüßte ihn mit einem freundlichen Maunzen und strich ihm mitfühlend um die Beine. Im Bad schaute ihm aus dem Spiegel ein mitleiderregendes Gesicht an, blutig und geschwollen. Vorsichtig untersuchte er die Schläfenverletzung, säuberte sie und klebte ein großes desinfizierenden Heftpflaster auf die Wunde. Auf die Beule am Hinterkopf presste er eine Kühlpackung aus dem Gefrierfach, und die schmerzenden Schultergelenke versorgte er mit einer Salbe gegen Muskelbeschwerden. Einigermaßen wiederhergestellt, gönnte er sich einen Vanillepudding, legte eine Langspielplatte mit Countrysongs auf und versuchte, sich zu entspannen, während Lady laut schnurrend auf seinem Schoß lag und sich streicheln ließ.

DONNERSTAG, 20. JUNI 2019

11. KAPITEL

Julie Sommer hatte in der Nacht besonders gut geschlafen, weil sie den fehlenden Schlaf wegen des nächtlichen Juwelenraubes nachzuholen hatte. Sie war am Morgen munter und unternehmungslustig aufgewacht und mit dem Fahrrad an der Alster entlang ins Kommissariat geradelt, begleitet vom sommerlichen Vogelgezwitscher, das sogar den Verkehrslärm der nahen Straße übertönte. Der Grund ihrer guten Laune lag nicht nur in der erholsamen Nachtruhe, sondern auch in der Aussicht auf das bevorstehende Wochenende mit Simon. Endlich hatte er einmal Zeit für sie; ein ganzes langes Wochenende hatte er sich freigemacht von seiner Familie. Julie hatte keine Lust, darüber nachzudenken, wie er das bewerkstelligt hatte, sie wollte die Zeit mit ihrem Freund einfach nur genießen.

Das weiße zweistöckige Polizeigebäude im Wördemoorweg gleich neben der Neuapostolischen Kirche mit der originellen dreieckigen Vorderfront lag in der hellen Morgensonne und sah wie frisch gewaschen aus. Auf der Straße davor parkten die blau-weißen Dienstfahrzeuge und warteten auf ihren Einsatz.

Im Büro angekommen, begrüßte Julie ihren Kollegen Ole Möller mit einem fröhlichen High Five, was er mit einem erfreuten Grinsen quittierte.

»Na, du hast ja eine gute Laune heute, Chef. Wie kommt's? Hast du im Lotto gewonnen?«

»Eh-eh«, verneinte Julie. Sie setzte sich an ihren Schreibtisch und zog einen Stapel Akten zu sich heran. »Es ist einfach ein schöner Tag heute, findest du nicht?«

»Wenn du meinst.« Ole blieb skeptisch.

»Was gibt es Neues im Fall Birkmeier?«, fragte Julie.

»Bis jetzt haben wir nur das, was die Spurensicherung uns geschickt hat. Keine verwertbaren Fingerabdrücke, keine Ergebnisse, die Waffe betreffend. Nur dass es sich um eine Pistole Kaliber sieben Millimeter handeln muss, wahrscheinlich eine *Glock*, der Patrone nach zu urteilen, die den Jungen getroffen hat.«

»Aha. Das hilft uns nicht viel weiter. Und sonst?«

»Die Fahndung nach dem geflohenen Räuber läuft. Aber ich erwarte mir nicht viel davon nach der vagen Beschreibung, die Frau Birkmeier uns gegeben hat.«

»War ja klar.«

»Die Liste der gestohlenen Gegenstände und Materialien hat Frau Birkmeier uns gemailt«, fuhr Möller fort. »Von den kostbarsten Schmuckstücken hat sie uns Fotos geschickt. Ich habe alles schon an die Hamburger Juweliere und Pfandleiher weitergeleitet, für den Fall, dass sie irgendwo angeboten werden. Bis jetzt keine Resonanz.«

»Hm. Wir müssen abwarten. Wenn nötig, müssen wir auch die nähere Umgebung Hamburgs einbeziehen.« Julie blätterte in den Papieren. »Hat das Krankenhaus sich schon gemeldet, wann der Junge aus dem Koma geholt wird?«

»Nee, noch nicht. Kann wohl noch eine Weile dauern.«

»Okay. Was haben wir über die Drogenszene in Hamburg, besonders über den Stoff, den der Junge genommen hat, dieses Crystal Meth?«

»Nur das, was allgemein bekannt ist: dass es immer mehr Verbreitung findet, dass es besonders schnell süchtig macht und so weiter. Konkrete Anhaltspunkte, wo es hergestellt wird und auf welchen Wegen es unter die Leute gebracht wird, haben wir nicht. Nur, dass es oft aus Tschechien illegal nach Deutschland eingeführt wird. Aber auch im Internet kann man es sich besorgen.«

Die Kommissarin runzelte unzufrieden die Stirn.

»Also, eigentlich können wir wenig machen, solang Sascha Birkmeier nicht vernehmungsfähig ist. Ich werde in der Zwischenzeit die Familie Birkmeier noch etwas genauer unter die Lupe nehmen. Vielleicht ergeben sich daraus irgendwelche Hinweise auf den Hintergrund der Drogensucht des Jungen.«

Ihr Kollege nickte. »Komisch, dass wir in seinem Zimmer nichts Verwertbares gefunden haben, auch kein Rauschgift. Und sein Handy ist nicht auffindbar.«

Es klopfte. Die Kommissare blickten sich erstaunt an.

»Herein!«, rief Julie, gespannt, wer sich um diese frühe Stunde ins Kommissariat verirrt hatte.

Fuchs trat ein. Verblüfft starrte Julie ihn an, Möller blieb der Mund offen stehen.

»Mein Gott, was ist denn mit Ihnen passiert?«, entfuhr es der Kommissarin. »Haben Sie um die Hamburger Boxmeisterschaft gekämpft?« Sie konnte sich ein Grinsen nicht verkneifen.

Fuchs fand das gar nicht witzig. »Ihnen auch einen

schönen Tag, liebe Frau Kommissarin!«, sagte er mit einer deutlichen Spur Sarkasmus.

»Sie sehen schrecklich aus«, konstatierte Julie, während sie ihn kopfschüttelnd betrachtete.

»Danke für die Blumen, meine Liebe«, erwiderte Fuchs. Unaufgefordert ließ er sich auf den Besucherstuhl neben dem Schreibtisch der Kommissarin sinken. »Dafür sehen Sie wie immer ganz bezaubernd aus.« Tapfer versuchte er ein Grinsen, nahm aber eilig wieder Abstand davon, da die gespannte Haut über der Schwellung an seinem Kiefer keinerlei Bewegung duldete.

Mein Gott, der Arme, dachte Julie. Sie war versucht, dem Detektiv leicht mit den Fingern über die geschwollene Wange zu streichen, die gerade anfing, sich von leuchtendrot zu violett-blau zu verfärben.

Fuchs kam zur Sache.

»Mal im Ernst: Ich bin heute Nacht überfallen worden. Sie waren zu zweit. Ich konnte nicht viel ausrichten.«

»Aha!« Die Kommissarin wurde dienstlich. »Wollen Sie Anzeige erstatten?«

»Ja, das will ich. Und ob ich das will!«, versicherte Fuchs. »Wie gesagt, es waren zwei, die feigen Schweine! Gestern Abend, gegen 23.30 Uhr. Auf dem Parkplatz von meinem Fitnessstudio *Aktivclub*.« Wenn er daran zurückdachte, war er immer noch wütend. Es war vor allem die Erinnerung an die erzwungene Hilflosigkeit, die ihm zu schaffen machte. Schließlich hatte er gelernt, sich zu wehren. Aber gegen einen solchen feigen Angriff hatte er nichts ausrichten können. Das ärgerte ihn.

Julie hatte schnell gemerkt, dass der Ermittler nicht dazu aufgelegt war, die Angelegenheit von der humorvollen Seite zu nehmen. »Warten Sie, ich nehme Ihre

Anzeige gleich schriftlich auf«, sagte sie. Flink rief sie das entsprechende Formular auf ihrem Computermonitor auf und fing an zu tippen.

»Erzählen Sie bitte, Herr Fuchs«, forderte sie ihn auf, und Fuchs schilderte den Tathergang in allen Einzelheiten, während Julie fleißig mitschrieb. Auf ihre Nachfragen antwortete er knapp und sachlich. Als er fertig war, sagte sie: »So, das hätten wir. Die Beschreibung, die Sie von den beiden gegeben haben, wird zwar nicht viel bringen, aber die Fahndung geht an alle Dienststellen. Vielleicht fallen die beiden Typen ja sonst irgendwie auf.« Sie lächelte Fuchs aufmunternd an. Dankbar erwiderte er ihr Lächeln.

»Aber deswegen bin ich eigentlich nicht hier, Frau Kommissarin.«

Juli sah ihn erstaunt an. Fuchs fiel auf, dass das Grün ihrer Augen je nach Lichteinfall von smaragdfarben zu flaschengrün wechselte. Faszinierend, fand er.

»Aha? Was gibt es denn noch?«

»Der Überfall war kein Zufall. Er hatte mit dem Juwelierraub zu tun, davon bin ich überzeugt.« Fuchs wechselte seine Sitzhaltung und verzog das Gesicht dabei.

Julie musterte ihn mitleidig. Offensichtlich setzten ihm die Schmerzen in seinen Schultern zu und wohl auch die Kopfverletzung.

»Das müssen Sie uns erklären«, verlangte sie.

Fuchs seufzte. Wenn sein Kiefer beim Sprechen nur nicht so weh tun würde! Er versuchte, sich nichts anmerken zu lassen.

Zügig schilderte er seine gestrige Observierung und die Beobachtungen, die er dabei gemacht hatte. »Leider haben die Gauner nicht nur mein Geld, sondern auch den Camcorder mitgenommen. Wahrscheinlich war er es, worauf sie es abgesehen hatten. Irgendwie müssen sie bemerkt haben, dass ich sie gefilmt habe.« Der Detektiv zuckte mit den Schultern. »Obwohl ich mir absolut nicht erklären kann, wie das passieren konnte«, fügte er hinzu.

»Der Film wäre natürlich ein schöner Beweis für den Deal gewesen« stimmte Julie ihm zu. »Schade! Aber Sie haben sich doch sicher die Nummer des Autos gemerkt, wie ich Sie kenne, oder?«

»Natürlich. Sie lautet HH-XP 343. Es war ein blauer Opel Astra. Bin gespannt, auf wen der Wagen zugelassen ist.«

Ole Möller tippte bereits eine Halterabfrage in den Computer ein. »Das haben wir gleich«, murmelte er.

»Und dann werden wir beide, Ole, dem jungen Burschen, diesem Patrick Nordmann, einen Besuch abstatten«, sagte Julie. Sie schaute auf die Uhr. »Jetzt wird er wohl in der Schule sein. Ich rufe gleich mal dort an und kündige unseren Besuch an. Bin gespannt, was der liebe Patrick uns zu sagen hat.«

Sie stand auf. »Herr Fuchs, ich muss zugeben, Ihre Recherchen haben uns tatsächlich ein Stück weitergeholfen, vielen Dank! Ich werde jetzt einen Durchsuchungsbeschluss bei der Staatsanwaltschaft beantragen für die ominöse Garage. Ich hoffe, die Verdachtsmomente reichen aus dafür.«

Julie legte ihm in einer Anwandlung von weiblicher Fürsorge die Hand auf den Arm. »Und Sie gehen nach Hause und pflegen Ihre Wunden, Herr Fuchs«, riet sie ihm.

Wie nett sie sein kann, dachte Fuchs und versuchte ein Grinsen, was er sofort bereute. »Schön wär's«, seufzte er. »Aber ich muss noch zu Carlotta Birkmeier und ihr Bericht erstatten. Bitte geben Sie mir Bescheid darüber, was Ihre Ermittlungen ergeben, seien Sie so nett, Frau Kommissarin. Kann sein, dass mein Auftrag damit erledigt sein wird. Vielleicht finden Sie die Erklärung für den Zustand des jungen Birkmeier. Zum Beispiel, wer ihn gefesselt und geknebelt hat. Und weshalb er sich an dem Überfall auf den Laden seiner Schwester beteiligt hat.«

Wider Willen musste Julie den Mann bewundern. Obwohl sie die Schnüffelei der privaten Ermittler, die sich oft nicht an die Regeln der Polizei hielten, nicht ausstehen konnte, nötigte ihr die korrekte und offene Vorgehensweise von Fuchs Respekt ab.

»Selbstverständlich. Geben Sie mir Ihre Handynummer, damit ich Sie bei Bedarf anrufen kann. Übrigens erstaunlich, dass die Räuber es Ihnen nicht abgenommen haben.«

»Ich hatte es gar nicht dabei, Gott sei Dank«, antwortete Fuchs.

Er gab der Kommissarin die Nummer und verabschiedete sich.

12. KAPITEL

Carlotta Birkmeier empfing Fuchs in ihrem offiziell noch geschlossenen Geschäft. Sie war mit dem Aufräumen und Instandsetzen des Raumes beschäftigt. Die zerstörten Glasscheiben der Vitrinen hatte sie entfernt, die Samtoberfläche der Ausstellungsplatten gesäubert und den Teppich von dem Blut ihres Bruders gereinigt. Inzwischen sei die Alarmanlage in Betrieb genommen worden, erzählte sie dem Ermittler.

»Möchten Sie eine Tasse Kaffee, Herr Fuchs?«, fragte sie mit einem betroffenen Blick auf sein lädiertes Gesicht.

»Gern, wenn es keine Mühe macht«, antwortete Fuchs. »Ich habe Ihnen einiges zu berichten.«

»Dazu gehört sicher auch der Grund für Ihre Verletzungen, nehme ich an«, meinte Carlotta auf dem Weg in den ersten Stock zu ihrer Wohnung. Fuchs begnügte sich zunächst mit einem Nicken. Erst als der duftende Kaffee vor ihm stand und er einen von den Keksen gekostet hatte, die seine Mandantin ihm in einer zierlichen Glasschale anbot, fing er an zu erzählen. Carlotta hörte ihm aufmerksam zu; nur gelegentlich kommentierte sie seine Ausführungen mit mitfühlendem »Ach« oder entsetztem »Nein!«.

»Ich werde Ihnen natürlich Schmerzensgeld bezahlen, Sie Armer!«, versprach sie, als Fuchs geendet hatte. »Und Ihnen die Kamera ersetzen.«

»Das hat Zeit«, wehrte er ab. Er nippte vorsichtig an

dem heißen Kaffee. Sein Kiefer nahm noch immer jede Bewegung übel.

»Und jetzt?«, fragte sie. »Was machen wir jetzt?«

»Jetzt warten wir ab, was die Polizei ermittelt. Vielleicht klärt sich ja die Sache mit Saschas Drogenmissbrauch ganz schnell auf«, antwortete Fuchs.

Eine kleine Pause entstand, während beide ihren eigenen Gedanken nachhingen. Der Kaffee tat Fuchs gut. In behutsamen Schlucken trank er seine Tasse leer. Dabei fiel ihm etwas ein. »Wo ist eigentlich Ihr Lebensgefährte, Carlotta. Ich dachte, er würde jetzt hier bei Ihnen sein.«

»Chris musste dringend beruflich weg, wieder ins Ausland.« Sie seufzte. »Leider ist er viel unterwegs.«

»Ins Ausland? Was macht er denn beruflich, wenn ich fragen darf?«

»Er ist Projektmanager bei der Firma *Grothus GmbH*. Sie stellt Maschinenteile her für irgendwelche Industrieanlagen, glaube ich. Welche, weiß ich nicht genau. Jedenfalls ist Chris in ganz Europa unterwegs«, erklärte Carlotta bereitwillig. »Weshalb wollen Sie das wissen?«

»Ach, nur so. Alte Schnüfflerneugier.« Er versuchte ein Grinsen, das nur halb gelang.

Das Telefon in der Ladestation auf der Anrichte klingelte.

Carlotta sprang auf. »Entschuldigung! Das könnte das Krankenhaus sein.« Sie eilte an den Apparat. »Ja, hier Birkmeier.«

Fuchs hörte die Angst in ihrer Stimme. Hoffentlich nichts Schlimmes, dachte er.

»Ich komme sofort. Danke!« Mit geröteten Wangen wandte Carlotta sich ihm zu.

»Er ist aufgewacht, Gott sei Dank! Mein Bruder ist wieder bei Bewusstsein, sagt Doktor Heinfeld.« Sie sah sich nach ihrer Handtasche um. »Ich muss sofort zu ihm!«

Fuchs war aufgestanden. »Darf ich Sie begleiten, Carlotta? Ich würde gerne erfahren, was der Junge zu sagen hat. Aber ich würde Sascha ungern mit meinem Aussehen erschrecken, wenn Sie nicht dabei sind.« Er grinste und verzog gleich darauf schmerzlich sein Gesicht. Carlotta lächelte ihn mitleidig an.

»Ja, natürlich. Kommen Sie mit mir.«

Die diensthabende Schwester, die ihnen im Krankenhaus die Tür zur Intensivstation öffnete, informierte sie darüber, dass Sascha inzwischen auf die normale Station verlegt worden sei. Sie nannte den beiden die Zimmernummer und wies ihnen den Weg. Der Junge in dem hohen Bett, der mit geschlossenen Augen dalag, sah mitleiderregend blass und mitgenommen aus. Behutsam trat Carlotta an ihn heran und nahm seine Hand in die ihre. »Sascha?«, fragte sie leise. »Bist du wach?«

Sascha Birkmeier öffnete die Augen und blickte seine Schwester an. Seine blassen Lippen verzogen sich zu einem winzigen Lächeln. »Carlie«, flüsterte er. »Gott sei Dank!«

»Sascha, endlich bist du wieder bei Bewusstsein! Wie fühlst du dich?«

Der Junge befeuchtete seine Lippen. »Es geht. Wer ist denn das?«, fragte er mit einem Blick auf den Detektiv, der hinter Carlotta an das Bett herangetreten war. Man merkte Saschas Stimme an, wie schwer ihm das Atmen und damit auch das Reden fiel.

»Das ist Herr Fuchs«, antwortete Carlotta auf die Frage ihres Bruders. »Er ist Privatdetektiv. Ich habe ihn gebeten, mir zu helfen, als du verschwunden warst.«

»Also nicht von der Polizei?«, vergewisserte Sascha sich.

»Nein, nein, er ist in meinem Auftrag hier, keine Sorge!«

Fuchs versuchte, den Jungen anzulächeln. »Wenn du dich darüber wunderst, wie ich aussehe«, er wies auf das Pflaster an seiner Schläfe, »ich hatte eine Auseinandersetzung mit ein paar gewalttätigen Typen.«

Der Schüler erwiderte Fuchs' Lächeln nicht. Carlotta zog sich einen Stuhl heran und setzte sich nahe an das Bett. Liebevoll tätschelte sie die Hand ihres Bruders. »Sascha, was ist denn nur passiert? Warum wolltest du meinen Laden ausrauben, um Himmels willen?«

Sascha drehte das Gesicht zur Seite. »Ich kann dir darüber nichts sagen. Tut mir leid, Carlie!«

»Aber warum? Wieso hat man dich gefesselt und geschlagen? In was bist du da hineingeraten, Sascha?«

Verzweifelt presste der Junge die Lippen zusammen. Fast sah es aus, als ob er gleich in Tränen ausbrechen würde.

»Lass mich bitte in Ruhe, Carlie! Ich kann dir nichts sagen, das hörst du doch. Ich weiß nichts.«

Er entzog seiner Schwester die Hand und drehte sich zur Seite. Die Bewegung schien ihm Schmerzen zu bereiten, denn er stöhnte laut auf.

»Du Armer! Tut dir die Verletzung weh?« Carlotta beugte sich besorgt über ihn. »Soll ich die Schwester bitten, dass sie dir etwas gegen die Schmerzen gibt?«

»Ach, es geht schon. Lass nur.«

»Du hast mir das Leben gerettet, Sascha«, sagte Carlotta mit großem Ernst. »Ohne dich hätte die Kugel mich getroffen. Dieser Verbrecher hat beabsichtigt, mich zu erschießen.« Eindringlich sah sie ihren Bruder an. »Wer war dieser Typ? Sascha, rede! Was hast du mit ihm zu tun?«

Fuchs bemerkte, dass der Jugendliche immer unruhiger wurde. Der Junge drehte sich im Bett hin und her, bewegte ständig seine Beine und seine Hände zitterten. Entzugserscheinungen, dachte Fuchs. Zu den Schmerzen von der Schussverletzung und den vorherigen Misshandlungen kamen die typischen Folgen des Crystal Meth-Missbrauchs hinzu. Er musste sich schrecklich fühlen, der arme Junge.

»Bitte frag nicht weiter, Carlie! Ich kann dir nichts sagen.«

»Warum nicht, Sascha? Sag mir, warum du nicht mit mir sprechen kannst«, insistierte Carlotta. Wieder nahm sie die Hand ihres Bruders und drückte sie.

Der Junge setzte sich plötzlich im Bett auf und schrie: »Ich kann einfach nicht! Lass mich endlich in Ruhe damit, Carlie! Geh einfach!« Er riss seine Hand aus der seiner Schwester und ließ sich erschöpft auf das Kissen sinken.

Die Designerin war erschrocken hochgefahren. Fuchs nahm sacht ihren Arm. »Kommen Sie, Carlotta. Es hat im Moment keinen Sinn. Ihr Bruder braucht erst einmal viel Ruhe.«

»Ich komme bald wieder, Sascha«, sagte Carlotta. »Ruh dich aus und erhol dich gut.« Sie beugte sich über ihren Bruder und küsste ihn auf die Wange. Sascha drehte das Gesicht zur Seite. Fuchs zog die junge Frau mit sich und führte sie aus dem Zimmer.

»Ich muss mit dem Arzt sprechen«, sagte Carlotta, als sie auf dem Flur standen. Sie wandte sich an die Krankenschwester, die hinter einer Glaswand im Schwesternzimmer Medikamente in kleine Behälter einsortierte. »Entschuldigen Sie, Schwester, kann ich bitte Herrn Doktor Heinfeld sprechen?«

»Tut mir leid, Doktor Heinfeld ist nicht mehr im Dienst. Er kommt erst heute Abend wieder zur Nachtschicht.«

»Hm«, machte Carlotta. »Können denn vielleicht Sie mir sagen, was mit meinem Bruder los ist, Schwester? Er benimmt sich so merkwürdig.«

»Ich weiß nicht. Er hat ja allerhand mitgemacht. Aber vielleicht hat es auch mit seinem Freund zu tun, der ihn vorhin besucht hat.«

»Seinem Freund?« Carlotta wechselte einen überraschten Blick mit dem Detektiv. »Wissen Sie, wie dieser Freund heißt?«

»Ich glaube, Ihr Bruder hat ihn Patrick genannt. Er hat sich eine Weile mit ihm unterhalten, dann ist er wieder gegangen.«

13. KAPITEL

»Tut mir leid«, sagte Frau Doktor Schrader. »Patrick Nordmann ist heute nicht in der Schule erschienen.«

Enttäuscht schauten Julie Sommer und Ole Möller sich an. »Hat er sich krankgemeldet? Er ist doch volljährig, oder?«, fragte Julie.

»Er ist 18 Jahre alt, ja. Aber er hat sich bis jetzt noch nicht gemeldet, kann das aber in den nächsten zwei Tagen noch machen.« Die Lehrerin legte ihre Hand auf die Klinke der Tür zu dem Klassenzimmer, aus dem die Beamten sie herausgeholt hatten. »Er wird wohl zu Hause sein, wenn er krank ist. Dort werden Sie ihn sicher antreffen können, denke ich.« Julie sah der Pädagogin an, dass sie gerne in ihre Klasse zurückkehren würde; der Geräuschpegel hinter der Tür war deutlich angestiegen. »Die Adresse wird Ihnen die Schulleitung geben. Gibt es sonst noch etwas? Sie hören ja …«, sagte Doktor Schrader. Sie wies mit dem Kinn auf die Tür des Klassenraums.

Die Polizisten verabschiedeten sich und machten sich auf den Weg durch die langen Flure zum Sekretariat, wo sie sich von der Schulsekretärin die Adresse des Schülers geben ließen.

Auf dem Weg zu Patricks Elternhaus überlegte Julie sich, wie sie die Befragung des Schülers angehen wollte. Nach der Beschreibung des Privatdetektivs war mit dem jungen Mann nicht gut Kirschen essen. Ob er wirklich krank war? Kaum, ausgerechnet jetzt, dachte die Kommissarin.

In der Einfahrt des mehrstöckigen Mietshauses, in dem die Familie Nordmann wohnte, stand ein schwarzer Roller. Aha, stellt Julie fest, Patrick ist also zu Hause. Sie drückte auf die Klingel neben dem Namen Nordmann. Vorsorglich zückte sie ihre Polizeimarke.

Eine Frau mittleren Alters öffnete die Wohnungstür, als die beiden Beamten im zweiten Stock angekommen waren.

»Ja?«, fragte sie reserviert.

»Hauptkommissarin Julie Sommer«, stellte die Beamtin sich vor. Sie zeigte ihren Ausweis. »Das ist Kommissar Ole Möller. Wir möchten gern mit Patrick Nordmann sprechen. Ist er da?«

Die Frau nickte. »Ja, er ist gerade zurückgekommen. Er war heute nicht in der Schule, wenn Sie deswegen extra gekommen sind. Er hat seinen Freund im Krankenhaus besucht.« Sie hielt die Tür fest und machte keine Anstalten, die Beamten in die Wohnung zu lassen.

»Aha«, sagte Julie. »Können wir Patrick bitte kurz sprechen?«

»Was gibt es denn so Wichtiges?« Unwillig blieb die Frau stehen, immer noch die Türklinke in der Hand. Julie fragte sich, woher das Misstrauen der Frau rührte.

»Lass nur, Mama«, ertönte eine Stimme hinter ihr. »Lass die Polizei ruhig herein. Ich rede mit ihr.«

Die Kommissare traten ein. Ein großer, kräftig gebauter junger Mann mit blondem Haarschopf kam ihnen in dem schmalen Wohnungsflur entgegen.

»Wenn Sie wegen der Schule da sind: Ich wollte gerade dort anrufen und mich entschuldigen. Ich wusste ja nicht, dass die gleich die Polizei schicken, wenn man mal nicht da ist.« Er machte ein, wie Julie fand, übertrieben unschuldiges Gesicht. Ganz schön frech, der Junge, stellte sie fest.

»Können wir uns irgendwo in Ruhe unterhalten, Patrick?« Sie verzichtete darauf, auf das provozierende Getue Patricks zu reagieren.

»Natürlich können wir das.« Betont höflich wies der Schüler ihnen den Weg in das Wohnzimmer der Familie. Seine Mutter folgte ihnen. Alle nahmen auf den vorhandenen Sitzgelegenheiten Platz.

»Also, Patrick«, eröffnete Julie die Befragung. »Deine Mutter sagte, du warst im Krankenhaus und hast einen Freund besucht. Wen?«

Patrick hatte sich breitbeinig aufs Sofa gesetzt und breitete die Arme links und rechts auf der Rückenlehne aus. Das Shirt spannte sich über seiner muskulösen Brust.

»Sascha Birkmeier. Ich habe gehört, dass er angeschossen worden ist, und wollte wissen, wie es ihm geht. Ist etwas dagegen einzuwenden?«

»Nein, im Gegenteil. Ich finde es bemerkenswert, dass du dafür sogar den Unterricht ausfallen lässt. Seid ihr beide denn so gute Freunde, du und Sascha?«

»Ja, das sind wir.«

»Okay. Das ist schön. Was verbindet euch beide denn besonders? Habt ihr gemeinsame Hobbys?«

Patrick wechselte die Sitzhaltung. Wachsam ging sein Blick zwischen Julie und ihrem Kollegen hin und her. »Nicht direkt. Wir hängen eben gern zusammen ab.«

»Aha.« Julie konzentrierte sich. »Da ist noch etwas anderes, Patrick. Du bist beobachtet worden, wie du zwei Männer mit einem blauen Opel Astra getroffen hast, die dir etwas in einem Päckchen übergeben haben.

Das war gestern Nachmittag gegen 16 Uhr. Wer waren diese Männer und was haben sie dir gegeben?«

Patrick Mutter meldete sich zu Wort: »Männer? Was für Männer, Patrick?«, fragte sie alarmiert.

»Nicht so wichtig, Mama, nur keine Aufregung«, versuchte Patrick, sie zu beruhigen. Zu der Kommissarin sagte er: »Niemand hat mir etwas gegeben. Und wenn: Seit wann ist so etwas strafbar?«

»Also: Wer waren die Männer, die du getroffen hast?«, wiederholte Julie ihre Frage.

»Wieso wollen Sie das wissen? Muss ich Ihnen das überhaupt sagen? Ich kann mich doch treffen, mit wem ich will, das geht Sie gar nichts an.« Er verschränkte die Arme vor der Brust und starrte die Beamten trotzig an.

»Musst du nicht, Sascha. Aber wenn du es nicht tust, könnten wir daraus schließen, dass du etwas zu verbergen hast, nicht wahr, Kollege Möller?« Möller nickte, und Julie fuhr fort: »Außerdem haben wir das Kenneichen des Autos. Also werden wir sowieso herausfinden, wer die Männer sind. Also: Es ist besser, du sagst uns gleich, wer das war und was sie von dir wollten.«

Der junge Mann wurde deutlich unsicherer, schien es der Kommissarin. Oder spielte er nur Theater?

»Na gut«, sagte Patrick schließlich. »Eigentlich wollte ich nicht, dass meine Mutter davon erfährt.«. Er warf seiner Mutter einen Seitenblick zu. »Ich verdiene mir etwas Geld dadurch, dass ich helfe, Grünpflanzen aus Holland an die Blumenläden in der Umgebung zu verteilen. JJ kauft die Pflanzen und bewahrt sie in einem Lagerraum auf; von dort aus verteilen ich und einige andere die Pflanzen weiter an die Läden. Seit ich einen Führerschein habe, kann ich einen Transporter fahren. Das ist alles.«

»Und was hat der Mann dir gegeben?«

»Das Geld, das mir noch zustand von der Arbeit der letzten Woche.«

Julie wechselte einen Blick mit ihrem Kollegen. Sie war verblüfft über diese simple Erklärung.

»Aha! Was verdienst du denn durch diese Arbeit?«

»Ich bekomme zehn Euro die Stunde, bar auf die Hand. Das ist ganz schön viel Geld für mich.« Wieder warf er seiner Mutter einen Blick zu. Julie hatte den Eindruck, dass Frau Nordmann nichts von den Aktivitäten ihres Sohnes geahnt hatte.

»Okay.« Julie zückte ihr Notizbuch. »Wie ist denn der volle Name des Mannes, der diese Transporte organisiert?«

»Er heißt Jean Jacques Meunier, wird aber JJ genannt.« Er grinste bei der letzten Bemerkung. Der Bursche ist anscheinend sehr zufrieden mit sich, dachte Julie.

»Findest du nicht, dass diese Art des Handels recht merkwürdig ist, Patrick? Normalerweise werden die Blumenhändler durch den Großhandel beliefert, oder sie holen sich die Pflanzen und Blumen selbst vom Großmarkt.«

Patrick zuckte die Schultern. »Weiß ich nicht. Vielleicht bekommt JJ die Pflanzen besonders billig. Keine Ahnung.« Er stand auf. »War's das jetzt?«

Julie verständigte sich mit einem Blick mit ihrem Kollegen. Möller nickte ihr zu. Beide erhoben sich ebenfalls.

»Gut. Wir werden uns bei dir melden, wenn wir noch Fragen dazu haben, Patrick.«

Die Polizisten verabschiedeten sich.

Auf der Straße sagte Julie: »Was hältst du davon, Ole? Glaubst du ihm?«

Der schlaksige Kommissar wiegte seinen Kopf hin und her. »Klingt verrückt, ist aber nicht ganz ausgeschlossen.«

»Ob Fuchs sich mit seinem Verdacht, dass es sich um Rauschgiftdealer handelt, getäuscht hat?«

Möller schüttelte den Kopf. »Glaube ich nicht. Die Kamera ist ihm ja nicht ohne Grund gestohlen worden. Die Sache stinkt, wenn du mich fragst, Chef.«

»Bin gespannt, was dieser JJ dazu zu sagen hat. Und was wir in der Garage finden werden.«

14. KAPITEL

Fuchs fuhr nach Hause. Er wollte es sich nicht eingestehen, aber er fühlte sich nicht gut. Der Kopf tat ihm immer noch weh, und er hatte die ganze Zeit ein flaues Gefühl im Magen. Vielleicht hatte er eine leichte Gehirnerschütterung, mutmaßte er. Er löste ein Aspirin in einem Glas Wasser auf, trank es in einem Zug leer, aß als Mittagessen einen Vanillepudding, der ihm nicht besonders gut schmeckte – ein deutliches Signal, dass mit ihm etwas nicht stimmte – und legte sich auf seine alte Ledercouch. Lady kam zu ihm und rollte sich auf seinen Füßen zusammen. Fuchs schloss die Augen.

Er musste eingeschlafen sein, denn als es an der Tür klingelte, war fast eine Stunde vergangen, wie er mit einem Blick auf seine Armbanduhr feststellte. Der kurze Schlaf hatte ihm gutgetan; die Kopfschmerzen waren weg, und er fühlte sich besser.

»Wer kann das sein?«, fragte er Lady, die unwillig miauend von der Couch herabsprang. Wieder klingelte es. Fuchs richtete seine Kleidung, fuhr sich durchs Haar und tappte durch sein Büro zur Tür.

Jenny Neustein stand vor ihm, die Ex-Freundin des jungen Birkmeier. »Hallo«, sagte sie und lächelte verlegen. »Ich muss Sie sprechen, Herr Fuchs. Haben Sie etwas Zeit für mich?«

Fuchs erholte sich schnell von seiner Überraschung.

»Natürlich! Komm rein, Jenny!« Im Büro wies er auf den Besucherstuhl. »Setz dich bitte. Wie hast du mich gefunden?« Er ließ sich hinter seinem Schreibtisch nieder und blickte seine junge Besucherin gespannt an.

»War ganz leicht. Hab' Sie gegoogelt und im Adressbuch nachgeschaut.«

»Ach so. Und was führt dich zu mir?«

Das Mädchen hockte nervös auf der Kante des Stuhls und drehte eine Strähne ihres Haars um den Finger.

»Ich glaube, ich muss Ihnen noch etwas mehr über Sascha erzählen. Sie haben gesagt, er liegt im Krankenhaus. Stimmt es, dass er angeschossen worden ist?« Das hat sich ja schnell herumgesprochen, dachte Fuchs. Na klar, die Anwesenheit der Kriminalpolizei in der Schule war sicher nicht unbemerkt geblieben und hatte die Gerüchteküche in Gang gesetzt.

Die Rehaugen des Mädchens schauten den Detektiv voller Sorge an. Anscheinend hegte Jenny immer noch Gefühle für ihren ehemaligen Freund, stellte Fuchs fest. Er entschloss sich, bei der Wahrheit zu bleiben.

»Hm, ja«, antwortete er. »Aber es geht ihm schon wieder besser; er ist nicht mehr in Lebensgefahr.«

»Oh, Gott sei Dank! Ich hatte solche Angst!« Jenny nestelte nervös an dem Reißverschluss ihres Schulrucksacks herum. Fuchs wartete geduldig, bis das Mädchen soweit sein würde, mit ihrem Anliegen herauszurücken.

»Was ich Ihnen erzählen wollte ...«, begann sie endlich. »Es geht um Sascha und Patrick.« Schon wieder geriet sie ins Stocken. Unbehaglich rutschte sie auf ihrem Stuhl hin und her.

»Ja?«, ermunterte er Jenny weiterzusprechen. »Was ist mit Sascha und Patrick?«

»Also, ich glaube ... Aber ich weiß nicht, ob ich mir das nicht nur einbilde ... Als Sie erzählten, dass Sascha Drogen genommen habe und das alles ... Ich dachte ...« Das Mädchen verstummte endgültig.

Fuchs überlegte, wie er der Schülerin helfen könnte, ihre Gedanken in Worte zu fassen. Eine kleine Pause würde vielleicht dazu beitragen, dass die Schülerin sich entspannte.

»Lass dir nur Zeit, Jenny. Möchtest du ein Glas Wasser? Oder vielleicht einen Orangensaft?«

Dankbar sah das Mädchen den Ermittler an. »Ein Saft wäre schön, danke!«

Fuchs ging nach nebenan in seine Wohnung und holte eine Packung Orangensaft aus dem Kühlschrank. Dabei fiel ihm ein, dass er selbst auch gern einen Schluck trinken würde. Die Stelle an der Schläfe, wo ihn der Schlagring getroffen hatte, tat immer noch weh, und das flaue Gefühl im Magen hatte zwar nachgelassen, war aber nach wie vor latent vorhanden. Er füllte zwei Gläser mit dem Saft und trug sie ins Büro. Lady nutzte die Gelegenheit, sich ihm anzuschließen und nachzusehen, was sich Interessantes tat.

»Danke«, sagte Jenny. Sie nahm das Glas, das Fuchs ihr reichte, und trank einen langen Schluck. Ihre Nervosität ließ sichtbar nach. »Was haben Sie denn mit Ihrem Kopf gemacht?«, fragte sie und wies auf das große Pflaster an der Stirn des Detektivs, das von seinen Haarlocken nur halb verdeckt wurde.

»Ach, nur eine kleine Prügelei, quasi ein Arbeitsunfall«, erwiderte Fuchs. »Du solltest mal den anderen sehen!«

Die Bemerkung entlockte der Schülerin ein dünnes Lächeln, aber sie wurde gleich wieder ernst. »Also, was ich sagen wollte … Sascha hat sich so komisch verändert seit einigen Monaten, und ich glaube nicht, dass es nur mit dem Tod seiner Eltern zu tun hat.«

»Aha. Kannst du vielleicht etwas näher beschreiben, was genau so verändert an ihm war?«

»Naja, er wurde so anders, so …«, sie suchte nach den richtigen Worten, »so kühl und unnahbar. Er ließ mich einfach nicht mehr an sich heran, wissen Sie? Ich dachte schon, dass er vielleicht …«

Fuchs verstand die Verlegenheit des jungen Mädchens. »Du meinst, er hatte eine andere und war zu feige, es dir zu sagen?«

Erleichtert hob Jenny den Blick und nickte.

»Ja, aber jetzt denke ich, dass es an den Drogen gelegen hat, an diesem Crystal Meth. Ich habe gegoogelt, wie es sich auswirkt, wenn man das Zeug schnupft. Man wird zuerst euphorisch und ist gut drauf, und dann, wenn die Wirkung nachlässt, wird man nervös oder deprimiert. Oder man ist ungeduldig und manchmal auch aggressiv. Genauso war es bei Sascha.« Jenny bekräftigte ihre Schilderung mit einem eifrigen Nicken, während sie automatisch die Katze streichelte, die um ihre Beine strich. »Er war nicht mehr wie früher. Man konnte kaum normal mit ihm reden. Es war ganz schrecklich. Deshalb habe ich schließlich mit ihm Schluss gemacht. Und weil ich dachte, da wäre jemand anderes«, fügte sie leise hinzu. Dann hob sie den Kopf. »Aber was ich eigentlich sagen wollte: Ich glaube, zwischen Sascha und Patrick läuft irgendetwas. Ich weiß aber nicht, was. Weil er dauernd mit Patrick 'rumhing. Immer hatte er es eilig, mit ihm zusammenzutreffen. Und oft sind sie auf Patricks Roller irgendwo hingefahren. Für mich hatte er überhaupt keine Zeit mehr.«

»Hm. Und was denkst du, was zwischen den beiden sein könnte?«

»Na ja, als ich das mit den Drogen hörte, dachte ich, dass Sascha dieses Crystal Meth vielleicht von Patrick bekommt. Könnte das nicht sein?«

Erwartungsvoll sah Jenny den Ermittler an. Fuchs setzte sich auf. »Ich dachte eigentlich, du seist jetzt mit Patrick zusammen, weil ihr in der Cafeteria nebeneinandergesessen habt. Ist das nicht so?«

»Nein, wir kennen uns nur vom Unterricht her. Eigentlich mag ich ihn nicht besonders. Er ist auch viel älter als ich, wissen Sie.«

»Traust du ihm denn zu, mit Drogen zu dealen?«

»Ja, auf jeden Fall.« Das Mädchen beugte sich aufgeregt vor. »Ich habe mal beobachtet, wie er auf dem Schulhof jüngere Schüler ansprach und ihnen etwas zeigte. Ich hab' mir nichts dabei gedacht, aber jetzt glaube ich, er hat versucht, ihnen Drogen zu verkaufen. Und das geht gar nicht!«

»Da hast du absolut recht, Jenny«, bestätigte Fuchs die Meinung des jungen Mädchens. »Gut, dass du hergekommen bist, um mir das zu sagen. Es hilft mir bei meinen Ermittlungen ein ganzes Stück weiter.« Er verschwieg dem Mädchen, dass er über die Drogengeschäfte des jungen Nordmann längst Bescheid wusste, sodass sie ihm nichts Neues sagte. Er wollte sie nicht enttäuschen, sah er doch, wie schwer es ihr gefallen war, einen solch schwerwiegenden Verdacht gegen ihren Mitschüler zu äußern. Außerdem fand er es hilfreich, seine Annahmen von dieser Seite bestätigt zu bekommen.

Jenny lächelte erleichtert. »Glauben Sie, ich könnte Sascha im Krankenhaus besuchen?«, fragte sie zaghaft. »Geht das?«

»Ich war heute Morgen bei ihm. Er ist wieder bei Bewusstsein, aber er fühlt sich noch nicht sehr gut. Trotzdem wird er sich sicher sehr freuen, wenn du ihn besuchst.« Wohlweislich verschwieg er, dass Patrick schon bei Sascha gewesen war. Er wollte das Mädchen nicht noch mehr beunruhigen. Stattdessen fiel ihm ein, dass Jenny ihm durchaus nützlich sein könnte. »Du könntest uns sogar helfen herauszufinden, in was für eine schlimme Sache Sascha da hineingeraten ist. Vielleicht vertraut er dir ja mehr an als der Polizei, weil er dich gut kennt und sicher noch immer mag. Was meinst du?«

Die Augen des Mädchens leuchteten auf. »Das will ich gern tun, Herr Fuchs. Gleich heute Nachmittag werde ich ins Krankenhaus fahren.«

»Gut«, sagte Fuchs. »Dann bin ich gespannt, was du aus Sascha herausbekommst.« Er stand auf zum Zeichen, dass er die Unterhaltung für beendet hielt.

Jenny erhob sich ebenfalls. »Vielen Dank, Herr Fuchs. Ich melde mich bei Ihnen, wenn ich etwas Näheres erfahre.« Fuchs begleitete sie zur Tür und verabschiedete sich.

15. KAPITEL

»Ihr seid wirklich die größten Idioten, die ich kenne! Was habt ihr euch dabei gedacht? Ich hatte euch am Telefon gesagt, ihr sollt ihm die Kamera abnehmen, damit ihr nicht identifiziert werden könnt. Und was macht ihr? Schlagt ihn krankenhausreif! Jetzt geht er natürlich zur Polizei und erstattet Anzeige. Und die wird sich auf die Suche machen nach euch, mit allem, was dazugehört.«

Der Mann, der sich dermaßen aufregte, rannte im Raum hin und her und gestikulierte heftig. Sein Gesicht hatte eine ungesunde Röte angenommen, und er zischte jedes Wort, das er von sich gab, mit mühsam gedämpfter Stimme durch die Zähne in die Gesichter der beiden Männer, die wie gescholtene Schulkinder vor ihm standen und auf den Boden starrten.

Helles Sonnenlicht drang zu dieser Morgenstunde durch die Fenster, deren Glasscheiben mit lichtdurchlässiger weißer Farbe undurchsichtig gemacht worden waren, in den etwa 20 Quadratmeter großen Raum. Der Anruf ihres Chefs hatte die Männer morgens um 6 Uhr aus dem Bett geholt und hierher zitiert. Das Licht ließ die vor Wut geschwollene Ader an der Stirn des scheltenden Anführers deutlich sichtbar werden.

»Aber Chef, wir dachten …«

»*Was* dachtet ihr? Als ob euer Spatzenhirn ausreichen würde zum Denken, ihr total verblödeten Halbaffen! Wahrscheinlich wart ihr wieder einmal vollgedröhnt bis oben hin, oder?« Er baute sich vor dem Angeredeten auf und starrte ihm ins Gesicht. Der Mann wich eingeschüchtert einen Schritt zurück.

»Immerhin, wir haben die Kamera, und das ist ja wohl das Wichtigste, oder?«, wagte der zweite Mann einzuwenden. »Und das Geld. Es musste schließlich auch für uns was dabei herausspringen.«

Der Mann, den sie Chef nannten, wandte sich dem Sprecher mit hohntriefender Stimme zu. »Ach ja? Na, das hat sich ja mächtig gelohnt! Gerade mal 150 Euro habt ihr erbeutet, ihr Helden. Großartig!«

Allmählich schien er sich zu beruhigen. Er blieb mitten im Raum stehen und starrte angespannt vor sich hin, während er sich offensichtlich eine Lösung für die aufgetauchten Probleme überlegte. Die beiden Gescholtenen wagten nicht, sich von der Stelle zu rühren.

»Habt ihr wenigstens den Jungen gewarnt, dass bald die Bullen bei ihm auftauchen werden, und was er sagen soll?«

»Natürlich, Chef«, beeilte sich der Kleinere zu beteuern, »er weiß genau Bescheid. Und er wird auch ins Krankenhaus gehen zu dem anderen Jungen. Der ist übrigens inzwischen wieder aufgewacht.«

»Ja, ich weiß. Auch solch eine Schweinerei, die ihr da veranstaltet habt. Besonders du, du hirnverbrannter Idiot.« Er spuckte die Worte direkt in das Gesicht des kleineren Mannes. »Nimmst eine scharfe Waffe mit und ballerst bei der ersten Gelegenheit drauflos. Und triffst deinen eigenen Mann, ist das zu fassen?« Wieder nahm er seine Wanderschaft auf in dem Versuch, seinen Ärger loszuwerden. »Nicht nur, dass ihr kaum etwas erbeutet habt, ihr habt es auch geschafft, dass ihr jetzt auf der Fahndungsliste steht. Gott sei Dank wird man wegen der Masken kaum etwas erkennen können. Und Fingerabdrücke wirst du ja wohl nicht hinterlassen haben, oder?« Er blieb vor dem Angesprochenen stehen und starrte ihm herausfordernd ins Gesicht.

»Natürlich nicht, Chef«, beteuerte der Mann eilig, »ich habe die ganze Zeit Handschuhe angehabt. Es gibt bestimmt keine Fingerabdrücke von mir.«

»Na, Gott sei Dank! Sonst hätte die Polizei auch schon längst bei dir auf der Matte gestanden, du Schwachkopf!« Er streckte die offene Hand aus. »Na, nun gib schon her!«

Der Angesprochene holte einen Plastikbeutel aus seinem Rucksack und überreichte ihn dem Wortführer. Der trat an den Tisch heran, der unterhalb der querformatigen schmalen Fenster stand, und schüttete den Inhalt darauf aus. Trotz des gefilterten Sonnenlichtes glitzerten und glänzten die Schmuckstücke und Edelsteine verführerisch.

Der Anblick besänftigte den Anführer anscheinend, sodass er sich der Planung des weiteren Vorgehens widmete.

»Also: Morgen Nacht erwarte ich wieder eine Lieferung. Wie sieht es aus mit euren Abnehmern? Haben eure Verteiler inzwischen neue Kunden beigebracht?«

Der kleinere der beiden Männer lockerte seine Haltung und trat einen Schritt an seinen Boss heran. »Jawohl, Chef«, verkündete er mit zufriedener Miene, die einem Grinsen schon nahekam. »Zwei neue Abnehmer! Gute Zahler, die beiden. Kriegen genügend Taschengeld von den stinkreichen Alten.«

»Gut!«, sagte der Mann, den die beiden »Chef« nannten. »Denkt dran: Zuerst nur kleine Dosen, die sie leicht bezahlen können. Dann langsam steigern.«

»Klar, Chef! Wissen wir doch.«

Der Anführer sah sich in dem Raum um. »Und jetzt macht ihr hier klar Schiff. Ich bin sicher, morgen haben wir die Bullen vor der Tür stehen. Es muss alles aussehen wie immer.«

16. KAPITEL

»So ein verdammter Mist!« Julie Sommer schmetterte die Akte mit aller Kraft auf ihren Schreibtisch. »Da denken wir, dass wir drauf und dran sind, das Lager eines Rauschgiftrings auszuheben, da schließt uns dieser Meunier in aller Ruhe die Garage auf, und alles, was wir finden, ist eine Menge Farne und anderes Grünzeug! So eine Blamage! Dieser Fuchs kriegt was von mir zu hören, sollte er es wagen, noch einmal hier aufzutauchen.« Laut seufzend ließ sie sich auf ihren Schreibtischstuhl fallen.

Ole Möller hörte sich ihre wütenden Tiraden ungerührt an, was die Kommissarin nur noch mehr in Rage brachte. Musste dieser phlegmatische Typ unbedingt so ruhig dasitzen und so tun, als wäre nichts?

»Nimm ein Stück Schokolade, Chef!« Möller schob ihr eine geöffnete Packung mit in mundgerechte kleine Stückchen zerteilte Vollmilch-Nuss-Schokolade zu. Wenn der Mann meint, mich mit Süßigkeiten besänftigen zu können, hat er sich getäuscht, dachte Julie erbost. Unwillig nahm sie ein Stück und steckte es sich in den Mund. Während sich die Schokolade langsam auf ihrer Zunge auflöste, entspannte sie sich. Sie probierte noch ein Stück und noch eines und atmete tief durch. Ihr Puls beruhigte sich allmählich und sie fing an, wieder klar zu denken.

»Reine Nervennahrung, Chef«, erklärte Möller ungefragt. »Wirkt Wunder.«

Jule war besänftigt. »Danke, Ole! Und entschuldige bitte, wenn ich etwas laut geworden bin. Ging nicht gegen dich.« Ein weiteres Stück Vollmilch-Nuss fand seinen Weg in ihren Mund. »Aber ich dachte wirklich, wir hätten einen dicken Fisch an der Angel. Wenn ich an das feixende Mausgesicht dieses Jean Jacques Meunier denke, als er mir den Schlüssel zu diesem Garagenraum aushändigte, wird mir ganz schlecht. Jean Jacques: Allein dieser Name! JJ, wie ihn dieses Früchtchen Patrick nannte. Ich hätte ihm direkt eine 'reinhauen können in seine fiese Visage.«

Die Kommissarin schlug die Akte auf, die vor ihr lag. »Und natürlich hatte er den Mietvertrag für den Lagerraum und die Fahrzeugpapiere sowohl für den Astra als auch für den Transporter parat, dieser schleimige Typ.« Sie presste die Lippen zusammen. »Und ich darf jetzt den Bericht schreiben. Mist!«

»Nimm noch ein Stück Schokolade«, schlug Möller vor. »Immerhin, das dubiose Geschäft mit den Pflanzen wird natürlich überprüft werden von den Kollegen vom Ordnungsamt. Womöglich geht es hier um Schwarzarbeit und Steuerhinterziehung, wenn auch nur in geringem Umfang. Wenigstens ein kleiner Trost.«

»In Hinsicht auf den Juwelenraub hat uns diese Aktion auch kein Stück weitergebracht«, klagte Julie. »Hast du schon etwas Neues dazu?«

Möller schüttelte den Kopf. »Die Edelsteine sind nirgendwo aufgetaucht bisher. Die Birkmeier hat uns eine genaue Liste der gestohlenen Gegenstände gemailt. Es sind viele Rohdiamanten dabei; zahlreiche ungefasste Edelsteine wie Rubine, Smaragde, Opale und so weiter. Diese Juwelen lassen sich gut verkaufen, legal, weil sie nicht identifizierbar sind. Die Designerstücke dagegen sind Unikate und daher leicht wiederzuerkennen. Die Juwelierin hat den Schaden mit 60.000 Euro angegeben.«

»Oha, ein ganz ordentlicher Verlust. Aber sie war doch versichert, oder?«

»Klar, aber die Versicherung wird wahrscheinlich nicht zahlen, weil ihr Bruder an dem Raub beteiligt war. Die Außentür und der Tresor sind nicht aufgebrochen worden, deshalb war es nur ein einfacher Diebstahl. Und wenn ein Angehöriger beteiligt ist … Es sieht schlecht aus für die Frau.«

Julie blätterte in den Akten. Nebenbei ließ sie ein Stück Schokolade nach dem anderen in ihrem Mund verschwinden.

»Und der Junge, dieser Sascha Birkmeier? Hat er sich inzwischen entschlossen auszusagen?«

»Nein, leider nicht. Er hat nur nach einem Anwalt verlangt. Seine Schwester hat für ihn den langjährigen Rechtsbeistand der Familie engagiert, einen gewissen Doktor Helmut Scher. Der hat ihn besucht und mit ihm gesprochen. Seitdem verweigert der Junge die Aussage mit der Begründung, er könnte sich selbst belasten.«

Wieder stieß Julie einen Seufzer aus. »Also, von der Seite dürfen wir nichts erwarten. Wie sieht es denn mit der Tatwaffe aus?«

»Nichts Neues. Solange wir die Waffe nicht haben, können wir nichts über ihren Besitzer herausfinden.«

»Es ist doch zum Haare raufen! Wir haben nichts, nada, niente!«

Wieder wanderte ein Schokoladenstück in Julies Mund. Missmutig klappte sie die Akte zu. »Ich hab' bald keine

Lust mehr.« Sie nahm eine andere Akte zur Hand. »Wenden wir uns also unseren anderen Fällen zu.«

Während sie ohne großen Enthusiasmus die Aussageprotokolle eines Taschendiebstahls durchblätterte, schweiften ihre Gedanken ab. Simon hatte die Verabredung fürs Wochenende abgesagt. Seine Tochter sei krank geworden, und er könne sie nicht ein ganzes Wochenende allein mit ihrer Mutter und dem Bruder lassen. Seine Frau habe sich bei der Kleinen angesteckt und sei auch nicht wohlauf. Oh, wie sie dieses Familiengetue hasste! Immer war sie, Julie, es, die zurückstecken musste. Warum ließ sie sich das gefallen, so lange schon? Wenn sie doch endlich die Kraft finden würde, sich von Simon zu trennen!

Wieder entfuhr der Kommissarin ein tiefer Seufzer, der Ole Möller veranlasste, sie erstaunt anzusehen. Und wieder verschwand ein Schokoladenstück zwischen den roten Lippen der Beamtin; es war das letzte.

Das Telefon klingelte. Ole Möller hob ab. »Polizeiinspektion, Ole Möller am Apparat«, meldete er sich.

Mit halbem Ohr verfolgte Julie das Gespräch. »Ach, Sie sind's ... Ja, natürlich ... Nein, leider ist nichts gefunden worden, nicht die kleinste Spur von Rauschgift ... Nein, nicht vollkommen leer. Grünpflanzen ... Ja, circa 20 bis 30 Grünpflanzen ... Ja, normale Topfblumen ... Ja, allerdings ... sehr ärgerlich, das finden wir auch ... Auf Wiedersehen.« Er legte auf.

»Fuchs?«, fragte Julie.

»Ja. Er wollte wissen, was Meunier gesagt hat. Ich habe es ihm erzählt.«

Julie presste die Lippen aufeinander und griff nach der leeren Schokoladenpackung. Ärgerlich knüllte sie sie zusammen und warf sie gezielt in den Papierkorb. »Hoffentlich lässt er sich hier nicht mehr sehen, der Schnüffler.«

17. KAPITEL

Fuchs legte den Hörer auf. Er konnte es nicht glauben. Sollte er sich so getäuscht haben? Hatte er den jungen Nordmann etwa zu Unrecht verdächtigt, mit Rauschgift zu dealen? War er wirklich nur ein Freund von Sascha? Aber woher hatte Sascha dann seinen Stoff bezogen?

Fuchs fuhr sich mit beiden Händen durch die Haare. Er konnte nicht mehr klar denken. Abrupt stand er vom Schreibtisch auf und fing an, in dem kleinen Büro auf und ab zu tigern. Hatte er sich tatsächlich geirrt? Aber die junge Jenny hatte seinen Verdacht doch bestätigt. Ob es richtig gewesen war, das Mädchen dazu anzustiften, Sascha auszuhorchen? Na ja, was konnte es schon schaden. Vielleicht war es ja möglich, auf diesem Weg etwas Licht in die Angelegenheit zu bringen und zum Beispiel zu erfahren, aus welchem Grund der Junge den Laden seiner Schwester überfallen hatte. Und wer ihn vorher so übel zugerichtet hatte.

Fuchs schüttelte den Kopf. Grünpflanzen! Was für eine abgefahrene Idee! Natürlich war das nur Tarnung. Nie und nimmer war der Besitzer des blauen Opel Astra, dieser Meunier, so unschuldig, wie er sich darstellte. Und wer hatte ihn, Fuchs, zusammengeschlagen? Konnte der Überfall auf ihn tatsächlich ein Zufall gewesen sein? Möglicherweise hatte es doch mit einem früheren Fall zu tun? Mit dieser betrogenen Ehefrau, dieser Gutmann-Frost etwa. Hatte womöglich ihr Mann, der ertappte Ehebrecher, ihm die beiden Schläger auf den Hals geschickt, um sich zu rächen?

Fuchs schüttelte den Kopf. Alles nur Spekulationen. Im Grunde wusste er überhaupt nichts. Es hatte keinen Sinn, weiter zu grübeln. Er brauchte eine Pause. Er sah auf die Uhr: 16 Uhr. Die Halmers waren um diese Zeit sicher zu Hause.

»Ach, du Armer«, rief Melanie Halmer, als sie Fuchs' lädiertes Gesicht sah. »Was hat man denn mit dir gemacht?«

»Das erzähle ich dir, wenn du mir eine Tasse Kaffee spendierst, meine Süße«, versprach Fuchs, während er sie umarmte.

Die Pädagogin eilte dem Detektiv voraus ins Wohnzimmer, wo Jörg Halmer sich aus dem Sessel erhob und ihn mit entsetztem Gesichtsausdruck musterte.

»Erzähl' ich gleich«, kam Fuchs Halmers Frage zuvor. Er ließ sich aufs Sofa fallen und streckte die langen Beine von sich. Melanie brachte den Kaffee, und nach zwei Tassen des heißen aromatischen Getränks und vier Keksen –

niemand backte so köstliche Vanilleplätzchen wie Melanie Halmer, davon war Fuchs überzeugt – hatte er das Ehepaar auf den Stand der Dinge gebracht.

»Und jetzt? Was wirst du jetzt weiter unternehmen?«, fragte Halmer.

»Tja, das ist die 1000-Dollar-Frage«, seufzte Fuchs. »Ich habe keinen Schimmer. Mir fehlt jeglicher Ansatzpunkt.«

Melanie meldete sich zu Wort. »Diese Sache mit den Pflanzen: Du glaubst also, dass das alles nur Tarnung ist, oder? Demnach ist das Ganze allein dazu da, um die Machenschaften der Dealer zu verbergen, wenn, so wie jetzt, Gefahr besteht aufzufliegen.«

Fuchs nickte. »Wahrscheinlich. Aber die Polizei hat nichts gefunden. Und die Kommissarin hat sich bestimmt gründlich umgesehen.«

Melanie beugte sich vor. »Genau das ist der Punkt. Die Dealer können sich jetzt dort so sicher fühlen wie noch nie. Niemals wird die Polizei dort so schnell ein zweites Mal auftauchen. Der Ort ist absolut unbedenklich.«

Wie elektrisiert sprang Fuchs auf. »Melanie, du bist ein Genie!« Er beugte sich zu der Frau hinunter und küsste sie herzhaft auf beide Wangen. Dann schnappte er sich seinen Motorradhelm und wandte sich zum Gehen.

»Was hast du jetzt vor, Fuchs?«, fragte Halmer besorgt, und seine Frau ergänzte: »Sei bloß vorsichtig!« Das Lehrerehepaar sah seinem Freund, der bereits an der Tür war, kopfschüttelnd hinterher. »Schönen Dank für den Kaffee«, rief Fuchs, und schon war er weg.

Draußen setzte er seinen Helm auf und startete die Honda. Er fädelte sich geschickt in den abendlichen Großstadtverkehr ein und fuhr in mäßigem Tempo durch die sommerlichen Straßen Hamburgs. Den Weg hatte er sich während der Beschattung der beiden Männer im Astra gemerkt, und nach einer knappen Viertelstunde erreichte er den Platz mit den Lagerräumen am Rande des Flughafengeländes.

Er parkte seine Maschine in einiger Entfernung und näherte sich dem speziellen Lagerraum zu Fuß. Das Tor war geschlossen. Fuchs horchte angestrengt. Kein Laut drang aus dem Inneren, alles war ruhig. Er probierte, ob sich die kleine Eingangstür, die in das Tor eingelassen war, öffnen ließ. Sie war zu seinem Erstaunen nicht verschlossen. Fuchs sah sich um. Kein Mensch war zu sehen. In einiger Entfernung parkten ein paar Autos. Der Platz lag wie ausgestorben da. Soeben stieg ein Flugzeug auf; man hörte das Motorengeräusch. Fuchs drückte vorsichtig die Klinke herunter und schob die Tür nach innen auf. Ein leises Quietschen war zu hören. Im Inneren war es dämmrig. Die weiß getünchten Scheiben der schmalen Fenster ließen das Licht nur teilweise durch. Ein frischer Geruch nach Pflanzen schlug Fuchs entgegen. Er trat ein und schloss die Tür hinter sich. Auf stabilen Holzregalen reihten sich verschiedene Topfpflanzen aneinander, von denen Fuchs nur eine Art kannte: großblättrige Farne. Die unverkleideten Wände zeigten rauen grauen Putz, die Regale auf der anderen Seite waren leer. Ein großer, schlichter Holztisch stand an der Stirnseite des Raumes unter den schmalen horizontalen Fenstern. Einige braune Pakete lagen darauf.

All dies nahm Fuchs mit einem Blick in die Runde wahr, aber was seinen Atem stocken ließ, war die reglose Gestalt, die mitten im Raum auf dem Boden lag. Entsetzt starrte Fuchs auf den gekrümmt daliegenden Mann. Zögernd trat er etwas näher an die Gestalt heran. Unter dem Körper hatte sich eine riesige Blutlache ausgebreitet. Die Augen standen offen und blickten ins Leere. Ungläubig betrachtete Fuchs das leichenblasse Gesicht. Er kannte den Toten! Es war Christoph Fischer! Kein Zweifel: Carlottas Freund lag hier tot auf dem Boden. Vorsichtig näherte Fuchs sich der Leiche. Der junge Manager war, wie es schien, erstochen worden, wahrscheinlich mit einem oder mehreren Stichen in den Bauch, denn der Tote hielt beide Hände an den Leib gepresst. Daher das viele Blut; sicher war die Bauchschlagader getroffen worden, mutmaßte Fuchs. Was war hier passiert?

Er löste seinen Blick von der Leiche und sah sich um. Vorsichtig, um nicht in die Blutlache zu treten, näherte er sich dem Tisch, der unter den Fenstern stand, und betrachtete die Gegenstände, die sich darauf befanden. Neben den Paketen stand eine Feinwaage, daneben lagen kleine Löffel und zahlreiche winzige Plastiktütchen. Er wandte sich den in festes braunes Packpapier gehüllten Kartons zu. Einer davon war geöffnet worden, eine der Deckelhälften stand halb offen. Vorsichtig fasste Fuchs den Kartondeckel mit zwei Fingerspitzen an einer Ecke und zog ihn zur Seite. Im Inneren konnte er Halbkilopakete aus durchsichtiger Plastikfolie erkennen, gefüllt mit einer weißlichen kristallinen Substanz: Crystal Meth! Also doch, dachte Fuchs. Hier wurde das Rauschgift in großer Menge gelagert, grammweise abgewogen und in verkaufsgerechte Portionen verpackt, eventuell auch gestreckt. Auf diese Weise wurde es gewinnbringend in passenden Rationen verkauft.

Aber was hatte Chris Fischer damit zu tun? Und, was noch interessanter war, wer hatte ihn ermordet? Fuchs zog sein Handy aus der Hosentasche und tippte die Nummer der Kriminalpolizei ein. Während das Rufzeichen ertönte, fiel sein Blick auf einen kleinen glitzernden Gegenstand auf dem Boden. Das Blut des Toten hatte sich bis dorthin ausgebreitet. Fuchs bückte sich und betrachtete das glänzende Steinchen genauer. Ein Diamant! Er zog ein Papiertaschentuch aus der Jackentasche, nahm den winzigen, mit Blut befleckten Edelstein vorsichtig damit auf und steckte ihn ein.

Inzwischen hatte sich die Polizei am Telefon gemeldet, und Fuchs berichtete mit knappen, präzisen Angaben, was er in dem Lagerraum vorgefunden hatte. »Bitte warten Sie dort und berühren Sie nichts, wir kommen sofort«, wies ihn die professionelle Stimme des Beamten an. Fuchs sah sich noch einmal um, konnte jedoch nichts Besonderes mehr entdecken. Er verließ den Lagerraum und wartete vor dem Tor auf das Eintreffen der Polizei.

18. KAPITEL

Zusammen mit der Bereitschaftspolizei trafen Kriminalhauptkommissarin Sommer und ihr Kollege, Kommissar Ole Möller, am Tatort ein. Während die Polizisten den Bereich absperrten, machten sich die mit weißen Schutzanzügen, Plastiküberschuhen und Handschuhen ausgerüsteten Spurensucher an die Arbeit. Fuchs beobachtete, wie der Gerichtsmediziner die Leiche begutachtete, soweit dies unter den gegebenen Umständen möglich war, und wie der Tote danach in einen Plastiksack gelegt und in einem Zinksarg abtransportiert wurde. Obwohl ihm Carlottas Freund nicht besonders sympathisch gewesen war, tat es Fuchs leid um den jungen Mann. Was er auch getan haben mochte, auf diese Weise und so früh zu sterben, hatte er nicht verdient. Fuchs hatte keine Vorstellung davon, ob und wenn ja, wie Fischer mit der Drogenszene zu tun hatte, und noch weniger konnte er sich erklären, wie der Diamant an diesen Ort gelangt war. Aber es musste einen Zusammenhang geben zwischen dem Juwelenraub, dem Drogenkonsum Saschas und dem professionell aufgezogenen Rauschgifthandel in diesem Lagerraum.

Julie Sommer kam auf ihn zu. Fuchs registrierte interessiert, wie keck ihr blonder Pferdeschwanz bei jedem ihrer energischen Schritte hin und her schwang. Ihre grünen Augen blitzten ihn an. Oje, dachte er, sie ist stinksauer auf mich. Die verpatzte Durchsuchung. Und jetzt das hier!

»Natürlich, wer sonst! Privatermittler Fuchs findet eine Leiche in einem Berg von Rauschgift, wo heute Mittag nichts als Grünpflanzen waren. Sind Sie jetzt unter die Mörder und Drogenhändler gegangen, Herr Fuchs?«, fragte sie anstelle einer Begrüßung.

»Was kann ich dafür, wenn Sie bei allem zu spät kommen, Verehrteste«, konterte Fuchs.

Wütend presste die Kommissarin die Lippen aufeinander und verschränkte die Arme vor der Brust.

»Was haben Sie hier überhaupt zu suchen gehabt?«, verlangte sie in aggressivem Ton zu wissen. »Und wie sind Sie in den Raum gelangt? Ich nehme an, die Tür war verschlossen?«

Langsam wurde Fuchs ärgerlich. Er beschloss, nicht mehr als das Nötigste preiszugeben. Sollte die Polizei ihre Arbeit doch selbst machen; auf seine Unterstützung würde diese arrogante Zicke von Kommissarin in Zukunft verzichten müssen.

»Nachdem Ihre Leute ihre Aufgabe offensichtlich nicht gründlich genug verrichtet hatten, beschloss ich, selbst nachzusehen. Und siehe da: Ich finde nicht nur eine Menge Drogen, sondern auch noch eine Leiche. Alles Weitere ist nun Ihr Problem. Ich habe mit der ganzen Angelegenheit nichts mehr zu tun. Mein Auftrag ist sowieso schon längst erledigt.« Er wandte sich zum Gehen.

Die energische Stimme der Kommissarin hielt ihn auf.

»Nur eine Frage noch: Kennen Sie den Toten?«

»Ja. Er heißt Christoph Fischer und ist der Lebensgefährte von Frau Birkmeier.«

»Ach!« Das attraktive Gesicht der Beamtin zeigte basses Erstaunen. »Woher wissen Sie das?«

»Ich habe ihn bei einem meiner Besuche bei Frau Birkmeier kennengelernt.«

»Aha. Und was hat er mit dem Rauschgift zu tun?«

»Das herauszufinden, ist ja wohl jetzt Ihre Aufgabe, verehrte Frau Oberkommissarin«, erwiderte der Detektiv lakonisch.

Einen Moment schien es, als würde Julie Sommer explodieren. Ihr hübsches Gesicht rötete sich, und ihre grünen Augen sprühten Funken. Doch dann biss sie sich auf die Lippen und holte tief Luft. Fuchs konnte regelrecht sehen, wie sie sich zur Ruhe zwang. In freundlicherem Tonfall sagte sie: »Wir werden bei der Aufklärung dieses Mordes sicher noch auf Sie zurückkommen, Herr Fuchs. Vorerst habe ich nur ein Anliegen: Da Sie Frau Birkmeier ja schon recht gut zu kennen scheinen, würde ich Sie bitten, ihr die Nachricht vom Tod ihres Freundes zu überbringen. Die arme Frau hat in den letzten Tagen schon so viel durchmachen müssen … Vielleicht können Sie ihr ein wenig beistehen.«

Versöhnlich lenkte Fuchs ein. Die Kommissarin hatte ja recht: Die Sache war zu ernst, um sich um Kompetenzen zu streiten.

»Selbstverständlich, Frau Sommer. Es stimmt, es war wirklich viel für Frau Birkmeier. Ich werde gleich von hier aus zu ihr fahren.«

»Gut, danke!« Ein knappes Lächeln, dann drehte sich die Kommissarin um und ging zu ihren Leuten.

19. KAPITEL

Auf der Fahrt zum Erdkampsweg sann Fuchs über einen möglichst schonenden Weg nach, der jungen Geschäftsfrau die Todesnachricht zu überbringen. In solchen Dingen war er nicht besonders gut, das wusste er. Aber immer noch besser, er war es, der ihr die traurige Neuigkeit mitteilte, als die Polizei mit ihrer nüchternen Amtlichkeit, sagte er sich.

Carlotta Birkmeier war nicht zu Hause. Der Laden war geschlossen, und auf sein Klingeln meldete sich niemand. Fuchs sah auf die Uhr: Es war kurz nach 20 Uhr. Wo konnte sie sein? Natürlich, sie würde bei ihrem Bruder im Krankenhaus sein. Gut, dachte Fuchs, er würde Carlotta eben dort treffen. Bei der Gelegenheit könnte er sich anschauen, in welcher Verfassung der junge Birkmeier inzwischen war. Er durfte zudem nicht vergessen, mit der Designerin zu klären, wie seine Auftragslage nach den neuesten Ereignissen aussah. Immerhin ging es um sein täglich Brot.

Seine Vermutung war richtig. Als er die Tür des Krankenzimmers öffnete, schauten ihm Carlotta und ihr Bruder überrascht entgegen. Der Schüler sah schon weit besser aus als gestern, stellte Fuchs mit einem Blick fest. Die Designerin erhob sich und kam auf ihn zu.

»Herr Fuchs! Wie schön, Sie zu sehen!« Spontan umarmte sie ihn. »Wie geht es Ihnen inzwischen?« Mitfühlend musterte sie sein Gesicht.

»Alles halb so schlimm. Es geht mir schon wieder gut,

danke!« Fuchs fühlte sich höchst unbehaglich. Wie sollte er die furchtbare Nachricht überbringen? Er nahm die Designerin sacht am Arm. »Carlotta, ich habe leider eine schlimme Nachricht für Sie.«

Fragend sah sie ihn an.

»Es geht um Ihren Freund, Chris Fischer.«

»Ja? Was ist mit ihm?« In Carlottas Augen zeigte sich erste Besorgnis.

Wie sollte er es sagen? Alles Drumherumgerede würde die Sache nur schlimmer machen. Am besten würde es sein, er sagte geradeheraus, was geschehen war.

Er räusperte sich, dann sagte er: »Man hat ihn tot aufgefunden. Es tut mir leid.«

Carlottas junges Gesicht wurde leichenblass. Sie hob ihre Hand vor den Mund, als müsste sie einen Schrei zurückhalten. In ihren Rehaugen stand ungläubiges Entsetzen. Sie wankte. Einen Augenblick lang fürchtete Fuchs, sie würde zusammenbrechen. Er nahm sie am Arm und führte sie zu dem Stuhl, der neben Saschas Bett stand. Carlotta tastete nach der Hand ihres Bruders. Sascha hatte sich aufgesetzt und starrte den Ermittler entgeistert an. In die Augen seiner Schwester traten Tränen und sie fing an, leise schluchzend zu weinen.

Sascha fasste sich zuerst.

»Was ist passiert?«, fragte er.

»Man hat ihn in einem gemieteten Lagerraum gefunden. Er ist ermordet worden«, antwortete Fuchs.

»Ermordet!« Ungläubig blickte Carlotta ihn an. Ihr Schluchzen hatte aufgehört. »Wer, um Gottes willen, sollte Chris umbringen wollen?«, fragte sie mit einer Stimme, die kurz vor dem Kippen war. Fuchs trat an sie heran und legte ihr beruhigend die Hand auf die Schulter.

»Das wissen wir nicht. Die Polizei ist vor Ort. Womöglich hat es mit den Drogen zu tun, die in dem Lagerraum gefunden wurden.«

»Drogen?« Carlotta sah ihren Bruder an. »Weißt du etwas darüber, Sascha? Bitte, sag die Wahrheit!«

Der Junge sackte in sich zusammen. »Ich weiß nichts, bitte glaube mir, Carlie! Ich habe immer nur ganz kleine Mengen gekauft. Mit Drogenhandel habe ich nichts zu tun!« Erschöpft ließ Sascha sich in die Kissen sinken. Seine Lungenverletzung machte ihm offenbar noch sehr zu schaffen.

Carlotta fuhr auf, ihr Gesicht mit den tränennassen Augen hatte sich gerötet, ihre Stimme wurde hart. »Ach Sascha, ich kann es langsam nicht mehr hören! Chris ist tot, hast du das verstanden? Bitte sag mir, was los ist! Hast du irgendetwas damit zu tun?« Sie war aufgestanden, beugte sich über ihren Bruder und fasste ihn bei den Schultern. »Mein Freund ist ermordet worden, irgendjemand hat dich verprügelt, du gehst hin und raubst meinen Laden aus. Ich will jetzt wissen, was hier gespielt wird.«

Sascha schüttelte den Kopf. »Ich kann wirklich nicht mehr sagen«, wiederholte er, den Tränen nahe. Er presste die Lippen aufeinander und drehte das Gesicht zur Seite.

Fuchs mischte sich ein. »Ich glaube, es ist besser, wir lassen Ihren Bruder jetzt allein, Carlotta. Lassen Sie uns gehen. Sie müssen beide mit dem Schock erst einmal fertig werden.«

Widerwillig ließ sich die Designerin aus dem Zimmer führen, nachdem sie sich von ihrem Bruder mit einem knappen Tschüss verabschiedet hatte. Fuchs begleitete die junge Frau, die immer wieder mit den Tränen kämpfte, bis auf den Krankenhausparkplatz, auf dem ihr VW Beetle stand.

»Carlotta, bitte sagen Sie mir, wenn ich etwas für Sie tun kann. Haben Sie jemanden, der sich um Sie kümmert in dieser schweren Zeit? Eine Freundin vielleicht? Muss jemand benachrichtigt werden?«

Carlotta holte ein Papiertaschentuch aus ihrer Handtasche, wischte die Tränenspuren ab und putzte sich die Nase. Ein trauriger Blick traf den Detektiv. »Danke, Herr Fuchs. Sie sind sehr freundlich. Ich werde die Eltern von Chris benachrichtigen müssen. Dabei habe ich sie noch gar nicht kennengelernt. Ich weiß nicht einmal, wo sie wohnen. Nur, dass sie irgendwo in Hamburg leben.« Hilflos sah sie den Ermittler an. »Ich kannte Chris ja erst seit ein paar Wochen, wissen Sie«, fügte sie hinzu.

»Wenn Sie wünschen, kümmere ich mich darum.«

»Danke, Herr Fuchs. Das ist sehr nett.«

Fuchs räusperte sich. »Ich muss Sie noch fragen, ob mein Auftrag noch besteht, Carlotta. Die Sache mit Ihrem Freund liegt in der Hand der Kriminalpolizei. Die Kommissare werden entsprechende Ermittlungen aufnehmen. Es geht jetzt nicht mehr nur um einen Raub, es geht um Mord.«

»Trotzdem. Ich möchte, dass Sie weiter ermitteln, Herr Fuchs. Finden Sie heraus, was hinter dem Ganzen steckt. Was mein Bruder damit zu tun hat. Warum Chris sterben musste …« Wieder kamen ihr die Tränen.

»Gut«, beeilte sich Fuchs zu sagen. »Aber bedenken Sie, ich kann nicht gratis arbeiten …« Es war ihm peinlich, die junge Frau darauf hinweisen zu müssen.

»Machen Sie sich deswegen keine Sorgen, Herr Fuchs. Unsere Eltern haben Sascha und mich recht gut versorgt.

Ich gebe Ihnen auch gern einen Vorschuss, wenn Sie wollen. Aber bitte, tun Sie alles, um herauszufinden, was hier los ist. Und wer Chris ermordet hat.«

Sie reichte Fuchs die Hand und setzte sich in ihr gelbes Auto. Nachdenklich schaute der Detektiv ihr nach. Was für eine bemerkenswerte Frau, dachte er. Er startete seine Maschine und fuhr nach Hause. Er würde die Kommissarin telefonisch kontaktieren wegen der Benachrichtigung von Fischers Eltern.

FREITAG, 21. JUNI 2019

20. KAPITEL

»La donna è mobile, qual piùma al vento …« Fuchs stand unter der Dusche und schmetterte aus voller Kehle die berühmte Arie aus Verdis *Rigoletto*. Sein Gesangstalent, ebenfalls ein Erbe seiner italienischen Mutter, zeigte sich in dem klaren Tenor, der durch das herunterprasselnde Duschwasser zwar etwas gedämpft wurde, aber nichts von seiner Brillanz verlor.

Der Detektiv hatte gute Laune. Seine Schläfenwunde, die er am Vorabend noch einmal desinfiziert und neu verpflastert hatte, tat kaum noch weh, und die Kopfschmerzen waren nach der Einnahme einer Schmerztablette verschwunden. Auch die Kieferschwellung war deutlich zurückgegangen, und er hatte lange und gut geschlafen. Er beendete seine Dusche, schlang sich ein Handtuch um die Hüften und schlenderte in sein Büro. 8.50 Uhr, teilte ihm ein Blick auf seine Armbanduhr mit. Ob er um diese Uhrzeit Hannes Olthus im Dienst erreichte? Er nahm den Telefonhörer und wählte die Nummer seines alten Freundes beim Hamburger Landeskriminalamt.

»Hannes, altes Haus, wie geht's dir?«

»Fuchs! Dass du dich mal wieder meldest. Nett, von dir zu hören.«

»Ich brauch' dich wieder einmal, Hannes, das heißt, eher deinen Computer.«

»Na, was ist es denn diesmal?«

»Es geht um den Mordfall hier in Fuhlsbüttel, du hast sicher schon davon gehört.«

»Hab' ich. Gestern passiert, nicht? Was hast du damit zu tun?«

»Das Mordopfer ist der Freund meiner Mandantin. Ich brauche alles, was der Polizeicomputer über ihn hergibt.«

»Warte, ich schau mal nach.«

Fuchs hörte, wie sein Freund auf der Computertastatur tippte. Dann wieder seine Stimme:

»Ja, hier hab ich's. Das LKA hat eine Soko zusammengestellt unter der Leitung von Kriminalkommissarin Julie Sommer. Ein Verdächtiger namens Jean Jacques Meunier ist verhaftet worden, verweigert aber die Aussage. Das Drogendezernat ist eingeschaltet worden. Wohl ein größerer Fund von Crystal Meth. Sie ermitteln in der einschlägigen Drogenszene. Bis jetzt noch keine Ergebnisse.«

»Ich brauche Hintergrundinformationen über das Mordopfer, diesen Christoph Fischer. Gibt es etwas über ihn im System?«

»Warte mal, ich schau nach ...« Wieder war schnelles Tippen zu hören. »Nein, ich habe nichts, nicht das Geringste ...« Noch eine Pause, dann: »Doch, hier ist was. Ein Bußgeld wegen Geschwindigkeitsüberschreitung mit seinem Porsche. Hat ihm zwei Punkte in Flensburg eingebracht. Der Typ hatte anscheinend ein Faible für schnelle Autos.«

»Sonst hast du nichts?« Fuchs klemmte sich das Telefon zwischen Schulter und Kinn, ging zurück ins Schlafzimmer und fing an, sich anzuziehen. Lady, die ihm auf Schritt und Tritt folgte, weil sie auf ihr Frühstück wartete, ließ ihn nicht aus den Augen.

»Nee, wirklich nicht. War anscheinend ein anständiger Kerl.«

Fuchs suchte ein frisches T-Shirt aus dem Schrank und streifte es über.

»Okay. Guck mal nach, ob du etwas über einen Jungen namens Sascha Birkmeier hast.«

»Warte … Birkmeier … Hier habe ich was. Nur 'ne Bagatelle. Der Junge wurde von einer Polizeistreife aufgegriffen wegen Alkoholmissbrauchs. Musste ins Krankenhaus gebracht werden. Hatte sich wohl überschätzt, der Bursche.«

Fuchs horchte auf.

»Wann war das? Hast du ein Datum?«

»Ist noch gar nicht so lange her. Gutes halbes Jahr. Am 31. Dezember letzten Jahres.«

»Gut. Hab' ich notiert.«

»Sonst noch was?«

»Danke, das wär's. Ich schulde dir was, Kumpel.«

»Wie wär's mit einem gepflegten Feierabendbier?«

»Komm ich drauf zurück, Hannes, versprochen. Wenn ich diesen Fall gelöst habe.«

»Gut, bis dann, Kumpel.« Olthus legte auf.

Fuchs schlüpfte in seine Jeans. Als er mit der Hand in die Tasche fuhr, fühlte er das Papiertaschentuch, das er am Tatort eingesteckt hatte. Er faltete es auseinander und betrachtete den glitzernden Diamanten, an dem immer noch das Blut des Ermordeten klebte.

»Wie konnte ich den vergessen, Lady?«, fragte er die Katze, die ihn mit ihren unergründlichen Augen ansah und leise miaute. »Jaja, ich weiß, du willst dein Frühstück haben. Und ich auch. Komm, wir machen uns was Leckeres.«

Die Katze zog sich nach dem gemeinsamen Frühstück – Toast und Kaffee für ihr Herrchen, Geflügelpastete für sie – auf ihren Schlafplatz zurück und putzte sich. Fuchs setzte sich an seinen Schreibtisch und überlegte, wie er weiter vorgehen wollte im Fall Birkmeier. Zunächst musste er sich vergewissern, dass die Polizei die Angehörigen des Ermordeten benachrichtigt hatte; wenn nicht, würde er selbst es tun, wie er es Carlotta versprochen hatte. Kommissar Ole Möller bestätigte ihm am Telefon, dass bereits am vorangegangenen Abend die Eltern des jungen Managers von seinem Tod in Kenntnis gesetzt worden waren; weitere Einzelheiten über den Stand der Ermittlungen ließ er sich trotz Fuchs' Bemühungen nicht entlocken. Der Detektiv erfuhr lediglich, Fischer habe nur einen lockeren Kontakt zu seinen Eltern gepflegt. Fuchs überlegte kurz, ob er dem Beamten von dem gefundenen Diamanten erzählen sollte, entschied sich jedoch dagegen. Er wollte zunächst selbst versuchen herauszufinden, worin die Verbindung zwischen dem Juwelenraub und dem Mord an Fischer bestand. Der Schlüssel dazu konnte nur bei Sascha Birkmeier liegen.

Fuchs dachte an Olthus' Informationen über den Alkoholrausch des Jungen vor einem halben Jahr, am 31. Dezember. Auf einmal fiel ihm etwas ein. Wann, hatte Carlotta gesagt, waren ihre Eltern verstorben? Vor einem halben Jahr? Hatte sie nicht etwas von einem Unfall gesagt? Und dass seit dieser Zeit ihr Bruder sich sehr verändert habe? Mit flinken Fingern rief Fuchs die Online-Version des *Hamburger Tageblatts* auf den Bildschirm seines Rechners und blätterte zum Januar 2019 zurück. Da war es! Am 2. Januar berichtete das Blatt von einem schweren Verkehrsunfall mit zwei Toten auf eisglatter Fahrbahn. Als Ursache wurde vermutet, dass der Fahrer, ein 52-jähriger Beamter, in einer Kurve die Kontrolle über sein Fahrzeug verloren hatte. Dabei waren er und seine 49-jährige Ehefrau ums Leben gekommen. Fuchs rief die Todesanzeigen der folgenden Tage auf. Er fand schnell, was er suchte: Joachim und Helga Birkmeier, plötzlich und unerwartet verstorben. Die zeitliche Nähe der beiden Ereignisse konnte kein Zufall sein. Die Frage war: Was hatte der Unfalltod der Eltern mit dem Alkoholexzess des Sohnes zu tun? Fuchs beschloss, den jungen Birkmeier noch einmal im Krankenhaus aufzusuchen.

21. KAPITEL

Sascha Birkmeier zeigte sich alles andere als erfreut, als Fuchs das Krankenzimmer betrat. Körperlich schien es ihm wesentlich besser zu gehen als gestern, fand Fuchs. Seine Wangen hatten eine gesündere Farbe und sein Atem ging leichter. Auch die Entzugserscheinungen waren weniger ausgeprägt.

»Hallo, Sascha! Wie geht es dir heute?« Fuchs zog sich einen Stuhl an das Bett des Jungen heran und setzte sich. Aufmerksam musterte er den Verletzten. Der Gesichtsausdruck und die Körperhaltung verrieten meist mehr, als der Gesprächspartner beabsichtigte.

»Was interessiert Sie das überhaupt?«, fragte der Schüler abwehrend. Er mied den Blick des Detektivs und presste die Lippen aufeinander.

Fuchs gab seiner Stimme einen besänftigenden Ton, als er antwortete.

»Sascha, ich stehe auf deiner Seite, kein Grund also, so aggressiv zu sein. Deine Schwester macht sich Sorgen um dich, das weißt du doch. Deshalb hat sie mich beauftragt herauszufinden, was hier los ist. Und du steckst mittendrin in der Scheiße, das ist dir doch klar, oder?«

Der Junge drehte sich zur Seite und schwieg. Offenbar war er nicht bereit, sich auf ein Gespräch über das Vorgefallene einzulassen. Fuchs beschloss, gleich zum Thema zu kommen und mit offenen Karten zu spielen.

»Sascha, was war da los vor einem halben Jahr, als du mit einer Alkoholvergiftung im Krankenhaus warst?«

Überrascht drehte sich der Schüler herum. »Wieso? Woher wissen Sie überhaupt davon?« Nervös zupfte er an der Bettdecke.

»Ich bin Detektiv, schon vergessen? Ich finde so etwas heraus.« In dem Versuch, die Atmosphäre zu entspannen, zwinkerte Fuchs dem Jungen grinsend zu. Der Versuch misslang kläglich. Saschas Miene verschloss sich immer mehr. So kam Fuchs offensichtlich nicht weiter. Er änderte die Taktik.

»Mal im Ernst, Sascha. Erzähl, was damals vorgefallen ist. Und was es mit dem Tod deiner Eltern zu tun hat.«

»Was?«, fuhr Sascha auf. »Wieso sollte es etwas mit dem Unfall meiner Eltern zu tun haben?« Der Junge bot das klassische Bild eines ertappten Sünders. Fast musste Fuchs lächeln.

»Das weißt du besser als ich, Sascha. Also, was hat sich damals ereignet?«

Sascha lehnte sich in die Kissen zurück und schloss die Augen. Um seinen Mund zeigte sich ein schmerzlicher Zug. Fuchs berührte leicht seine Hand.

»Komm schon, mein Junge, erzähl! So schlimm kann es gar nicht sein.«

»Ich war auf Joshuas Silvesterparty …«

Die Party war in vollem Gange, als Sascha in dem silvestermäßig geschmückten Partykeller von Joshuas Eltern ankam. Eigentlich hatte er gar nicht herkommen wollen; er war nur da, weil er sonst dazu verdammt gewesen wäre, mit seinen Eltern und zwei mit ihnen befreundeten Ehepaaren Käsefondue zu essen, Feuerzangenbowle zu trinken, alberne Spielchen zu spielen und um Mitternacht mit seinem Vater Raketen in die Luft zu schießen.

Dann doch lieber die Party. Außerdem hatte Jenny ihn gebeten zu kommen.

Jenny. Sie war süß und lieb und verliebt in ihn. Aber er war nicht verliebt in sie. Er verstand sich selbst nicht, aber wenn er sie küsste, empfand er gar nichts. Jedenfalls nichts von dem, was die anderen Jungs erzählten, meistens unter anzüglichem Gelächter. Also war er hergefahren, hatte sich an die Bar gestellt und sich ein Bier geben lassen von dem Typen aus dem Abiturjahrgang, der den Job des Barkeepers übernommen hatte. Die Musikanlage hämmerte pausenlos den Beat der neuesten Hits in den Raum, die Farbblitze der Lichtorgel verwandelten die Gestalten der Tanzenden in zuckende Zombies, und die Luft war stickig und rauchgeschwängert.

Sascha fühlte sich fehl am Platz. Irgendwie gehörte er nicht dazu. Er beobachtete die jungen Leute, die sich mehr oder weniger passend zu den Rhythmen der Musik bewegten. Er sah seinen Freund Patrick Nordmann, von einem Pulk Mädchen umlagert, gestikulierend und lachend. Sicher erzählte er wieder irgendwelche Witze; Patrick verstand es, Menschen zu unterhalten und zu begeistern. Wie er ihn beneidete! Wenn es ihm, Sascha doch nur auch möglich wäre, so frei und selbstbewusst zu sein! Er fand sich unscheinbar, so unsportlich und mager, wie er war. Und kurzsichtig obendrein, weshalb er eine Brille tragen musste. Er hatte es mit Kontaktlinsen versucht, aber die vertrug er nicht. Wäre er doch nur so wie Patrick oder zumindest so wie Kenny oder Lukas!

Jenny kam ausgepowert und leicht verschwitzt von der Tanzfläche und stellte sich neben ihn.

»Was machst du denn für ein Gesicht? Gefällt dir die Party nicht?«

Sie trank ihre Cola aus. »Komm, lass uns tanzen, Baby«, sagte sie und versuchte, Sascha mitzuziehen.

»Hab' keine Lust zu tanzen. Geh du nur.«

»Ach, sei doch nicht so muffelig, Sascha! Du verdirbst mir noch den ganzen Spaß!«

Wie sie ihm auf die Nerven ging! Warum konnte sie ihn nicht einfach in Ruhe lassen? Unwillig sah er seine Freundin an. Enttäuscht und traurig sah sie aus. Das hatte sie nicht verdient. Reiß dich zusammen, Sascha, sagte er zu sich selbst. Reiß dich gefälligst zusammen!

Er lächelte Jenny versöhnlich an. »Komm, wir trinken jetzt was Richtiges, Jenny. Tom, gib uns mal zwei Wodka, aber pur«, sagte er zu dem Jungen hinter der Theke.

»Kommt sofort«, meldete Tom und schob zwei gefüllte Gläser zu ihm herüber. »Prost, Jenny«, sagte Sascha und trank sein Glas in einem Zug leer. »Nochmal zwei«, verlangte er. Als die gefüllten Gläser vor ihm standen, war Jenny mit einem Typen aus dem Abijahrgang auf die Tanzfläche verschwunden. »Na dann nicht, meine Liebe«, murmelte Sascha und trank beide Gläser aus. Seine Stimmung wurde langsam besser. Eigentlich richtig gut. Nach dem nächsten Glas fand er die Party schon ganz toll. Er ging zu Jenny auf die Tanzfläche und fing an zu tanzen. Die gleichförmigen Beats rissen ihn mit, zusammen mit den anderen um ihn herum gab er sich dem gleichbleibenden hämmernden, betäubenden Rhythmus hin. Er fühlte sich leicht, vergaß seine Hemmungen, seine Bedenken und Ängste, empfand nur noch seinen Körper, seine Arme und Beine, die Brust und den Bauch, alles war durchdrungen von der Musik. Zwischendurch trank er an der Bar weitere Wodkas, tanzte und trank, und die Welt um ihn herum wurde immer bunter und abstrakter, und alles war voller Musik und Leichtigkeit.

»Ich war so betrunken«, setzte Sascha seine Erzählung fort, »dass irgendeiner meiner Mitschüler, der vergebens versucht hatte, mich aus der Bewusstlosigkeit zu holen, einen Rettungswagen rief und mich ins Krankenhaus einliefern ließ.«

Fuchs hatte, ohne ihn zu unterbrechen, zugehört.

»Aber wieso bist du schuld am Tod deiner Eltern? Dass man richtig betrunken ist, kommt schon mal vor«, fragte er nun.

Sascha fuhr im Bett auf. In den Augen des Schülers stand pure Verzweiflung. »Aber ich habe dadurch den Tod meiner Eltern verursacht.«

»Was?« Fuchs versuchte, seine Bestürzung nicht zu zeigen. »Das musst du mir erklären. Ich dachte, es war ein Unfall?«

»War es ja auch«, klagte der Junge mit erstickter Stimme. Er wischte sich grob über die Augen, in denen sich Tränen gesammelt hatten. »Aber sie waren in der Nacht damals nur unterwegs, um mich aus dem Krankenhaus abzuholen. Es hatte geregnet und dann gefroren. Die Straßen waren spiegelglatt. Sie sind in einer Kurve von der Straße abgekommen und gegen einen Baum geprallt. Beide waren sofort tot. Und nur, weil ich total besoffen einen Blackout hatte und man mich ins Krankenhaus zur Entgiftung bringen musste. Sie sehen, ich bin schuld am Tod meiner Eltern.« Wieder sammelten sich Tränen in den Augen des Schülers. Mühsam blinzelte er sie weg, krampfhaft bemüht, Haltung zu bewahren.

Fuchs schwieg. Das war es also, was Sascha aus der Bahn geworfen hatte. Er quälte sich mit sinnlosen Schuldgefühlen herum.

»War das der Grund, weshalb du angefangen hast, Drogen zu nehmen?«, fragte er nach einer Weile.

Sascha hatte sich in die Kissen zurücksinken lassen, als hätte er alle Kraft verbraucht. Er nickte. »Zuerst habe ich es nur mal ausprobieren wollen. Aber dann gab es mir ein solch gutes Gefühl, wissen Sie? Ich war nicht mehr so deprimiert und ... Sie wissen schon, was ich meine. Ich war einfach besser drauf.«

Mit einer unsagbar hilflosen Geste hob er die Hände und ließ sie wieder fallen.

Fuchs musste sich räuspern.

»Tja, weiß ich. Man fühlt sich einfach super mit dem Zeug. Solang es anhält. Und anschließend kommt der große Katzenjammer, und man muss gleich die nächste Dröhnung haben, nicht wahr?«

Wieder nickte der Schüler. »Genauso war's.« Er schüttelte den Kopf. »Ich bin so blöd!« Er hat sich wieder etwas gefangen, stellte Fuchs erleichtert fest. Anscheinend hatte es ihm gutgetan, sich seine Sorgen von der Seele zu reden.

Er änderte seinen Ton.

»Lobenswerte Selbsterkenntnis, mein Lieber. Damit lässt sich arbeiten«, bestätigte er Saschas Aussage. »Wie geht es dir denn jetzt damit? Wie schlimm ist der Entzug?«

»Es geht eigentlich. Ich bekomme ja irgendein Zeugs gegen die Schmerzen und zum Schlafen. Doktor Heinfeld sagt, er dosiert die Sachen so, dass der Entzug nicht so spürbar wird.« Er lehnte sich zurück. »Deshalb bin ich auch meistens ziemlich schläfrig.«

»Du musst mit deiner Schwester über die Sache mit deinen Eltern sprechen, Sascha! Sie wird dich verstehen.«

Mit einem Blick wie ein schuldbewusstes Kind, das auf Vergebung hofft, sah der Junge zu Fuchs auf. »Glauben Sie?«

»Ganz sicher«, versprach Fuchs. »Carlotta ist eine wunderbare junge Frau, die schon sehr erwachsen ist. Sie wird dich verstehen.«

»Hmm«, stimmte der Schüler zu. »Ich werde mit ihr reden.«

Der Detektiv nutzte das Vertrauen, das Sascha zu ihm gefasst hatte, um noch mehr Informationen aus ihm herauszuholen.

»Wenn du schon dabei bist, kannst du auch gleich reinen Tisch machen, Sascha. Was ist mit dem Überfall auf den Laden deiner Schwester? Was war das für eine schwachsinnige Idee?«

Sascha wandte sich ab. »Darüber kann ich nichts sagen. Bitte fragen Sie mich nicht!«

»Wirst du erpresst oder willst du jemanden schützen? Rede endlich, Junge! Es wird doch nicht besser, wenn du schweigst«, insistierte Fuchs.

Der Schüler schüttelte entschieden den Kopf. »Mein Anwalt hat gesagt, ich brauche keine Angaben dazu zu machen!« Er kreuzte die Arme vor der verbundenen Brust. »Niemand kann mich zwingen auszusagen.«

Der Detektiv verstand, dass er im Moment nicht weiterkam.

»Okay«, sagte er, »lassen wir das für den Augenblick. Ich lasse dich gleich in Ruhe. Nur eines noch: Wie gut kanntest du Christoph Fischer? Und hast du eine Ahnung, wer ihn ermordet haben könnte?«

»Ich habe ihn nur manchmal bei meiner Schwester gesehen. Keine Ahnung, was da passiert ist.« Seine Miene wurde abweisend. »Bitte, gehen Sie jetzt. Ich habe Kopfschmerzen.«

Fuchs sah ein, dass er nichts weiter erfahren würde. Er drückte Saschas Hand. »Okay. Mach's gut, Kumpel«, sagte er und ging.

22. KAPITEL

Julie Sommer war nervös. Es war das erste Mal, dass sie eine Sonderkommission leitete, und das gleich in einem Mordfall. Sie wusste, dass die Leitung der Sonderkommission sozusagen ein Test ihrer Fähigkeiten war, hatte sie sich doch auf eine Beförderung zur Kriminalhauptkommissarin beworben. Man wollte höheren Ortes anscheinend sehen, ob sie der Aufgabe gewachsen war. Der Druck, der auf ihr lastete, ließ ihre Hände schweißnass werden. Unauffällig wischte sie sie an ihrer Hose ab.

Immer wieder blätterte sie in den Berichten, die sich inzwischen in der Akte über den Mord angesammelt hatten. Neben Ole Möller, der ihr einen beruhigenden Blick zuwarf, gehörten Oberkommissar Schorsch Lange, Kommissarin Livia Koslowski und Hauptkommissar Maik Schweizer zum Team. Die drei hatten sich in ihrem Büro versammelt und saßen um den kleinen Konferenztisch herum. Es war früh am Vormittag, und Julie hatte die Fenster weit geöffnet, um das Sonnenlicht hereinzulassen. Das für Hamburg ganz und gar untypische herrliche Sommerwetter dauerte nun schon über eine Woche an, und viele Hanseaten fingen an, das gewohnte Schietwetter zu vermissen.

Mit Ausnahme von Schorsch Lange, der schon an die 50 war, waren die Teammitglieder in der neu zusammengesetzten SOKO alle etwa in Julies Alter oder wenig älter. Die morgendliche Dienstbesprechung diente der Bestandsaufnahme der bisherigen Ermittlungsergebnisse und der Abstimmung des weiteren Vorgehens.

Julie räusperte sich, um die Aufmerksamkeit ihrer Kollegen auf sich zu ziehen, und eröffnete die Sitzung.

»Also, was haben wir? Das Mordopfer heißt Christoph Fischer, 34 Jahre alt, Projektmanager bei der Firma *Grothus Maschinenbau GmbH*, ansässig hier in Hamburg. Er war der einzige Sohn seiner Eltern, dem Ehepaar Heike und Manfred Fischer, Besitzer eines Elektrowarengeschäftes in Hamburg-Fuhlsbüttel. Es gibt noch eine ältere Schwester.« Sie zog ein Formular aus der Akte und zitierte daraus. »Ich habe hier den Obduktionsbericht vorliegen. Fischer wurde durch einen Stich in den Bauch getötet. Die Klinge des Messers war laut Stichkanal zehn bis zwölf Zentimeter lang und zwei Zentimeter breit, einseitig geschliffen, also wahrscheinlich ein einfaches Klappmesser. Der Stich hat die Bauchschlagader verletzt, der Tod ist durch Verbluten eingetreten. Der Körper des Toten war ansonsten in guter Verfassung; keine Spuren von Drogen oder Ähnlichem.«

»Was ist mit der Tatwaffe?«, fragte Oberkommissar Lange. Seine tiefe Bassstimme, die zu seinem kompakten Körperbau mit dem nicht zu übersehenden Bauchansatz passte, klang wie immer ruhig und besonnen. In einer für ihn typischen Geste strich er sich über seinen struppigen Vollbart, der dieselbe graubraune Farbe hatte wie sein noch verbliebener Haarkranz.

»Ist am Tatort nicht gefunden worden. Vermutlich hat der Täter sie mitgenommen.«

»Gibt es sonst irgendwelche Spuren des Täters? Fußspuren? Fingerabdrücke?«, fragte Kommissarin Koslowski. Sie hatte ihr iPad gezückt und machte sich fleißig Notizen. Ihr sommersprossiges Gesicht unter dem Wust krauser roter Haare hatte sich vor Eifer gerötet.

»Es wurden Fingerabdrücke verschiedener Personen sichergestellt, einige davon konnten dem Mordopfer und dem Mieter des Lagerraumes zugeordnet werden. Dieser Mieter, ein gewisser Jean Jacques Meunier, ist vorläufig festgenommen worden. Er behauptet, dass er den Raum zur Zwischenlagerung von Grünpflanzen benutzt, die er von holländischen Großhändlern billig einkauft und hier an die verschiedenen Blumenhandlungen weiterverkauft. Dabei helfen ihm laut seiner Aussage einige Schüler, die sich damit ein Taschengeld verdienen.«

Sie hob abwehrend die Hände, um dem Protest ihrer Kollegen zuvorzukommen. »Jaja, ich weiß, das dient natürlich nur zur Tarnung der Drogengeschäfte, die hier getätigt wurden. Schließlich haben wir jede Menge Rauschgift am Tatort gefunden, wie ihr wisst. Hauptkommissar Schweizer vom Drogendezernat wird uns sicher einiges über die einschlägige Szene im Hamburg sagen können.« Julie gab mit einem Zeichen das Wort weiter an ihren Kollegen.

Hauptkommissar Maik Schweizer, ein großer hagerer Mann mit dünnem Haar und einer ungesunden Gesichtsfarbe, setzte sich zurecht und räusperte sich. »Wir beobachten seit einiger Zeit, dass vermehrt Crystal Meth nach Deutschland eingeschleust wird, vorzugsweise aus Tschechien, wo es in großen Mengen gekocht und an Großdealer verkauft wird. Die Tschechen wiederum transportieren es auf verschiedenen Wegen nach Deutschland und verteilen es an Zwischendealer, die es strecken und portionieren und an Straßendealer verteilen. Wir stellen fest, dass Crystal Meth, auch als Speed, Crank, Yaba oder Ice bekannt, als sogenannte Alltagsdroge auch in der Yuppieszene, also unter den 30- bis 50-Jährigen, immer beliebter wird; aber auch unter den Jugendlichen scheint der Konsum zuzunehmen.«

»Können Sie uns etwas Konkretes über den jetzigen Fund sagen?«, fragte Schorsch Lange. Wieder strich sich der Oberkommissar über seinen Bart, während er sprach. Julie fing an, die Geste ziemlich nervig zu finden.

»Es waren exakt drei Kilogramm Crystal Meth von sehr guter Qualität. Bei einem Straßenverkaufswert von etwa 80 bis 100 Euro pro Gramm macht das gut und gern 240.000 bis 300.000 Euro. Das ist ein ganz schöner Brocken«, antwortete Schweizer. »Es sind schon Menschen für weit weniger umgebracht worden, auch wenn man den Einkaufswert von circa 80.000 Euro abziehen muss.«

Lange stieß einen anerkennenden Pfiff aus, und Livia gab ein beeindrucktes: »Oh, Mann!« von sich.

Julie blieb sachlich.

»Über die Herkunft dieser drei Kilo können Sie uns nichts weiter sagen?«, fragte sie.

»Nein. Der Tatort war offensichtlich der Ort, an dem die Einzelportionen abgewogen und verpackt wurden. Die Pflanzen dienten, wie gesagt, natürlich nur als Tarnung. Wir sind dabei, zusammen mit der europaweiten Zollfahndung die uns bekannten Transportwege dahingehend zu überprüfen, woher diese Menge an Stoff kommen könnte; bisher haben wir noch keine Ergebnisse.«

Schweizer signalisierte Julie, dass er seine Ausführungen beendet habe, und sie wandte sich wieder den übrigen Teammitgliedern zu.

»Noch Fragen dazu?«

Livia Koslowski hob die Hand. »Hat dieser ... wie heißt er noch gleich ... dieser Meunier sich schon geäußert?«, fragte sie.

Julie schüttelte den Kopf.

»Er leugnet rundheraus, mit dem Drogenhandel oder dem Mord irgendetwas zu tun zu haben. Er hat sich einen Anwalt genommen und verweigert jede weitere Aussage. Ziemlich tough, der Typ.«

»Aber diese Sache mit den Pflanzen lässt sich doch sicher als falsch nachweisen. Haben wir diesen ominösen Handel denn schon näher überprüft?«, insistierte Livia.

»Bis jetzt noch nicht. Das steht als Nächstes an. Meunier hat den Namen des Großhändlers in Holland genannt, ebenso einige der Blumengeschäfte hier vor Ort.«

Livia lehnte sich zurück und strich sich einige widerspenstige rote Locken hinters Ohr. »Das heißt, wir haben praktisch noch nichts«, resümierte sie.

Julie nickte. »Genauso ist es. Wir müssen bei null anfangen. Also: Wer war das Opfer? Was hatte er mit den Drogen zu tun? In welcher Beziehung stand er zu Meunier, dem Mieter der Lagerraumes?«

»Ich übernehme das«, bot Schorsch Lange an.

»Ich schau mal, was der Tatort hergibt, diese merkwürdige Garage oder als was man den Raum bezeichnen soll. War die Tür übrigens verschlossen? Was hat es mit diesem Detektiv auf sich, der die Leiche gefunden hat? Wie ist er denn in den Raum gelangt? Hat er sich dazu geäußert?«

Damit berührte Livia Koslowski einen wunden Punkt, denn Julie Sommer hatte es versäumt, Fuchs danach zu fragen, was ihr peinlich bewusst war. Sie versuchte, die Angelegenheit zu überspielen, während sie spürte, wie ihr die Hitze den Nacken hochkroch.

»Ich werde Privatermittler Fuchs hinsichtlich dieser Angelegenheit näher befragen«, erklärte sie. »Er ermittelt in einem anderen Fall, der aber auf eine Art und Weise mit diesem verknüpft zu sein scheint, die wir noch nicht kennen. Kommissar Möller und ich werden dieser Sache nachgehen.«

Sie stand auf zum Zeichen, dass die Sitzung beendet war. Die Kriminalbeamten verließen den Raum, nur Möller blieb bei Julie zurück. »Gut gemacht, Chef«, sagte er. Julie verbarg ihre Nervosität, indem sie die Akten ordnete. »Danke, Ole«, antwortete sie verlegen. »Das mit Fuchs hätte mir nicht passieren dürfen. Ich bringe das sofort in Ordnung. Anschließend nehmen wir uns diesen Meunier noch einmal vor. Du kannst ihn schon mal herbringen lassen.«

23. KAPITEL

Das Juweliergeschäft *C. Birkmeier* war wieder geöffnet. Eine ältere Kundin stand vor der reparierten Vitrine und ließ sich von der Goldschmiedin verschiedene Schmuckstücke zeigen. Die junge Frau trug ein schlichtes ärmelloses Sommerkleid und war dezent geschminkt; die Strapazen der letzten Tage sah man ihrem feinen Gesicht nicht an. Fuchs stellte sich in angemessener Entfernung vor einen der gläsernen Ausstellungsbehälter und bewunderte die ausgefallen gestalteten Designerstücke der jungen Juwelierin. Die unscheinbaren Schildchen, die daran angeheftet waren, zeigten, dass die Preise die Grenzen seiner finanziellen Möglichkeiten weit überschritten.

Seine Geduld wurde auf eine harte Probe gestellt, denn die extravagant gekleidete Kundin konnte sich partout nicht entscheiden zwischen einem platingefassten Opalset, bestehend aus Ohrsteckern, Ring und Collier, und einem extrem modisch gestalteten Diamantring. Immer wieder ließ sie sich von Carlotta die Schmuckstücke anlegen, drehte den Kopf vor dem Spiegel hin und her und probierte die Ringe mal an der einen, mal an der anderen Hand. Mit gleichbleibender Geduld und professioneller Freundlichkeit bestätigte die Designerin wiederholt, wie ausgezeichnet der Schmuck an der Frau zur Wirkung käme. Schließlich entschied die Käuferin sich für das Set zum Preis von 1.899 Euro. Während Carlotta die Schmuckstücke sorgfältig in ein hübsches Kistchen verpackte, lächelte sie dem wartenden Detektiv entschuldigend zu.

»Gibt es etwas Neues, Herr Fuchs?«, fragte sie, nachdem die Kundin mit ihrem neu erworbenen Schatz den Laden verlassen hatte.

»Eigentlich nicht viel, Carlotta. Ich habe das hier gefunden und möchte Sie fragen, was Sie mir dazu sagen können.« Er kramte den Diamanten, den er inzwischen gesäubert und in ein frisches Tuch gewickelt hatte, aus seiner Jackentasche und legte ihn auf das Samtkissen des Tresens. »Kennen Sie diesen Stein?«

Die Juwelierin nahm den Diamanten in die Hand, ergriff eine kleine Lupe, die sie sich vors Auge klemmte, und betrachtete den Edelstein genau.

»Das ist ein Stein von guter bis sehr guter Qualität. Etwa ein Achtel Karat. Kaum Einschlüsse, schöne weiße Farbe. Runder Brillantschliff. Solche Steine verwende ich für besondere Schmuckstücke. Ich habe erst kürzlich in Antwerpen zehn solcher Steine gekauft.« Sie legte den kleinen Brillanten sorgsam wieder auf den Samt. »Woher haben Sie ihn?«

Fuchs ignorierte ihre Frage geflissentlich.

»Könnte es sein, dass dieser Stein zu denen gehört, die Ihnen gestohlen worden sind?«, fragte er.

»Ja, durchaus. Aber ich kann natürlich nicht jeden einzelnen Stein identifizieren, wenn Sie das meinen. Sie sind sich sehr ähnlich.«

»Was kostet ein solcher Stein im Einkauf, wenn ich fragen darf?«

»Das kommt ganz auf die Größe, die Reinheit, die Farbe und weitere Eigenschaften der Diamanten an. Auch die Art des Schliffs spielt dabei eine Rolle. Und natürlich, ob der Händler Ihnen ein gutes Angebot macht, wenn Sie eine größere Menge kaufen. Für einen Stein dieser Art habe ich 800 Euro bezahlt.«

Nachdenklich wickelte Fuchs den Edelstein wieder in das Tuch und steckte ihn ein.

»Wo haben Sie ihn gefunden? Hat er etwas mit dem Diebstahl meiner Juwelen zu tun? Bitte, sagen Sie mir, was Sie wissen, Herr Fuchs!«

Der Detektiv ging nicht auf ihre Frage ein.

»Sagen Sie, Carlotta, hat sich Christoph Fischer, Ihr Freund, für Ihren Beruf interessiert? Ich meine, wusste er, wie viel die Materialien, die Sie in Ihrem Tresor aufbewahrten, wert waren? Oder der Schmuck, den Sie hier in Ihrem Geschäft präsentieren?«

Auf dem Gesicht der Goldschmiedin zeigte sich verwunderte Skepsis. »Wollen Sie damit andeuten, Chris hätte etwas mit dem Überfall auf meinen Laden zu tun? Niemals! Und nein, er hat sich kaum für das, was ich tue, interessiert. Wenn wir zusammen waren, hatten wir andere Dinge im Kopf, als uns über unsere Arbeit zu unterhalten. Er hatte ja immer so wenig Zeit, weil er ständig beruflich unterwegs war. Warum fragen Sie?«

»Leider kann ich Ihnen zu diesem Zeitpunkt noch nichts Genaues zu den Vorfällen sagen. Aber etwas anderes möchte ich Ihnen gern erzählen. Etwas, das Sascha angeht.«

Carlotta horchte auf. »Sascha? Waren Sie noch einmal bei ihm?« Ihre Miene spiegelte die Sorge um ihren Bruder wider.

»Ja, ich habe ihn heute Morgen besucht. Es geht ihm körperlich schon sehr viel besser, hatte ich den Eindruck.« Er zögerte einen Moment, dann fuhr er fort. »Ich habe mit ihm über Ihre Eltern gesprochen.«

»Über unsere Eltern? Wieso denn das?«

»Ich hatte erfahren, dass zum Zeitpunkt des Unfalls, bei dem Ihre Eltern ums Leben kamen, Ihr Bruder im Krankenhaus war. Wussten Sie das?«

Die Designerin sah Fuchs verblüfft an. »Nein, das wusste ich nicht. Er hat mir nichts davon gesagt. Warum war er denn im Krankenhaus?«

»Er hatte eine Alkoholvergiftung und musste medizinisch behandelt werden. War wohl auf einer Party total versackt. Ihre Eltern machten sich Sorgen um ihn und fuhren trotz des schlechten Wetters in der Nacht zu ihm. Dabei sind sie verunglückt. Sascha gibt sich die Schuld an ihrem Tod.«

Carlotta hatte sich auf den Schemel hinter ihrem Verkaufstresen gesetzt. Sie schüttelte den Kopf. »Warum hat der dumme Junge denn nicht mit mir darüber gesprochen?«, fragte sie. »Ich hätte es doch verstanden.« Resigniert hob sie die Hände. »Die acht Jahre Altersunterschied zwischen uns sind doch sehr schwer zu überbrücken, wie es scheint. Und ich war damals leider selten zu Hause, weil ich mit meinem Studium zu tun hatte. Ach, hätte ich mich doch mehr um ihn gekümmert.«

»Sie haben keine Schuld daran, Carlotta. Wie konnten Sie denn ahnen, dass der Junge sich mit solchen Gedanken quält.« Fuchs tätschelte der Designerin tröstend die Schulter. »Machen Sie sich keine Gedanken darüber.«

Carlotta nickte nachdenklich. »Und deswegen hat er begonnen, Drogen zu nehmen. Weil er mit dem schlechten Gewissen nicht fertig wurde, der Arme.«

Fuchs stimmte zu. »Ja, so muss es gewesen sein.«

Die Designerin erhob sich. »Hat er Ihnen verraten, wer ihm den Stoff verkauft hat?«

»Nein, darüber will er nichts sagen. Ich habe den Eindruck, dass er entweder unter Druck gesetzt wird oder dass er jemanden deckt.«

Hilflos blickte Carlotta den Ermittler an. »Ich habe nicht die geringste Ahnung, Herr Fuchs. Anscheinend kenne ich meinen Bruder überhaupt nicht.« Sie lächelte traurig.

Fuchs wechselte das Thema.

»Carlotta, was hatte Christoph Fischer mit den Drogen zu tun, die die Polizei in dem Schuppen am Flughafen gefunden hat? Wissen Sie etwas darüber?«

Die junge Frau hob in einer hilflosen Geste die Hände. »Darüber habe ich auch die ganze Zeit nachgedacht, Herr Fuchs. Ich kann mir das Ganze einfach nicht erklären. Christoph schien immer genug Geld zu haben, Sie müssten nur mal seine Wohnung sehen. Ich habe ihn nicht gefragt, woher er das Geld hat. Ich habe gedacht, er verdient eben gut. Schließlich war er ja auch ständig beruflich unterwegs und hatte kaum Freizeit.« Sie schüttelte verständnislos den Kopf. »Und jetzt ist er ermordet worden. Bestimmt wegen der Drogen, das muss es sein. Sicher gab es eine Auseinandersetzung mit den Drogendealern. Anders kann ich es mir nicht erklären.«

Die Türklingel schellte, und ein junges Paar betrat den Verkaufsraum. Eheringe, dachte Fuchs, die wollen mit Sicherheit Eheringe kaufen.

»Ich bleibe am Ball, Carlotta«, versprach er und verabschiedete sich mit einem Lächeln, das Zuversicht vermitteln sollte, von seiner Auftraggeberin.

Auf dem Weg nach Hause dachte Fuchs nach. Während er seine Maschine bedächtig durch die sommerlichen Straßen Hamburgs steuerte, versuchte er, Struktur und Logik in den Fall Birkmeier zu bringen.

Da war zum einen ein Bruder, der, aus eigenem Antrieb oder durch jemand Unbekannten dazu erpresst, den Laden seiner Schwester überfiel, dabei eben dieser Schwester das Leben rettete, indem er die Kugel abfing, die der immer noch flüchtige Mittäter auf seine Schwester abfeuerte. Die Beute im Wert von circa 60.000 Euro war noch nicht wieder aufgetaucht.

Da war auf der anderen Seite eine Bande Drogenhändler, die in einem als Blumenlager getarnten Raum Crystal Meth zwischenlagerte und durch Schuljungen unter die Süchtigen bringen ließ. Jean Jacques Meunier war mit Sicherheit einer dieser Dealer, Patrick Nordmann einer der jugendlichen Komplizen. Wahrscheinlich gehörten auch die beiden feigen Hunde, die ihn, Fuchs, zusammengeschlagen und die Kamera gestohlen hatten, dazu. Höchstwahrscheinlich waren sie sogar identisch mit den Dealern, mit denen Fuchs Patrick gesehen und gefilmt hatte. Wenn das so war, hatten die Schläger es in erster Linie auf die Kamera abgesehen. Dieser Meunier, der Mieter des Lagerraumes, in dem sich die Drogen befanden, war unter dringendem Mordverdacht verhaftet worden und saß in Untersuchungshaft. An ihn kam Fuchs nicht heran. Aber vielleicht konnte er Meuniers Kumpel, den gewalttätigen Hünen, ausfindig machen. Sicher wusste Patrick Nordmann mehr über ihn; also würde er das Früchtchen einmal richtig ausquetschen.

Fuchs war zu Hause angekommen. Er parkte sein Motorrad und betrat seine Wohnung durch das Büro. Lady lief ihm entgegen und strich zur Begrüßung um seine Beine. »Na, Lady, hast du mich vermisst, bella?«

Die Katze miaute. Sie hatte Hunger. Fuchs stellte fest, dass es ihm genauso ging. Er fütterte das Tier und füllte Ladys Schälchen mit frischem Wasser. Eine schnelle Inspektion seiner Essensvorräte führte ihn zu der Erkenntnis, dass ein schlichtes italienisches Essen angesagt war. Während er einen Topf mit Salzwasser für Spaghetti aufsetzte, Tomaten schälte und in Stücke schnitt, sie in heißem Olivenöl schmorte und mit Salz, Pfeffer, Oregano und Basilikum würzte, dachte Fuchs weiter über seinen Fall nach.

Welches Teil war Christoph Fischer in diesem Puzzle? Der Fund des Diamanten am Tatort ließ darauf schließen, dass Fischer auf noch unbekannte Weise das Verbindungsglied zwischen dem Juwelenraub, der Verstrickung Saschas darin und dem Drogenhandel von Meunier und seinem Komplizen darstellte. Während er nachdachte, rührte Fuchs automatisch die Tomatensoße um, gab etwas Tomatenmark hinzu und schmeckte sie mit Salz ab. Gleichzeitig achtete er darauf, dass die Spaghetti nicht überkochten. Aus Mais, grünen Oliven und Zucchinistückchen bereitete er sich einen kleinen Salat zu.

Angenommen, die Schläger hatten es tatsächlich auf die Kamera abgesehen: Woher hatten sie überhaupt wissen können, dass sie gefilmt worden waren? Es war doch eigentlich unmöglich, dass sie ihn bei der Observierung bemerkt hatten, denn er hatte sehr darauf geachtet, dass sie ihn nicht sahen. Also: Woher wussten sie von dem Film? Er hatte doch nur seiner Auftraggeberin davon erzählt und ... natürlich! Das war es! Christoph Fischer hatte die Aufnahmen ebenfalls gesehen! Sollte Fischer etwa den Überfall auf ihn in Auftrag gegeben haben? Hatte Carlotta recht mit der Vermutung, dass ihr smarter Porsche-Freund mit den Drogendealern unter einer Decke steckte? Dann war er also nicht als zufälliges Opfer ermordet worden. Aber wer war der Mörder? Einer von seinen Komplizen? Waren sie in Streit geraten bei der Verteilung des Stoffs oder bei der Aufteilung des Profits? Fuchs musste unbedingt mehr über Fischer in Erfahrung bringen.

Die Eieruhr klingelte zum Zeichen, dass die Spaghetti gar waren. Fuchs nahm ein Sieb, goss das Salzwasser ab und schüttete die Nudeln in eine bereitgestellte Schüssel. Er schmeckte die Tomatensoße ab, gab noch etwas Mark dazu und füllte sie in eine Porzellanschale. Zusammen mit dem Salat und den Nudeln trug er sie zu dem winzigen Esstisch, nahm Löffel, Gabel und den Parmesanschaber aus der Schublade und setzte sich. »Hmmm«, machte er, »es geht doch nichts über Mutters Küche, was, Lady?«, sagte er zu der Katze, die ihn von ihrem Polster aus träge beobachtete. Mit großem Appetit verschlang Fuchs die Nudeln.

Das Telefon in seinem Büro klingelte. »Verdammt«, murmelte Fuchs mit vollem Mund. Er wischte sich in Ermangelung einer Serviette mit einem Küchentuch den Mund ab, stand auf und eilte in sein Büro.

»Fuchs«, meldete er sich knapp.

»Hier Oberkommissarin Sommer«, meldete sich Julie in dienstlichem Ton.

»Oh, welch schöne Überraschung, Frau Sommer. Was kann ich denn für Sie tun?« Fuchs' Stimme troff vor Ironie. Er hatte nicht vergessen, wie frostig die Polizistin ihn behandelt hatte.

»Ich habe nur zwei Fragen zu der Mordsache Fischer, Herr Fuchs«, beschied ihn die Kommissarin in sachlichem Ton. »Erstens: Wie sind Sie in das Lager mit dem Rauschgift gelangt, wo Sie auch den Toten fanden?«

»Ach so, das liegt Ihnen auf der Seele. Hätten Sie mich gefragt, hätte ich es Ihnen gleich gesagt.«

»Also?«, kam es kühl aus dem Hörer.

»Ganz einfach: Die Tür war offen. Als ich sie probierte, ließ sie sich problemlos öffnen. Wahrscheinlich hat der Mörder nicht daran gedacht, sie zu verschließen, als er den Tatort verließ. Vielleicht war er in Panik.«

»Aha. Die Tür war unverschlossen. Hm.« Fuchs wartete.

»Und die zweite Frage, Frau Sommer?«, fragte er, ohne seine Neugier zu verbergen.

»Ja. Wo waren Sie gestern Nachmittag zwischen 16 und 17 Uhr, Herr Detektiv?«

Fuchs glaubte, sich verhört zu haben. »Sie wollen wissen, ob ich ein Alibi habe? Glauben Sie etwa, ich habe den Mann ermordet?«

»Nur Routine, Herr Fuchs, nur Routine.« Julie blieb kühl und sachlich.

Der Detektiv versuchte, sich zu beherrschen. »Also gut. Lassen Sie mich überlegen. Gestern Nachmittag war ich bei der Familie Halmer in der Wellingsbütteler Landstraße. Jörg Halmer und seine Frau Melanie können das bezeugen. Zufrieden, Frau Hauptkommissarin?«

»Vielen Dank, das war's schon. Wiederhören.« Julie hatte aufgelegt. Wütend starrte Fuchs den Hörer an, bevor er mit Nachdruck auf den Aus-Knopf drückte.

»Glaubst du das, Lady? Diese unverschämte Pute! Was die sich einbildet.«

Die restlichen Spaghetti waren inzwischen kalt geworden, was nicht zur Besänftigung des Detektivs beitrug.

Er schob den Teller beiseite, ging zum Kühlschrank und holte sich einen Vanillepudding zum Nachtisch. Während er die Süßspeise langsam in sich hineinlöffelte, legte sich sein Ärger etwas. Er versuchte, seine Überlegungen wieder aufzunehmen. Was also sollte er als Nächstes unternehmen? Den Komplizen von Jean Jacques Meunier ausfindig machen. Mit Patrick Nordmann sprechen. Genaueres über Chris Fischer recherchieren. Er räumte die Küche auf und entwarf dabei einen Plan.

24. KAPITEL

Wieder wartete Fuchs auf das Ende des Schulunterrichtes. Er hatte seine Honda in der Nähe des Fahrradstandes abgestellt, in dem er den Motorroller von Patrick Nordmann entdeckt hatte. Lässig lehnte er an dem Fahrzeug und hielt sein Gesicht, dessen Blessuren kaum noch zu sehen waren, in die Sonne, die ihre wärmenden Strahlen durch eine löchrige Wolkendecke schickte.

Der Schulgong ertönte, und der Strom der Schüler ergoss sich über das Gelände. Fuchs hielt Ausschau nach Patrick. Es dauerte nicht lange, da schlenderte der Jugendliche in einer Gruppe seiner Mitschüler heran.

»Hi«, begrüßte Fuchs den blonden Jungen, als dieser beim Fahrradstand angekommen war. »Wie geht's denn so?« Der Detektiv stellte sich neben Patricks Motorroller in Pose und legte seine Hand auf den Lenker.

»Sie schon wieder!« Patrick verdrehte die Augen und seufzte theatralisch. »Was wollen Sie von mir? Lassen Sie mich in Ruhe! Und Finger weg von meiner Maschine!«

»Nun hör mir mal gut zu, mein Junge. Dein Kumpel Jean Jacques steht im Verdacht, nicht nur mit Unmengen von Stoff zu dealen, sondern er steckt außerdem bis zum Hals in einem Mordfall. Und du mit ihm. Ich habe gesehen, wie du mit ihm und seinem Kumpel Geschäfte gemacht hast, also steckst du mittendrin in der Scheiße. Es wäre eindeutig besser für dich, wenn du ganz schnell einen anderen Ton mir gegenüber anschlägst, Freundchen.«

Fuchs registrierte mit einer gewissen Genugtuung, wie die Gesichtsfarbe des Schülers um einige Nuancen blasser wurde.

»Was?«, war alles, was der Junge herausbrachte. Und dann: »Was für ein Mordfall?«

»Ach? Hat man dir nicht Bescheid gegeben? In eurem Drogennest ist eine Leiche gefunden worden. Du hattest natürlich keine Ahnung davon, nicht wahr? Auch nicht davon, dass die Polizei jede Menge Crystal Meth sichergestellt hat, und zwar genau dort, wo ihr angeblich eure Grünpflanzen hortet.«

Das Gesicht des Schülers verschloss sich. Er setzte seinen Helm auf und machte Anstalten, seine Maschine zu starten. »Ich habe keine Ahnung, wovon Sie reden, Mann. Lassen Sie mich in Ruhe!«

Fuchs sah sich um. Mehrere Schüler waren stehen geblieben und beobachteten die Szene. Er senkte die Stimme zu einem Flüstern.

»Ich weiß, dass du dealst, Patrick. Ich könnte dafür sorgen, dass du glimpflich davonkommst, wenn du mir sagst, wer deine Lieferanten sind. Jean Jacques Meunier kennen wir schon; er sitzt in U-Haft. Wer ist der andere, den ich bei eurem Treffen gesehen habe? Der große, bullige?«

»Woher wollen Sie wissen, dass ich deale?«, versuchte Patrick zu leugnen.

»Na, zum Beispiel von Sascha. Den hast du doch mit Stoff versorgt, oder etwa nicht?« Wieder veränderte sich die Gesichtsfarbe des Schülers. »Sascha? Hat er das gesagt?«

»War gar nicht nötig. Wie ich schon sagte, ich habe dich beobachtet. Also hat es keinen Zweck, es abzustreiten. Das mit den Grünpflanzen ist doch Bullshit. Kein Mensch kauft euch das ab, auch die Polizei nicht. Also: Wer ist der zweite Typ?«

Der Junge schaute sich um. Die Aufmerksamkeit, die das immer lauter werdende Gespräch inzwischen bei seinen Mitschülern erregte, war ihm offensichtlich unangenehm.

»Also gut. Ich kaufe manchmal kleine Mengen Crystal Meth, aber nur für einige Freunde. Ich selbst nehme es nicht.«

»Aha«, kommentierte Fuchs. »Und wer ist also der große Typ?«

»Ich kenne nicht einmal seinen Vornamen. Alle nennen ihn Bulli. Wie er mit Nachnamen heißt, weiß ich nicht.«

»Na, das ist doch schon etwas. Weißt du, wo ich ihn finden kann?«

»Keine Ahnung, woher soll ich das wissen?« Der Schüler schüttelte den Kopf.

»Na komm schon. Vielleicht eine Lieblingskneipe oder so etwas?«

Patrick überlegte. »Ich weiß nur, dass Bulli oft in die Muckibude geht.«

»Aha. Weißt du auch, in welche?«

»Muss wohl irgendwo hier in der Nähe sein.«

»Okay. Das ist doch immerhin etwas.« Fuchs ließ den Lenker des Motorrollers los.

»Kann ich jetzt gehen?«, fragte Patrick ungeduldig.

Fuchs nickte. »Hau schon ab!«

Erleichtert nahm der Jugendliche seinen Helm und stieg auf den Roller. Fuchs sah ihm hinterher, als er davonbrauste. Als er auf sein Motorrad steigen wollte, bemerkte er ein Mädchen, das winkend auf ihn zulief. Jenny Neustein, Saschas Ex-Freundin.

»Herr Fuchs«, rief sie von Weitem, »warten Sie bitte!«

Das Schülerin lächelte den Ermittler schüchtern an, als sie bei ihm angelangt war. Sie strich ihre langen Haare aus dem erhitzten Gesicht.

»Ich sollte Ihnen ja berichten, wie es bei Sascha war. Eigentlich wollte ich Sie anrufen, aber jetzt habe ich Sie hier gesehen und da dachte ich …«

»Natürlich! Komm, wir gehen ein bisschen beiseite. Es muss ja nicht jeder hören, was wir reden.« Fuchs nahm das Mädchen am Arm und zog es weg von dem Fahrradstand, aus dem immer noch viele Schüler ihre Räder holten. »Also, Jenny, was möchtest du mir sagen?«

»Ich war gestern Abend bei Sascha im Krankenhaus. Wir haben uns unterhalten, richtig gut, fast so wie früher.« Jenny lächelte bei ihren Worten.

»Seid ihr beide jetzt wieder zusammen?«, fragte der Detektiv.

Jenny schüttelte den Kopf. »Nein, das nicht. Ich habe gemerkt, dass ich das gar nicht mehr will, obwohl ich zwischendurch glaubte, ich würde mir das wünschen. Aber das war gar nicht so. Komisch, nicht?«

Fuchs nickte. »Unsere Gefühle sind eben manchmal komplizierter, als wir denken, Jenny.«

»Ja. Jedenfalls, Sascha hat mir alles erzählt, das mit seinen Eltern und dass sie seinetwegen unterwegs waren. Und wie schrecklich es für ihn war zu wissen, dass sie noch leben würden, wenn er sich auf der Party damals nicht so sinnlos betrunken hätte.« Jenny sah Fuchs mit einem Blick an, der auf ihn seltsam erwachsen wirkte. »Ich verstehe ihn gut, wissen Sie? Ich habe auch oft ein schlechtes Gewissen wegen …« Sie stockte. »Aber das ist meine Sache.«

Fuchs musterte die Schülerin interessiert. Hatte die Kleine also auch ihre Probleme. Aber das war im Moment nicht das Thema.

»Hat er dir auch von seinem Drogenkonsum erzählt?«

Das junge Mädchen nickte. »Ja. Er sagte, zuerst habe die Droge ihm geholfen, nicht mehr so deprimiert zu sein, dann jedoch brauchte er sie immer dringender. Er hat mir versprochen, einen richtigen Entzug zu machen.«

»Aber wer ihm den Stoff verkauft hat, hat er dir nicht verraten?«

Jenny schüttelte den Kopf. »Nein, das wollte er nicht. Aber ich glaube, Patrick hat etwas damit zu tun.«

»Hm, das kann gut sein«, stimmte Fuchs zu. »Danke, Jenny, dass du mir das alles erzählt hast.«

Das junge Gesicht des Mädchens strahlte. »Okay«, sagte sie, hob die Hand zum Abschied, nahm ihr Fahrrad aus dem Ständer und fuhr davon. Ihre langen Haare flatterten hinter ihr her.

25. KAPITEL

Der Mann, der in den Verhörraum der Polizeiinspektion geführt wurde, ließ Julie spontan an eine Spitzmaus denken. Die schmächtige Gestalt strahlte trotz der geringen Größe Kraft und Zähigkeit aus, das dreieckige Gesicht mit der langen dünnen Nase, dem spitz zulaufenden Kinn und den tief liegenden Knopfaugen erinnerte nahezu zwingend an das Aussehen eines Nagetiers. Die fahrige Nervosität des Mannes ließ auf Entzugserscheinungen schließen, ebenso seine aggressive Art, mit der er die Hand des Polizisten abschüttelte.

Die Kommissarin legte die Akte mit den Fallunterlagen vor sich auf den Tisch, stellte das Videogerät an und belehrte den Untersuchungsgefangenen über seine Rechte. Kommissar Ole Möller nahm neben Julie Platz, der Uniformierte, der den Gefangenen in den Raum geführt hatte, stellte sich neben der Tür auf.

»Ihr Name ist Jean Jacques Meunier, deutscher Staatsbürger, geboren 1977 in Saarbrücken im Elsass, zurzeit arbeitslos, trifft das zu?«, eröffnete die Kommissarin die Befragung.

Meunier nickte.

»Bitte antworten Sie laut, damit der Rekorder Ihre Stimme aufnehmen kann, Herr Meunier.«

»Ja«, antwortete Meunier widerwillig.

»Herr Meunier, Sie sind der Mieter des Lagerraumes in der Flughafenstraße 116 in Fuhlsbüttel, trifft das zu?«

»Ja.«

»Welchem Zweck dient dieser Raum?«

Genervt stieß Meunier einen Seufzer aus. »Das habe ich doch alles den anderen Polizisten schon gesagt!«

»Antworten Sie bitte trotzdem.«

Wieder ein Seufzer. »Ich lagere dort die Topfpflanzen, die ich an verschiedene Blumenhändler in Hamburg verkaufe. Die Namen meiner Kunden habe ich Ihren Kollegen schon genannt. Können Sie überprüfen.«

»Das haben wir. Die besagten Blumenhändler sagen, dass sie Ihnen nur hin und wieder eine oder zwei Pflanzen abkaufen, sozusagen aus Mitleid. Was verdienen Sie denn mit diesem Handel?«

Der Verdächtige wurde unruhig. »Immerhin ein paar Euro. Kann ich gut gebrauchen bei meinem Hartz IV.«

»Genug, um noch etwas übrig zu behalten, wenn Sie die Miete für den Lagerraum und den Kleintransporter bezahlt haben?«

»Na ja, viel ist es nicht. Aber immerhin etwas.«

»Ihnen ist aber doch klar, dass Sie diesen Verdienst bei

der Agentur für Arbeit angeben müssen, oder? Haben Sie das getan?«

Der Mann auf dem Stuhl wand sich. »Das bisschen Zuverdienst! Waren ja nur ein paar Euro. Sitze ich deswegen hier? Das darf doch wohl nicht wahr sein!«

Julie kam nicht umhin, die gespielte Empörung Meuniers zu bewundern. Der Mann hat wirklich schauspielerisches Talent, dachte sie.

Julie stieß einen resignierten Seufzer aus. »Also gut. Dass Ihre Aussage nicht sehr glaubhaft ist, dürfte Ihnen ja wohl auch selbst klar sein, Herr Meunier, oder?«

Der Elsässer zuckte nur mit den Schultern. Trotzig presste er die Lippen aufeinander.

»Wer außer Ihnen benutzt den Raum?«, fragte Julie sachlich.

»Niemand. Nur die Jungs, die mir bei der Auslieferung der Grünpflanzen helfen.«

»Namen?«

»Weiß ich nicht.«

»Wollen Sie damit sagen, Sie vertrauen irgendwelchen Jugendlichen, deren Namen Sie nicht kennen, Ihren Lieferwagen an? Den Sie, wie Sie ausgesagt haben, jeweils stundenweise anmieten?«

»Na und?«

Julie beugte sich vor. »Wenn wir Ihnen diese Pflanzengeschichte glauben sollen, müssen Sie uns schon etwas mehr bieten, Herr Meunier.«

»Ist mir doch egal, was Sie glauben. Ich habe nichts Unrechtes getan. Kann ich jetzt gehen?«

Meunier machte Anstalten aufzustehen. Ole Möller erhob sich, ging um den Tisch herum und drückte ihn wieder auf den Stuhl.

»Nicht so eilig, Herr Meunier. Ein paar kleine Fragen hätte ich da noch …«

Demonstrativ schaute der Verdächtige auf seine *Timex* am Handgelenk. »Wenn's nicht zu lange dauert …«

Julie entschloss sich, Tacheles zu reden.

»Wir haben in diesem Raum drei Kilogramm Crystal Meth sichergestellt, Herr Meunier. Wie kommt das Rauschgift in Ihren Lagerraum?«

Die Stimme der Kommissarin hatte alle Verbindlichkeit verloren. Aufmerksam beobachtete sie jede Regung im Gesicht des Verdächtigen. Lange würde er seine ahnungslose Fassade nicht mehr aufrechterhalten können.

Meuniers Miene zeigte basses Erstaunen. »Was?«, rief er. »Das darf doch wohl nicht wahr sein! Rauschgift? Ich habe nichts mit Drogen zu tun. Keine Ahnung, wie der Stoff in die Bude gekommen ist.« In einer theatralischen Unschuldsgeste hob er die Hände. »Da will mir jemand was anhängen, Frau Kommissarin. Das müssen Sie mir glauben. Ich hab' damit nichts zu tun.« Er verschränkte die Arme vor der Brust und lehnte sich zurück, während er unruhig mit den Füßen scharrte.

Julie wechselte einen Blick mit Ole Möller, der immer noch neben dem Mann stand. Er nickte ihr unmerklich zu.

»Wir fanden außerdem eine Feinwaage und zahlreiche Plastiktütchen in dem Raum. Das heißt, der Stoff wurde dort portioniert und verpackt. Sie wissen nichts davon, stimmt's?« Der Sarkasmus in der Stimme der Kommissarin war nicht zu überhören. Meunier schien jedoch keinen Sinn dafür zu haben.

»Nein, wie ich schon sagte. Ich habe damit nichts zu tun.«

Julie schlug die Akte auf, die die ganze Zeit vor ihr auf dem Tisch gelegen hatte, und entnahm ihr mehrere großformatige Fotografien. Nacheinander legte sie die Fotos vor Meunier aus. Sie zeigten das Mordopfer Christoph Fischer aus verschiedenen Blickwinkeln. Der Fotograf der KTU hatte die Auffindungsart der Leiche durch präzise Nahaufnahmen dokumentiert.

Meunier nahm eines der Bilder in die Hand und betrachtete es eingehend. Julie meinte zu sehen, dass das Mausgesicht des Mannes für einen Moment einen schockierten Ausdruck annahm. Auch schien es um einiges blasser geworden zu sein. Was bei dem grausamen Anblick des Toten allerdings auch nicht verwunderlich war.

»Wer soll das sein?« Wenn der Elsässer erschrocken gewesen war, hatte er sich sehr schnell wieder im Griff. Oder war er gar nicht überrascht, weil er von dem Mord wusste oder sogar selbst der Mörder war?

»Dieser Mann wurde erstochen in Ihrem Lagerraum aufgefunden.«

»Was?« Meunier schüttelte den Kopf. »Mir völlig unerklärlich! Ich kenne den Mann nicht. Wer ist das? Hat er die Drogen dorthin gebracht?«

Wieder wechselten Julie und Möller einen Blick. Anschließend sah die Kommissarin den Verdächtigen unverwandt an und schwieg. Meunier wurde zunehmend nervös.

Schließlich brach er das Schweigen und gestikulierte wild mit den Händen, während er ausrief: »Hey, ich hab' mit alldem nichts zu tun. Ich lasse mir von euch keinen Mord anhängen, hören Sie!« Wieder wollte er aufspringen, aber die Hand des Kommissars drückte ihn auf den Stuhl zurück.

Die Kommissarin faltete die Hände vor sich auf der Tischplatte.

»Herr Meunier«, begann sie mit geradezu sanfter Stimme. »Lassen Sie uns vernünftig miteinander reden. Sie gehen doch sicher nicht davon aus, dass wir Ihnen diese alberne Geschichte mit den Pflanzen abkaufen. Besser, Sie machen reinen Tisch. Noch wird das Gericht ein volles Geständnis zu würdigen wissen. Wenn wir Ihnen den Drogenhandel und den Mord erst einmal nachgewiesen haben, und das werden wir, ist es für mildernde Umstände zu spät. Also reden Sie! Was ist da passiert in dem Lagerraum?«

Meunier schrie: »Aber ich habe mit alldem nichts zu tun, weder mit den Drogen noch mit dem Mord! Und das war das Letzte, was ich dazu sage. Alles Weitere müssen Sie mit meinem Anwalt klären.«

Wieder verschränkte er die Arme vor der Brust. Sein Gesicht war hochrot angelaufen. Mühsam zwang er sich zur Ruhe.

Julie seufzte. »Na dann ... Ende der Befragung: 11.35 Uhr.« Sie stellte den Videorekorder aus. »Abführen«, beschied sie den Uniformierten, der der Befragung beigewohnt hatte.

»Aber das dürfen Sie nicht«, protestierte Meunier. »Ich will sofort meinen Anwalt sprechen!«

»Aber natürlich. Rufen Sie ihn an. Und ja, das dürfen wir. Zumindest 48 Stunden können wir Sie bei uns behalten. Danach werden Sie dem Haftrichter vorgeführt. Der entscheidet dann, ob Sie freigelassen werden oder uns noch weiter Gesellschaft leisten müssen.«

Der Polizist verließ mit dem Verdächtigen den Raum. Ole Möller setzte sich auf den nun freien Stuhl Julie gegenüber und blickte sie an.

»Was denkst du?«, fragte er.

»Er lügt. Aber ich weiß nicht, an welcher Stelle. Und habe keine Ahnung, was da passiert ist.«

»Hmm«, machte Ole, und noch einmal »hmm«.

26. KAPITEL

Das Elektrowarengeschäft des Ehepaares Heike und Manfred Fischer befand sich in einem großen Geschäfts- und Wohnhaus am Rittmerskamp im Stadtteil Langenhorn. Es führte vor allem Haushaltsgeräte wie Waschmaschinen, Elektroherde, Spülmaschinen und alle möglichen Kleingeräte. Das Geschäft war jedoch geschlossen. Vor der gläsernen Eingangstür war ein Schild angebracht worden mit der Aufschrift »Wegen Trauerfall geschlossen«.

Die Wohnung der Ehepaares war über einen separaten Eingang zu erreichen. Nachdem Fuchs auf den Klingelknopf gedrückt hatte, öffnete ein kleines braunlockiges Mädchen die Tür. Ihre dicht bewimperten runden Augen blickten neugierig zu Fuchs auf.

»Hallo«, sagte Fuchs überrascht. Er ging in die Knie und lächelte das Kind freundlich an. »Wer bist du denn?«

»Ich bin Lenja Svoboda und schon fünf«, erklärte die Kleine. Zur Bekräftigung ihrer Aussage hob sie eine Hand und spreizte die Finger. »Und du?«

»Das ist aber einer schöner Name, Lenja. Ich heiße Fuchs.«

»Fuchs? Das ist gar kein Name, das ist ein Tier«, korrigierte Lenja den verdutzten Detektiv.

Fuchs musste lachen. »Da hast du recht. Aber ich heiße nun mal so.« Er blickte über das Kind hinweg in das Hausinnere. »Sind deine Eltern auch da, Lenja?«

Bevor das Kind antworten konnte, erklang eine Frauenstimme aus dem Flur.

»Mit wem sprichst du denn da, Lenja?« Eine große, extrem schlanke Frau mit einer Fülle lockiger rotbrauner Haare, die sie mit einer breiten Spange versucht hatte zu bändigen, trat aus dem Hintergrund der Wohnung an das Mädchen heran. »Du sollst doch nicht allein die Tür öffnen«, tadelte sie das Kind.

Fuchs richtete sich auf und zeigte sein charmantestes Lächeln.

»Ich bin selten so nett begrüßt worden wie gerade von Ihrer Tochter. Sie dürfen ihr nicht böse sein. Lenja ist doch Ihre Tochter? So ein niedliches Mädchen! Ganz die Mutter.«

Die Frau, Fuchs schätzte sie auf etwa 40, erwiderte sein Lächeln – das Kompliment blieb nicht ohne Wirkung – wurde dann aber gleich sachlich. »Was wünschen Sie?«

Fuchs klemmte seinen Helm unter den Arm und kramte seinen Ausweis aus der Motoradjacke. »Mein

Name ist Fuchs. Ich bin Privatermittler. Carlotta Birkmeier hat mich beauftragt, im Mordfall ihres Freundes Christoph Fischer zu ermitteln. Ich hätte gern mit Herrn und Frau Fischer gesprochen. Da bin ich doch richtig hier, oder?«

Er zeigte der Frau seinen Ausweis. Sie schob das kleine Mädchen beiseite und trat näher, um den Namen auf dem Dokument lesen zu können. Ihr Gesicht verschloss sich.

»Aha? Aber wir haben der Polizei doch schon alle Fragen beantwortet.«

Fuchs blieb freundlich. Er konnte die Skepsis der Frau verstehen. Viele Menschen reagierten so auf seine Person. Sie hatten wohl ein abenteuerliches Bild von einem Privatschnüffler vor Augen, das der Realität in keinster Weise entsprach. »Darf ich fragen, wer Sie sind?«

»Ich? Natürlich, entschuldigen Sie. Ich war unhöflich. Ich bin Ines Svoboda, Christophs Schwester. Meine Eltern und ich sind gerade dabei, die Beerdigung vorzubereiten. Bitte, kommen Sie doch herein!« Sie nahm ihre Tochter an die Hand, ließ Fuchs eintreten und schloss die Eingangstür hinter ihm.

In dem geräumigen, konventionell eingerichteten Wohnzimmer, in dem die Familie Fischer offensichtlich am Esstisch gesessen und verschiedene Papiere gesichtet hatte, sah ihm ein älteres Paar in schwarzer Trauerkleidung neugierig entgegen. Der Mutter, eine füllige Frau Mitte 60, sah man an, wie schwer die Ereignisse der letzten Tage auf ihr lasteten, der Vater, groß und hager mit noch vollem grau melierten krausen Haar, das er offensichtlich seinen Kindern vererbt hatte, stand höflich auf und kam Fuchs entgegen.

»Entschuldigen Sie bitte die Störung, Frau Fischer, Herr Fischer. Ich sehe, Sie sind beschäftigt. Ich werde Sie bestimmt nicht lange aufhalten«, sagte Fuchs.

»Das ist Herr Fuchs«, ergänzte Ines Svoboda. »Er ist Privatermittler.«

»Der Mann heißt wie ein Tier, ist das nicht lustig?«, krähte die kleine Lenja und klatschte in die Hände. Alle mussten lachen, und die Situation entspannte sich merklich.

Manfred Fischer nahm den Ausweis, den Fuchs zeigte, in die Hand und studierte ihn sorgfältig. Dann wies er auf einen Sessel: »Bitte, nehmen Sie Platz, Herr Fuchs. Wir sind gerade dabei, die Beerdigung unseres ermordeten Sohnes vorzubereiten. Ich nehme an, Ihr Besuch hat damit zu tun?«

»Ja, das ist richtig, Herr Fischer. Ich untersuche das Verbrechen im Auftrag von Carlotta Birkmeier, der Frau, mit der Ihr Sohn seit einiger Zeit eine Beziehung hatte. Kennen Sie sie?« Fuchs setzte sich in einen der weichen Sessel und legte seinen Motoradhelm neben sich auf den Teppich.

»Nein«, antwortete Fischer senior. »Christoph hat sie uns nicht vorgestellt. Leider. Er hat uns nie viel erzählt von dem, was er so tat.«

Die beiden Frauen hatten sich nebeneinander auf das ausladende Sofa gesetzt und folgten dem Gespräch, ohne sich zu beteiligen. Ines hatte ihre Tochter auf den Schoß genommen und versuchte, das zappelige Kind ruhig zu halten.

»Darauf wollte ich hinaus, Herr Fischer. Können Sie mir irgendetwas sagen über die Bekannten und Freunde Ihres Sohnes?«

Der Mann, Fuchs schätzte ihn auf etwa 70, beugte sich vor, stützte seine Ellenbogen auf seinen Knien ab, faltete die Hände und starrte auf sie herab. »Dasselbe hat uns die Polizei auch gefragt. Uns ist erst jetzt bewusst geworden, wie wenig wir über unseren Sohn gewusst haben, zumindest seit er erwachsen war. Er kam nur sehr selten nach Hause, nicht, Heike?«

Der Blick seiner tiefliegenden Augen zeigte die tiefe Trauer über den erlittenen Verlust, als er seine Frau ansah. Seine knochige Hand langte zu ihr hinüber und ergriff sachte ihre Finger.

Heike Fischer nickte. Fuchs sah, dass sie den Tränen nahe war. »Wir haben uns viel zu wenig um ihn gekümmert«, sagte sie leise.

Fuchs fühlte sich höchst unbehaglich angesichts dieser beklemmenden Situation.

»Sie können sich also nicht vorstellen, wer Ihrem Sohn das angetan haben könnte? Hatte er mit irgendjemandem Streit? Oder wissen Sie von jemandem, der einen Hass auf ihn hatte?«

Die Eltern schüttelten beide den Kopf. »Nein, wie gesagt, er hat uns nie etwas erzählt von sich. Er war ja auch nur ganz selten bei uns«, sagte Fischer.

Fuchs entfuhr ein Seufzer. Hier würde er nichts erfahren, was ihm weiterhelfen würde, wurde ihm klar. Er erhob sich.

»Vielen Dank für Ihre Freundlichkeit. Ich werde Sie jetzt nicht länger stören, Frau Fischer, Herr Fischer.«

Das Ehepaar stand ebenfalls auf. »Lassen Sie es uns bitte wissen, falls Sie etwas Neues herausfinden sollten, Herr Fuchs«, sagte Fischer und reichte dem Detektiv die Hand zum Abschied. Seine Frau tat es ihm gleich.

»Ich begleite Sie noch zur Tür, Herr Fuchs«, sagte Ines und ließ ihre Tochter von ihrem Schoß herab.

»Fuchs, Fuchs, Fuchs«, kicherte Lenja hinter vorgehaltener Hand, während sie hinter ihrer Mutter her hüpfte. Vor der Haustür blieb Ines stehen und verschränkte die Arme vor der Brust. Fuchs sah sie auffordernd an, offensichtlich wollte sie ihm noch etwas sagen.

»Sie müssen wissen, Herr Fuchs, mein Bruder war der Liebling meiner Eltern, aber er war ein – wie soll ich sagen – ein Egoist. Den Laden wollte er nicht übernehmen, das war ihm zu spießig. Mein Mann ist dann eingesprungen, aber das ging nicht gut. Zum Schluss musste ich es machen, obwohl ich eigentlich MTA, also medizinisch-technische Assistentin bin. Ich war einige Jahre Sprechstundenhilfe bei einem Zahnarzt.«

Sie fuhr sich durch ihre Haare. Ihr herbes Gesicht nahm einen verbitterten Ausdruck an. »Christoph war kein fürsorglicher Sohn. Er hat sich kaum um unsere Eltern gekümmert. Er entschuldigte sich immer damit, dass er für seine Firma viel unterwegs sein müsse. Stattdessen kam er hin und wieder mit seinem Angeberschlitten angefahren und brachte für Mutter ein teures Schmuckstück mit. Vor ein paar Wochen erst schenkte er ihr einen wertvollen Rubinring.« Nachdenklich hielt sie inne. »Vielleicht wollte er sie dafür entschädigen, dass er so wenig Zeit für sie aufbrachte.«

»Hm«, machte Fuchs zustimmend. Rubinring? Aha, dachte er, da kommen wieder Juwelen ins Spiel. Ich muss unbedingt Carlotta danach fragen. »Mir ist Ihr ungewöhnlicher Name aufgefallen: Svoboda. Und der schöne Name Ihrer Tochter: Lenja. Aus welcher Sprache stammen sie?«

Ein Lächeln flog über Ines' Miene. »Aus dem Erzgebirge, dem heutigen Tschechien. Mein Mann kommt von dort. Er lebt in Teplice, auf Deutsch Teplitz-Schönau, kurz hinter der tschechischen Grenze.« Sie lächelte resigniert und hob die Schultern. »Wir sind geschieden. Hat nicht funktioniert. Jetzt lebe ich mit meiner Tochter bei meinen Eltern und bin alleinerziehend.«

»Ach, das tut mir leid.« Fuchs fiel nichts Besseres als Antwort ein.

»Muss es nicht. Es ist gut so, wie es ist. Es gefällt mir, den Laden zu schmeißen. Ondrej war einfach nicht der Mann dafür. Da war er genau wie Christoph. Die beiden haben sich immer gut verstanden.«

»Was macht Ihr Mann jetzt?«

Schulterzucken. »Keine Ahnung. Hab' ihn schon Ewigkeiten nicht mehr gesehen. Interessiert mich auch nicht. Schade nur, dass er sich nicht um seine Tochter kümmert. Aber was kann ich schon erwarten ...« Sie unterbrach sich. »Mama, komm endlich, du musst mir helfen«, erscholl die Stimme der kleinen Lenja aus dem Inneren des Hauses.

Ines sammelte sich. »Da stehe ich hier und jammere Ihnen etwas vor. Entschuldigen Sie, Herr Fuchs. Ich hoffe, Sie finden den Mörder meines Bruders. Auf Wiedersehen!«

Sie wartete seinen Gruß nicht ab, wandte sich um und ging ins Haus zurück. Fuchs setzte seinen Helm auf, bestieg seine Maschine und fuhr los.

27. KAPITEL

Schwester Elena im Evangelischen Allgemeinen Krankenhaus blickte dem großen, kräftig gebauten Jungen mit den blonden Stoppelhaaren verwundert hinterher. Wie nett, dachte sie, der kümmert sich ja sehr um seinen Kumpel. Jeden Tag kommt er ihn besuchen. Gerührt wandte sie sich wieder ihrer Arbeit zu.

Patrick Nordmann öffnete leise die Tür zu dem Krankenzimmer mit der Nummer 2.30. Hoffentlich ist Sascha allein, sodass ich ungestört mit ihm reden kann, dachte er. Leider war das zweite Bett in dem Raum jedoch auch belegt. Ein alter, unglaublich dünner Mann mit ungeheuer tiefen Falten in dem mit grauen Bartstoppeln bedeckten Gesicht lag regungslos in dem hohen Krankenbett; sein mühsamer Atem war deutlich zu hören. Offenbar schlief er oder war ohne Bewusstsein.

Patrick trat vorsichtig an das Bett Saschas heran, der mit geschlossenen Augen und Kopfhörern in den Ohren dalag und ihn noch nicht bemerkt hatte. Er berührte ihn an der Schulter und sagte »Buh«, allerdings mit gedämpfter Stimme. Sascha schreckte auf. Dann erhellte ein überraschtes Lächeln sein Gesicht.

»Hi, Patrick. Ich habe dich gar nicht gehört.« Er nahm die Stöpsel aus den Ohren und stellte die Musik, die er über sein Smartphone gehört hatte, aus.

»Wie geht es dir heute?«, fragte Patrick. »Schon etwas besser?«

Das schmale Gesicht Saschas, in dem die Brille unangemessen groß erschien, verzog sich zu einem angestrengten Grinsen. Blass und krank sieht er aus, fand Patrick. Der breite weiße Verband um seine Brust ließ seinen Oberkörper schmächtig erscheinen.

»Die Schusswunde ist fast schon verheilt«, berichtete Sascha. »Die geben mir hier jede Menge Medikamente, ich merke den Entzug kaum.« Er richtete sich etwas auf und rückte das Kissen in seinem Rücken zurecht. Patrick unterdrückte den Impuls, es ihm aufzuschütteln; er wollte nicht aufdringlich wirken.

»Ich schwöre dir, Patrick«, fuhr Sascha fort, »mit dem Zeug bin ich ein für alle Mal durch!«

»Verstehe. Ich werde auch nicht mehr weitermachen. Aber was ist mit dem Geld? Meinst du, die vergessen das?« Patrick senkte seine Stimme noch weiter. »Ich habe richtig Angst, Sascha!«

»Ich auch, kannst du glauben. Aber das ist mir jetzt egal. Wenn ich erst mal aus dem ganzen Schlamassel raus bin, sehe ich weiter. Ich werde mit meiner Schwester sprechen. Sie wird mir helfen.«

Patrick blickte sich unruhig im Raum um, als befürchte er, es könnte von irgendeiner Seite Gefahr drohen. »Und jetzt, wo die Sache mit dem Fischer passiert ist: Die Polizei wird bestimmt alles auf den Kopf stellen. Wer weiß, was die herausfinden.«

Saschas Finger spielten nervös mit dem Kabel seiner Kopfhörer. »Ja, weiß ich.« Er nahm die Hand seines Freundes und drückte sie. »Aber da müssen wir jetzt durch, Patrick.« Patrick starrte auf die schmale Hand seines verletzten Mitschülers. Sein Blick blieb an dem Handgelenk hängen, an dem immer noch die Fesselspuren zu sehen waren. Kurz berührte er mit den Fingerspitzen die bläulichen Streifen.

»Willst du der Polizei nicht endlich erzählen, wie das passiert ist? Jetzt, wo Fischer tot ist?«

Sascha zog seine Hand zurück, presste die Lippen zusammen und schüttelte den Kopf. »Nein, kann ich nicht. Mein Anwalt sagt, ich soll nichts sagen.« Er wandte sich ab, als er den eindringlichen Blick Patricks fühlte. »Die Bullen würden es doch nicht verstehen«, ergänzte er. Er schluckte mühsam. Dann schaute er seinen Besucher herausfordernd an.

»Und du? Was ist mit dem Mord in dem Lagerraum? Hast du etwas damit zu tun?«

»Ich?«, fuhr Patrick auf. »Was soll ich damit zu tun haben? Spinnst du?« Erbost sprang er auf. »Du bist wohl vollkommen verrückt geworden! Ich ein Mörder!«

»Psst, leise«, flüsterte Sascha und wies auf seinen schlafenden Mitpatienten. »Natürlich bist du kein Mörder, Patrick, das weiß ich doch! Aber was ist denn da nur passiert? Hast du mit JJ und Bulli geredet? War es vielleicht einer von denen?« Er griff sich mit der Hand an die Brust. Anscheinend verursachte ihm die Schusswunde in der Lunge beim Sprechen immer noch Schmerzen. Vorsichtig redete er weiter. »Und was ist mit dem Stoff? Meine Schwester hat mir erzählt, dass sie einen Haufen Crystal Meth gefunden hätten. Stimmt das?«

Patrick, der sich wieder auf den Bettrand gesetzt hatte, zupfte mechanisch eine Weinbeere von der Traube, die zusammen mit einem Apfel und einer Birne in dem Obstkorb auf dem Nachtschrank lag.

»Ich habe keine Ahnung. Ich bin ewig nicht mehr in dem Lagerraum gewesen.«

»War die Polizei schon bei dir? Wegen dem Mord, meine ich?«, fragte Sascha.

Patrick hielt in der Bewegung inne, mit der er sich die Traube in den Mund stecken wollte. »Nein, wieso? Glaubst du, die verdächtigen mich?«

Sascha zuckte mit den Schultern. »Keine Ahnung. Wahrscheinlich hat dieser Detektiv, dieser Fuchs, denen alles von uns erzählt. Und ob die die Sache mit den Pflanzen glauben ... Und bestimmt hat JJ ausgepackt.«

Patrick ergriff Saschas Handgelenk. »Du darfst nichts sagen bei der Polizei, hörst du? Auch nichts über uns, ist das klar?« Er sah seinem Freund eindringlich in die Augen. »Hast du verstanden, Sascha?«

»Schon klar.« Sascha befreite sich unwillig aus dem Griff. »Hab' verstanden.«

Der Patient in dem Nachbarbett rührte sich. Er schlug die Augen auf und fing furchtbar an zu husten.

Patrick setzte sich auf, und Sascha zupfte sein Bettzeug zurecht.

»Wusstest du, dass Jenny mich besucht hat?«, fragte Sascha im normalen Unterhaltungstonfall.

»Ach! Was wollte sie denn?«

»Nichts Besonderes. Sehen, wie es mir geht. Hat mich ausgefragt nach dem, was passiert ist, kannst du dir ja denken.«

»Und? Hast du ihr alles erzählt, der lieben kleinen Jenny?« Patricks Stimme hatte einen aggressiven Ton angenommen.

»Natürlich nicht. Nur das mit dem Unfall damals. Sie hat gut verstanden, warum ich mich so komisch verhalten habe die ganze Zeit.« Ein kleines Lächeln ließ das Gesicht des Jungen weich, fast kindlich erscheinen. »Sie ist wirklich ein liebes Mädchen.«

Abrupt stand Patrick auf. »Na dann ist ja alles gut. Bist du jetzt wieder mit ihr zusammen?«

»Nein, natürlich nicht. Das mit ihr ist doch längst vorbei. Wir sind nur gute Freunde.«

»Ich muss dann jetzt wieder«, sagte Patrick und wandte sich zur Tür.

»Kommst du morgen wieder?«

»Natürlich, wenn ich kann. Mach's gut!«

Patrick hob die Hand zum Abschied, und schon war er draußen. Auf dem Flur blieb er einen Moment stehen und holte tief Luft. Es war, als müsste er Kraft tanken für das, was vielleicht noch auf ihn zukommen würde. Er steckte die Hände in die Taschen seiner Jeans, um ihr Zittern zu verbergen.

SAMSTAG, 22. JUNI 2019

28. KAPITEL

Es war Samstagmorgen, und durch das weit geöffnete Fenster fiel helles Sonnenlicht in den Raum. Die Amsel, die in der großen Eiche nistete, dem einzigen Baum im Hinterhof des Mietshauses, in dem sich Fuchs' bescheidene Bleibe befand, sang aus vollem Halse ihr jubelndes Morgenlied. Anscheinend würde es wieder ein herrlicher Sommertag werden.

Der Detektiv warf einen Blick auf seine Digitalruhr: 6.23 Uhr. Viel zu früh, um aufzustehen. Er streckte seine Glieder unter der dünnen Decke aus und verschränkte seine Arme hinter dem Kopf. Eine Fliege summte über ihm. Er folgte ihrem Flug durch den Raum, sah, wie sie einen Moment an der Decke entlangkroch – die, wie Fuchs bei der Gelegenheit feststellte, dringend gestrichen werden musste – dann wieder losflog und durch das offene Fenster ins Freie verschwand.

Fuchs war unzufrieden. Nun war schon der vierte Tag, seit Carlotta ihm den Auftrag erteilt hatte, und seine Ermittlungen steckten fest. Weder hatte er eine Ahnung, was diesem unglücklichen Jungen dort im Krankenhaus, Sascha Birkmeier, widerfahren war und was ihn zu dem

Überfall auf den Schmuckladen seiner Schwester veranlasst hatte noch konnte er sich den Mord an Christoph Fischer, dem Freund ebendieser Schwester, erklären. Hatte er etwas übersehen? Wo konnte er ansetzen, um an weitere Informationen zu gelangen? Eines war sicher: Der Raubüberfall auf Carlottas Schmuckladen, der Mord in dem Lagerraum am Flughafen, die Drogensucht Saschas und der Crystal Meth-Fund hatten miteinander zu tun. Und wie es schien, war Sascha Birkmeier das verbindende Element. Aber wie hing der Juwelenraub mit dem Drogenhandel zusammen? Und welche Rolle spielte der coole Patrick dabei?

Der laute Seufzer, den Fuchs ausstieß, rief Lady auf den Plan. Mit leicht zitterndem aufgerichtetem Schwanz kam sie ins Schlafzimmer gehüpft, sprang mit einem Satz aufs Bett und ließ sich auf Fuchs' Brust nieder. Ihre unergründlichen Smaragdaugen blickten ihn unentwegt an.

»Na, mia bella, dir scheint es ja gut zu gehen. Wollen wir aufstehen und frühstücken?«

Statt einer Antwort richtete Lady ihre Ohren nach vorne und blickte ihn aus halbgeöffneten Augen an. Dann rieb sie ihr Köpfchen an seinem Hals, bevor sie sich an Ort und Stelle einrollte, als wollte sie den Tag dort verbringen.

»Nee, meine Schöne, da wird nichts draus.« Fuchs setzte die Katze, ohne auf ihr empörtes Miauen zu achten, auf den Fußboden, schlug die Decke zurück und stand auf. Barfuß tappte er ins Wohnzimmer. Musik wäre jetzt gut, dachte er. Er suchte den *Rigoletto* aus der umfangreichen Sammlung von Opernplatten heraus, legte die schwarze Scheibe vorsichtig auf den Teller des alten Plattenspielers, und alsbald erfüllte Verdis unsterbliche Musik die Räume der Wohnung.

Im Badezimmerspiegel inspizierte Fuchs die letzten Spuren der Schlägerei in seinem Gesicht. Es war kaum noch etwas zu sehen, stellte er befriedigt fest. Während Rigoletto zusammen mit seiner Tochter das unvergleichliche Duett »Figlia – mio padre« sang, rasierte Fuchs sich, duschte kurz mit kaltem Wasser und schlüpfte in Jeans und T-Shirt. Anschließend bereitete er sich eine große Portion Rühreier mit Schinken zu, aß zwei Scheiben knusprigen Toast und trank einen großen Becher starken heißen Kaffees dazu, während Lady ihn unablässig beobachtete. Sie wartete auf ihre Morgenmahlzeit.

»Ich weiß jetzt, was ich heute mache, Lady«, teilte Fuchs der Katze mit, nachdem er sein Frühstück beendet hatte. Sie strich maunzend um seine Beine, als er ihr Wasserschälchen mit frischem Wasser und den Napf mit einer Thunfisch-Leber-Mischung aus der Dose füllte. »Ich fahre zu Halmers. Vielleicht haben die irgendwelche Ideen, die mir weiterhelfen, was meinst du?«

Die Katze war mit ihrem Futter beschäftigt und beachtete ihn nicht.

Jörg Halmer und seine Frau waren dabei, allerlei Gepäckstücke in ihren blauen Passat Variant, Baujahr 2016, zu verstauen, als Fuchs mit seiner Honda angefahren kam.

»Was habt ihr denn vor? Anscheinend hätte ich euch fast verpasst!« Ein leicht empörter Unterton schwang in Fuchs' Begrüßung mit, den aber niemand wahrzunehmen schien.

Jonah kam angelaufen, dicht gefolgt von der blond bezopften sechsjährigen Enya. »Wir fahren ins *Minia-*

tur Wunderland«, verkündete er strahlend. Fuchs ging in die Hocke und fing den Jungen und seine Schwester auf. »Kommst du mit, Fuchs?«, fragte Enya.

Jörg und Melanie sahen schmunzelnd zu, wie Fuchs die Kinder, jeweils eins mit dem rechten und eins mit dem linken Arm, hochhob und sich mit ihnen im Kreis drehte. Die beiden kreischten vor Vergnügen. Nach mehreren Runden setzte der Detektiv sie schließlich völlig außer Atem beim Auto ab.

»Bitte, komm doch mit, Fuchs«, krähte Enya. Sie zupfte an seiner Motorradjacke und blickte strahlend zu ihm auf, während Jonah sich Fuchs' Helm aufsetzte, in dem sein Kopf fast vollständig verschwand.

»Ins *Miniatur Wunderland* wollt ihr? Mensch, ich hätte tatsächlich Lust mitzukommen. Es ist ewig her, seit ich das letzte Mal dort war.«

Halmer, der eine Tasche mit allerlei Proviant im Kofferraum verstaute, sagte: »Dann komm doch mit, wenn du nichts Besseres vorhast. Es wird bestimmt lustig.«

»Ja, es wäre nett, wenn du dabei wärst, Fuchs«, bekräftigte seine Frau die Einladung. Sie trat auf Fuchs zu, stellte sich auf die Zehenspitzen und gab ihm einen Kuss auf die Wange.

»Pass' ich denn in euer Auto überhaupt noch 'rein?«, fragte Fuchs. Er musterte skeptisch die beiden Kindersitze im Fond des Wagens.

»Ich setze mich zu den Kindern nach hinten, dann kannst du vorne sitzen«, schlug Melanie angesichts der langen Beine des Detektivs vor.

»Aber nur, wenn es dir wirklich nichts ausmacht, cara«, vergewisserte Fuchs sich. Melanie lächelte nur und war schon dabei, in den Fond des Wagens zu klettern, wo ihre schmale Gestalt mühelos Platz zwischen den beiden Kindersitzen fand, in denen die Kinder inzwischen Platz genommen hatten.

Fuchs prüfte kurz, ob er Brieftasche und Handy bei sich hatte, stellte sein Motorrad in der Einfahrt des Hauses ab und setzte sich auf den Beifahrersitz des Passats. Unterwegs googelte er mit seinem Smartphone das Hamburger *Miniatur Wunderland* in der als Weltkulturerbe geltenden Speicherstadt und fand eine fünfminütige Filmdarstellung der größten Modelleisenbahn der Welt, die es als Weltrekord in das Guinnessbuch gebracht hatte. »Die Weltreise im Maßstab eins zu 87 beginnt in Italien, führt von der Schweiz über Deutschland, Österreich und Skandinavien nach Amerika und wächst immer weiter«, beschrieb die begeisterte Stimme des Sprechers die Anlage.

»Na, wie läuft es denn so mit deinem neuen Fall?«, fragte Jörg Halmer, während er den Passat mit ruhiger Hand und im vorgeschriebenen Tempo Richtung Hamburgs Innenstadt steuerte.

»Nicht so besonders«, musste Fuchs einräumen. »Ich steh ziemlich auf dem Schlauch. Die Sache mit dem Mord ist ein einziges Rätsel. Du hast ja sicher in der Zeitung davon gelesen.«

»Ja, natürlich. Der Tote war doch der Freund deiner Mandantin, oder? Und irgendwie hat das Ganze mit Rauschgift zu tun, richtig?«

»Über 1.000 Züge mit mehr als 10.000 Waggons legen täglich Hunderte Kilometer zurück«, versicherte der Sprecher des Werbefilms, »auf der ›Nord-Ostsee‹-Meereswanne schwimmen Schiffe in Echtwasser mit simulierter Ebbe und Flut.«

Fuchs löste seine Augen von dem Display seines Handys und sah auf die Straße, auf der noch wenig Verkehr herrschte. »Ja. Leider fehlt mir ein richtiger Ansatzpunkt, um der Sache auf den Grund zu gehen.«

Melanie stützte sich von hinten mit den Armen auf die Lehnen der Vordersitze, um sich an dem Gespräch beteiligen zu können. »Gib mir mal das Handy, Fuchs, dann können sich die Kinder den Film ansehen.«

Fuchs tat wie geheißen, und Enya beugte sich so weit es ging hinter dem Rücken ihrer Mutter zu Jonah hinüber, um mit ihm zusammen den Film ansehen zu können.

»Hast du nicht gesagt, dass zwei Schüler an dem Drogendeal beteiligt sind, Fuchs?«, fragte Melanie. »Ich denke, bei denen musst du ansetzen. Die sind das schwächste Glied in der Kette. Vielleicht kommst du über sie an die Profis heran.«

»Hm«, machte Fuchs, »habe ich auch schon gedacht. Aber ich weiß nicht recht, wie ich das anstellen soll. Sascha im Krankenhaus verschanzt sich hinter seinem Anwalt, und aus Patrick ist kaum ein Wort herauszukriegen.«

Der Sprecher im Film erzählte von simulierten Bränden, die spektakulär gelöscht würden, von dem detailgetreuen Flughafen, auf dem mehr als 40 Flugzeuge starteten und landeten und von über 250.000 Miniaturlandbewohnern, die, liebevoll in Szene gesetzt, alle Facetten des Lebens darstellten. »Ein Tag im *Wunderland* dauert 15 Minuten, mit dem Einbruch der Dämmerung wird das Nachtleben in einem bezaubernden Licht sichtbar«, schloss er seine Schilderung.

»Außerdem würde ich mich in der Hamburger Drogenszene näher umschauen. Hast du nicht irgendwelche

Verbindungen aus deiner Polizeizeit, die du aktivieren könntest?«, schlug Jörg vor.

»Mann, natürlich! Jetzt, wo du es sagst! Simone! Simone Littkovski, ihres Zeichens Sozialarbeiterin und Streetworkerin beim Sozialamt Hamburg Mitte. Ich hatte damals viel mit ihr zu tun, als ich noch bei der Sitte arbeitete. Simone! Vielleicht kann sie mir weiterhelfen. Ich werde sie gleich mal anrufen. Mal sehen, ob sie Zeit für mich hat.« Nach hinten gewandt, rief er: »Ich brauch mein Handy, ihr Süßen. Ihr kriegt es gleich wieder zurück.«

Widerwillig reichten die Kinder das Telefon zurück nach vorne, und Fuchs suchte in seinen Kontakten nach dem Namen seiner Bekannten. Er hatte Glück: Simone war zu Hause und hatte Zeit für ihn. Er verabredete sich für den Nachmittag mit ihr.

Inzwischen waren sie in der Speicherstadt angekommen. Da sie sehr früh dran waren, fanden sie nach einigem Suchen noch eine Parklücke auf dem Kehrwieder Parkplatz und reihten sich in die Schlange vor dem Eingang des *Miniatur Wunderlandes* ein. Nach gut einer halben Stunde Wartezeit wurden sie eingelassen und betraten erwartungsvoll die Welt im Kleinen. Obwohl Fuchs schon einige Male in der Miniwelt gewesen war, faszinierte es ihn jedes Mal von Neuem, wie Gulliver im Land der Liliputaner die Welt von oben betrachten zu können. Wie die Kinder, entdeckte er immer neue Details und begeisterte sich besonders für die liebevolle Wiedergabe der Stadt Hamburg. Die Anzeigetafel in dem Ministadion zeigte rührenderweise eins zu null für den HSV, und die *Elbphilharmonie* stand in ihrer ganzen Pracht da als neues Wahrzeichen der Hansestadt. Als er sich später von den Halmers verabschiedete, um zu seiner Verabredung zu gehen, war er wieder einmal dankbar, quasi ein Teil dieser Familie zu sein.

29. KAPITEL

Die Frau, die Fuchs die Tür zu ihrer Wohnung im dritten Stock des Mietshaus in der Weidenstraße unweit des Schanzenparks öffnete, hatte sich nicht verändert, seit er sie das letzte Mal gesehen hatte. Wie lange das her war, darüber hatte er auf dem Weg hierher im Bus nachgedacht, und er war auf ungefähr fünf Jahre gekommen. Damals war er noch Polizist gewesen.

Die kurzen Haare der Frau im sogenanntem »Straßenköterblond« machten wie damals den Eindruck, als hätten sie noch nie einen Kamm gesehen, ihr selbst gestrickter Sommerpulli schlackerte um ihre dürre Gestalt, und die schwarzen Leggings schlugen Falten in den Kniekehlen ihrer dünnen Beine. Das magere Gesicht war völlig ungeschminkt, dennoch strahlte es mit den großen, ausdrucksvollen grauen Augen, der schmalen geraden Nase und dem großzügigen, schön geschwungenen Mund eine herbe Schönheit aus.

Fuchs blieb einen Augenblick abwartend vor der Tür stehen. Wenn er je einen Menschen bewundert und geachtet hatte, so war es Simone Littkovski. Erst als die 50-Jährige ihn breit angrinste und die Arme ausbreitete, wagte er es, an sie heranzutreten und sie in die Arme zu nehmen.

»Fuchs! Wie schön, dich mal wiederzusehen!«, bekundete Simone, während sie den Detektiv herzlich an ihre magere Brust drückte.

»Danke, dass du Zeit für mich hast, Simone. Entschuldige den Überfall; es war eine ganz spontane Eingebung.«

»Schon gut, das ist doch in Ordnung. Komm erst mal herein und lass dich ansehen«, erwiderte die Sozialarbeiterin und zog ihn in die Wohnung. »Immer noch der gut aussehende italienische Charmeur«, befand sie, nachdem sie ihn ausgiebig gemustert hatte.

Sie führte Fuchs in das freundliche, mit hellen skandinavischen Möbeln und vielen bunten Kissen mit selbst gehäkelten oder gestrickten – Fuchs kannte sich mit den Handarbeitstechniken nicht besonders gut aus – Bezügen ausgestattete Wohnzimmer.

»Ist es dir recht, wenn wir uns auf den Balkon setzen? Es ist so schönes Wetter heute.« Sie zeigte auf die geöffnete Balkontür. »Und darf ich dir einen Tee anbieten? Oder möchtest du lieber etwas Kaltes trinken?«

»Eine Tasse Tee wäre toll, Simone. Aber mach dir bitte keine großen Umstände meinetwegen«, antwortete Fuchs.

Er trat auf den winzigen Balkon hinaus, der gerade Platz genug hatte für einen kleinen runden Tisch und zwei mit bunten Kissen gepolsterte Korbsessel, dafür aber einen schönen Blick über die Häuser des Viertels bot. Auf der Balkonbrüstung prangten orangerote Geranien, deren Farbe sich eindrucksvoll von dem für Hamburger Verhältnisse ungewöhnlich makellosen blauen Sommerhimmel abhob.

Als seine Gastgeberin kurze Zeit später mit dem Tee und einer Schale Gebäck zurückkam und sich zu ihm setzte, sagte sie: »So, nun greif zu und dann erzähl mir, wie es dir ergangen ist, seit wir uns das letzte Mal gesehen haben, Fuchs.«

In der nächsten halben Stunde, während Simone mehrere Male den aromatisch duftenden Tee nachschenkte und Fuchs einen Keks nach dem anderen vertilgte, tauschten sie die Neuigkeiten aus, die sich in ihrer beider Leben in der Zwischenzeit ereignet hatten. Fuchs erzählte von seinem Ausscheiden aus dem Polizeidienst – einem wunden Punkt in seinem Leben –, von seiner Amerikareise und von dem Start seiner Detektivkarriere. In Simones Leben gab es außer dem Umzug in ihre jetzige Wohnung keine großen Veränderungen, hatte sie es doch ganz und gar ihrem Beruf als Sozialarbeiterin und Streetworkerin auf Hamburgs Straßen gewidmet.

»Also, du willst von mir wissen, was hier zurzeit los ist in der Drogenszene, verstehe ich das richtig?«

»Ja. Ich bin nicht mehr auf dem Laufenden, was das betrifft. Insbesondere, was Crystal Meth angeht. Ich brauche alles, was du darüber weißt. Das Mordopfer in meinem Fall wurde in einem Berg davon aufgefunden.« Er berichtete Simone von dem Problem, mit dessen Lösung die junge Juwelierin ihn beauftragt hatte.

»Hm, da scheinen verschiedene Aspekte eine Rolle zu spielen. Die Drogen sind offenbar nur eines davon.«

»Ja. Und ich dachte, damit fange ich erst einmal an.«

»Gut!« Die Sozialarbeiterin stand auf. »Wenn du noch etwas Zeit hast, zeige ich dir, wie meine Arbeit aussieht.«

Sie fing an, das Geschirr abzuräumen. Fuchs ging ihr dabei zur Hand und folgte ihr in die winzige Küche.

»Es ist nicht weit, nur ein paar Stationen mit der U-Bahn.«

Unterwegs erklärte die Sozialarbeiterin Fuchs die Drogenszene in der Hansestadt. »Hier in Hamburg gibt es mehrere Drogenschwerpunkte, ›Kaufhäuser‹, wie sie im Jargon der Junkies heißen. Wenn die Polizei an einem Orte verstärkt kontrolliert, weichen die Dealer und Käufer auf einen anderen aus oder suchen neue. So ist zum Beispiel das Schanzenviertel rund um den Wasserturm an der Sternschanze zu einem ›Kaufhaus‹ geworden, neben Sankt Pauli und dem Bereich um Sankt Georg herum. Und natürlich dem Hauptbahnhof.«

Die U-Bahn war gut gefüllt; der lange Samstag wurde von vielen Kaufwilligen fürs Shopping genutzt. An der Station Hauptbahnhof Süd am Steintorplatz stiegen sie aus, gingen den Julius-Kobler-Weg entlang und überquerten die Altmannsbrücke. »Komm, wir gehen durch den August-Bebel-Park, es ist ein solch schöner Sommernachmittag«, schlug Simone vor. Die wenigen Bäume, die die schmucklose Grasfläche begrenzten, standen zwar in frischem Grün, rechtfertigten aber den Namen »Park« kaum, fand Fuchs. Schließlich gelangten sie in den Besenbinderhof und blieben vor einem schmucklosen, zweistöckigem Gebäude stehen.

»Hier arbeite ich«, sagte Simone. »Dies ist das *Drop Inn.*«

Fuchs betrachtete das Haus und den Platz davor genauer. Überall lag Abfall herum, er wirkte ungemütlich und schmutzig.

»Was sind das für Leute hier?«, fragte er.

Eine große Gruppe von Menschen hatte sich vor dem Gebäude versammelt. Fuchs sah vorwiegend Männer, junge und alte, die in Gruppen oder vereinzelt herumstanden, auf dem Boden lagen oder saßen. Die meisten sahen verwahrlost oder krank aus. Hie und da sah er zwei oder drei zusammenstehen und eifrig miteinander verhandeln.

»Da sind Drogenabhängige. Wir haben etwa 70 bis 80 Drogentote im Jahr hier in Hamburg, bundesweit sind es etwa 1.300 Menschen. Was wir bräuchten, wäre eine bessere Integrations- und Sozialpolitik, denn viele Geflüchtete wissen sich nicht anders zu helfen, als zu dealen oder sich zu prostituieren, und geraten dabei auch oft selbst an die Nadel. Es ist ein Elend.«

Als sie bemerkte, wie Fuchs einen Mann beobachtete, der gerade verstohlen etwas mit einem anderen Mann tauschte, ergänzte sie: »Ja, sie kommen auch, um von den Händlern ihren Stoff zu kaufen. Wir können es nicht verhindern. Es kommen täglich an die 200 Abhängige hierher. Das *Drop Inn* ist ein nierdrigschwelliges Angebot für Drogenabhängige. Die Hamburger nennen es ›die Fixerstube‹, und viele finden, wir würden die Sucht damit unterstützen. Klar, es gibt einen Raum, wo die Süchtigen sich einen Schuss setzen können. Aber dann tun sie es wenigstens mit einer sauberen Spritze und nicht irgendwo in einem dreckigen Hinterhof.«

Sie ging auf einen Mann zu, der etwas abseits an einen Baum gelehnt saß, einen Pappbecher vor sich stehen hatte und mit teilnahmslosem Blick vor sich hinstarrte. »Hallo, Jan«, begrüßte sie ihn. »Wie geht es dir heute?«

Der Mann – Fuchs schätzte ihn auf Ende 50 – hob den Kopf und sah die Sozialarbeiterin mit einem verschleierten Blick an. Ein schwaches Lächeln huschte über sein zerfurchtes Gesicht mit den grauen Bartstoppeln. Fuchs konnte nicht ausmachen, ob er die Sozialarbeiterin erkannte. Simone legte ein Zweieurostück in den Pappbecher und ging weiter.

Als sie außer Hörweite des Mannes waren, sagte sie: »Das ist Jan Schulte. Typische Drogenkarriere. Problematisches Elternhaus, mit 14 straffällig geworden, Heimunterbringung, Hauptschule, Lehre als Fliesenleger. Mit 21 Heirat, Scheidung, Cannabis, dann Heroin. Heute ist er 40, sieht aus wie 60, wiegt nur noch 54 Kilogramm und ist Diabetiker. Er braucht täglich 100 bis 120 Euro zur Finanzierung seiner Sucht. Die schnorrt er sich durch Bettelei zusammen. Was denkst du, welche Zukunft dieser Mann noch hat?«

Um den schönen Mund der Sozialarbeiterin zeigte sich ein bitterer, resignierter Zug.

Fuchs warf einen Blick Richtung Innenstadt, wo der Turm der Michaeliskirche grüßte. Was für ein Gegensatz, dachte er. Dort die schöne, bunte Konsumwelt der Großstadt, hier das oft unverschuldete Elend, dem anscheinend nicht beizukommen war. Er suchte mit den Augen den Mann, der einem der Süchtigen vor ein paar Minuten offensichtlich Drogen verkauft hatte. Er was nicht mehr zu sehen. Als hätte sie seine Gedanken gelesen, sagte Simone:

»Wusstest du, dass ein Zwischenhändler bis zu 30.000 Euro im Monat verdient mit den harten Drogen? Natürlich nur, wenn er die richtigen Quellen hat. Diese Verbrecher werden reich mit der Not dieser armen Menschen hier.«

Sie nahm Fuchs am Arm. »Komm, ich zeige dir, wie es drinnen aussieht.«

Das Innere der Beratungsstelle wirkte schlicht, sachlich und sauber. Einfache Stühle und Tische standen für die Besucher bereit. Simone begrüßte die Mitarbeiterin, die hinter einem Tresen saß und die Medikamentenausgabe überwachte, und wechselte ein paar Worte mit ihr. Dann wandte sie sich wieder ihrem Begleiter zu.

»Das *Drop Inn* ist ein offenes Haus für die Abhängigen. Hier können sie sich ausruhen, sich duschen, ihre Klamotten waschen, für wenig Geld etwas essen. Wenn sie wollen, werden sie beraten und es werden ihnen Möglichkeiten gezeigt, aus der Sucht herauszukommen.«

Fuchs hatte das Bedürfnis, ins Freie zu kommen. Langsam wurde ihm klar, womit er es in seinem Ermittlungsfall zu tun hatte.

»Spielt Crystal Meth hier auch eine Rolle? Oder habt ihr es hier vor allem mit Heroin und Kokain zu tun?«, fragte er Simone, als sie draußen waren und den Platz verließen.

»Langsam breitet sich dieses neue Teufelszeug auch hier aus. Meine Kollegen von der Drogenfahndung sagen, dass sein Ursprung in Tschechien liegt. Da soll es richtige kleine Fabriken geben, wo es hergestellt wird. Von dort gelangt es nach Sachsen, Thüringen und Bayern und kommt allmählich auch hier im Norden an. Ich habe gehört, dass es hier einen Dealer gibt, den sie ›Den Tschechen‹ nennen. Er verkauft dieses Zeug. Crystal Meth galt lange Zeit als Partydroge, aber die Dealer gehen vermehrt an die Schulen und Universitäten. Manchmal sind die Kids erst 15, wenn sie damit anfangen.«

Die Sozialarbeiterin seufzte, bevor sie fortfuhr: »Die Verdienstspanne für die Dealer ist riesig. In Tschechien kostet ein Gramm etwa 30 Euro, hier in Hamburg wird es für 120 Euro verkauft. Also ein lukratives Geschäft, wie du siehst. Und es ist saugefährlich, weil es sofort süchtig macht«, ergänzte sie.

Langsam gingen sie zurück zur U-Bahn-Station, wo Fuchs sich von ihr verabschiedete.

Auf dem Weg nach Hause hatte er über vieles nachzudenken.

30. KAPITEL

Lady begrüßte Fuchs mit einem freundlichen Maunzen, als er wieder in seiner Bude ankam. »Na, meine Schöne, wie war dein Tag?« Lady strich ihm um die Beine und legte sich auf den Rücken, offensichtlich zum Spielen aufgelegt. »Schon gut, machen wir gleich. Zuerst gebe dir mal dein Fresschen, dann spiele ich mit dir. Lass mich doch erst einmal hereinkommen.«

Er trat an seinen Schreibtisch, aktivierte den Computer und überprüfte sein E-Mail-Postfach nach neuen Nachrichten. Zwei E-Mails. Ein Herr Weidenbaum fragte an, ob er noch Aufträge entgegennähme. Er habe da ein Problem, bei dem er gerne seine Dienste in Anspruch nehmen würde.

Wow, dachte Fuchs, schon wieder ein neuer Auftrag! Seine berufliche Glückssträhne hielt anscheinend an. Er nahm sich vor, gleich nach dem Abendessen zurückzumailen, um zu sehen, was für ein Auftrag das war. Wahrscheinlich eine Observierung. Betrogener Ehemann, der seine Ehefrau überwachen lassen wollte. Langweilig und zeitaufwendig. Aber lukrativ. Würde schwierig werden, neben seiner jetzigen Arbeit für die junge Carlotta eine Observation durchzuführen. Obwohl, das Geld könnte er natürlich gut gebrauchen …

Er öffnete die zweite Mail. »Hi, Fuchs! Lange nicht gesehen. Heute Abend im Studio? Tina.«

Ah, sieh mal an, die spröde Tina! Fuchs grinste. Er schaute auf die Uhr: 18.20 Uhr. Schnell Lady füttern, essen, sich frisch machen. Das passte. Er hatte vor, die Muckibuden in Fuhlsbüttel und Umgebung nach einem gewissen Bulli abzuklappern. Irgendwie musste er doch den Typen, die Patrick und wahrscheinlich auch Sascha zum Dealen verleitet hatten, auf die Spur kommen.

Der Samstagabend war am geeignetsten für eine Suche in den Sportstätten, denn viele Menschen nutzten das Wochenende, um etwas für ihre Fitness zu tun.

Danach wurde es Zeit für sein eigenes Training, das er in den letzten Tagen sträflich vernachlässigt hatte. Und für Tina! Eine Einladung wie die ihre konnte er unmöglich ausschlagen.

Nachdem er Lady gefüttert und ein frisches T-Shirt angezogen hatte, bereitete er sich aus einer dicken Scheibe Graubrot, magerem Schinken und drei Spiegeleiern einen *Strammen Max* zu, garnierte ihn mit Essiggurken aus dem Glas und trank ein kühles Helles dazu. Er hatte zwar eine italienische Mutter, aber schließlich einen deutschen Vater, dessen Erbe hin und wieder sein hanseatisches Recht forderte.

Solcherart gestärkt, machte er sich auf die Suche nach Bulli, von dem er nur ein vages Bild vor Augen hatte: mindestens ein Meter 90 groß, 95 Kilo, muskulös, was auf regelmäßiges Training hinwies. Wenn er sich recht an die Männer erinnerte, die er mit Patrick beobachtet hatte, hatte der Typ eine dieser schwarzen Wollmützen getragen, ein schwarzes ärmelloses Shirt und eine dunkle Hose, wahrscheinlich Jeans. Er war nicht sehr optimistisch, dass er sehr weit kommen würde mit dieser Personenbeschreibung, da in den Muckibuden solche Typen zur Tagesordnung gehörten.

Seine Befürchtung war begründet. In den ihm bekannten Fitnessstudios, zwei davon waren eher auf Rekonvaleszenten ausgerichtet, eines mehr auf Wellness, blieb seine Suche erfolglos. Niemand hatte von einem Bulli gehört oder kannte einen Mann, auf den die Beschreibung passte.

Zuletzt fuhr er zum *FIT & GESUND* am Hamburg Airport in der Röntgenstraße. Dort traf er auf eine hübsche Empfangsdame, die sein Begrüßungslächeln freundlich erwiderte. Die weitläufige Sporthalle, in der sich Gerät an Gerät reihte, war gut besucht. Zahlreiche schwitzenden Männer und Frauen arbeiteten sich an den verschiedenen Geräten ab, oft unter Anleitung von Trainern oder Physiotherapeuten. Das Zentrum der riesigen Anlage bildete eine mit Grünpflanzen ausgestattete Oase mit Sitzgelegenheiten, in der sich die Sporttreibenden ausruhen und unterhalten konnten. Die Automaten, in denen Snacks und Getränke angeboten wurden, nahmen eine ganze Wand ein.

»Ciao, bella, wie geht es Ihnen«, ließ Fuchs seinen italienischen Charme heraushängen. Er schenkte der jungen Frau, deren Namensschild am Revers ihrer Bluse sie als Bettina auswies, das gewisse Lächeln, von dem er wusste, dass keine Frau ihm widerstehen konnte.

Bettina reagierte erwartungsgemäß.

»Gut«, antwortete sie herausfordernd lächelnd, »und Ihnen?«

»Ich habe ein Problem, bei dem Sie mir bestimmt helfen können, Bettina.« Wieder ein breites Fuchs-Grinsen, das alle seine weißen Zähne sehen ließ.

»So? Da bin ich aber mal gespannt.« Bettina ging bereitwillig auf sein Flirten ein. Sie stützte die Ellenbogen auf und beugte sich über den Tresen, sodass Fuchs einen Blick in den Ausschnitt ihrer Bluse werfen konnte, und wartete auf seine Erklärung.

»Also, das ist so: Mein Name ist Fuchs und ich bin Privatdetektiv.«

Bettina zog die fein gezupften Augenbrauen hoch.

»Privatdetektiv, soso.« Offensichtlich glaubte sie ihm kein Wort. Wahrscheinlich nahm sie an, das sei seine Anmachmasche. Sie schien nicht abgeneigt zu sein, sich darauf einzulassen. »Dann haben Sie doch sicher auch einen Ausweis, nicht wahr, Herr … Fuchs?« Vor dem letzten Wort machte sie ein Pause, die deutlich machte, dass sie nicht einmal seinen Namen für bare Münze nahm.

»Aber sicher doch, meine Schöne«, konterte Fuchs und zog seinen Ausweis aus der Innentasche seiner Motorradjacke.

Überrascht nahm die Angestellte den Ausweis in die Hand und studierte ihn.

»Tatsächlich! Fuchs, Privatermittler.« Sofort wurde sie sachlich. »Wie kann ich Ihnen denn helfen, Herr Fuchs. Und worum geht es überhaupt?«

»Ich suche einen Typen, der wahrscheinlich regelmäßig trainiert. Er kommt hier aus der Gegend, und es könnte sein, dass Sie ihn kennen. Sein Spitzname ist Bulli, den richtigen kenne ich nicht.«

Bettina nahm eine distanzierte Haltung ein, ihr Lächeln wurde dienstlich.

»Wir geben grundsätzlich keine Auskunft über unsere Kunden, tut mir leid.«

Fuchs wurde ernst.

»Aber, Bettina, wenn ich Ihnen sage, dass der Mann im Verdacht steht, mit Crystal Meth zu dealen? Er verkauft das Teufelszeug an Schulkinder hier in Fuhlsbüttel. Außerdem hat er womöglich einen Mann brutal umgebracht.«

Die junge Frau geriet ins Zweifeln. »Wie soll er denn aussehen, dieser Bulli?«

Fuchs gab ihr eine Schilderung des Mannes, so gut er konnte. Er dachte dabei auch an den Hünen, der ihn festgehalten hatte, als er nachts überfallen worden war. Alles sprach dafür, dass Bulli dieser Mann gewesen war.

»Er spricht Deutsch ohne Akzent, ist also kein Ausländer«, ergänzte er seine Beschreibung.

Bettina dachte nach. »Das könnte Marc Wegmann gewesen sein. Er ist einer unser regelmäßigen Besucher hier. Kommt mindestens dreimal die Woche. Macht Bodybuilding. Trainiert immer allein. Ungeselliger Typ.«

»Ja, das könnte er sein. Die Adresse können Sie mir wohl nicht geben?«

Bettina schüttelte entschieden den Kopf. »Das darf ich nicht, streng verboten. Dass ich Ihnen den Namen gesagt habe, ist schon schlimm genug.«

Fuchs machte eine verschwörerische Miene. »Von mir erfährt niemand etwas, versprochen.«

Wieder schüttelte Bettina den Kopf. »Nein, das geht nicht«, sagte sie.

Der Detektiv sah ein, dass weitere Überredungsversuche aussichtslos waren. Resigniert hob er die Hände. »Trotzdem, 1000 Dank, meine Schöne!« Er zwinkerte der Frau zu. »Vielleicht trinken wir mal was zusammen?«

Bettina erwiderte sein Lächeln und klimperte herausfordernd mit den langen Wimpern. »Vielleicht?«

Fuchs grinste ihr zu, hob die Hand zum Abschied und verließ das Studio.

Bei seinem Motorrad angekommen, nahm er sein Mobiltelefon und rief Hannes Olthus, seinen Freund bei der Kripo an.

»Moin, Kumpel! Wie läuft's?«

»Fuchs, alter Gauner. Es ist Samstagabend, ich sitze hier vorm Fernseher und trinke ein nettes Bier mit meiner Frau. Das bedeutet, ich habe Feierabend und bin nicht mehr im Dienst. Was willst du diesmal?«

»Ich? Ich wollte nur mal hören, wie es dir so geht.«

Olthus lachte. »Komm, verarsch mich nicht, ich kenne dich doch. Sag schon, was willst du? Ich will den Krimi zu Ende sehen, ist gerade spannend.«

»Na ja, nur eine kleine Frage. Kannst du mal im Polizeiregister nach einem Marc Wegmann Ausschau halten? Könnte ein Drogendealer sein. Ich vermute, dass er kein unbeschriebenes Blatt ist.«

»Mensch, Fuchs, es ist Wochenende!«

»Komm schon, Kumpel. Es ist wichtig! Du weißt ja, ich ermittle in diesem Mordfall. Tu mir den Gefallen!«

»Na gut. Aber nicht mehr heute Abend. Morgen kann ich im Präsidium vorbeischauen und sehen, was ich finde. Okay?«

»Okay, das reicht mir. Danke, Hannes. Ich schulde dir ein Bier.«

»Das tust du schon lange, Fuchs. Hab' die Hoffnung bereits aufgegeben.«

»Diesmal bestimmt. Sobald ich den Fall gelöst habe. Bis dann, Kumpel!« Er legte auf.

Also musste er sich, was das anging, gedulden. Aber Tina wollte er nicht warten lassen.

Im *Aktivclub*, seinem Fitnessstudio im Sportverein Alsterdorf, durchlief Fuchs sein übliches Programm, während Tina ihr Stepp-Aerobic-Training absolvierte. Ausgepowert und verschwitzt trafen sie sich anschließend an der Bar und gönnten sich einen Gesundheitsdrink.

»Gehen wir noch auf einen Drink ins *Stübchen bei Enno*?«, fragte Fuchs die hübsche Brünette, die sich mit einem Handtuch den Schweiß von Gesicht und Hals wischte. Ihr enges Trikot brachte ihre fantastische Figur: kleine Brüste, schmale Taille, lange schlanke Beine, vorteilhaft zur Geltung, stellte Fuchs mit Kennerblick fest. »Danke übrigens für die Mail. Ich war in den letzten Tagen mit einem schwierigen Fall beschäftigt, deshalb konnte ich nicht hierherkommen. Schön, dass du mich vermisst hast.«

Tina quittierte seine Erklärung mit einem zwinkernden Lächeln, das Fuchs sehr vielversprechend fand. »Gute Idee, Fuchs«, antwortete sie auf seinen Vorschlag. »Ich brauche nur eine Viertelstunde«, versprach sie. In einem Zug trank sie ihren grünen Kräutersmoothie aus, wischte sich den Mund, sagte »aah« und »bis gleich« und verschwand Richtung Damenumkleide.

Es blieb nicht bei nur einem Drink in der gemütlichen Kneipe, in der Fuchs Stammgast war. Als er und Tina schließlich lachend und albernd den Heimweg durch die Fuhlsbütteler Straßen antraten – es war wieder einmal eine besonders schöne, fast sternklare Sommernacht – und Fuchs hinter seiner Begleiterin die Tür zu seiner Wohnung schloss, fing die temperamentvolle Tina ohne lange Vorrede an, Fuchs das T-Shirt über den Kopf zu zerren.

SONNTAG, 23. JUNI 2019

31. KAPITEL

Fuchs steuerte sein Motorrad in gemächlichem Tempo durch die sonntäglich ruhigen Straßen Hamburgs und genoss das Wetter, das wieder einen warmen Sommertag versprach. Der Wetterbericht hatte zwar von Unwettern in Süddeutschland gewarnt, aber davon war hier im Norden nichts zu spüren. Hier und da sah Fuchs Kirchgänger, die den Gotteshäusern zustrebten, oder Familien, die, mit Rucksack oder Taschen ausgerüstet, in Richtung des Freibades *Bäderland Ohlsdorf* unterwegs waren.

»Es war schön heute Nacht«, hatte Tina auf den Zettel geschrieben, den sie für Fuchs auf das Nachttischchen gelegt hatte, und »Auf bald mal wieder«. Sie musste in aller Herrgottsfrühe aufgestanden sein, als Fuchs noch tief und fest geschlafen hatte, und die Wohnung verlassen haben. Wahrscheinlich war ihr ein gemeinsames Frühstück noch ein zu großer Schritt in ihrer Beziehung zu Fuchs. Was ihm ganz recht war. Es bestand kein Grund, die Sache unnötig zu forcieren, auch wenn er gegen eine baldige Wiederholung der gestrigen Nacht nichts einzuwenden hatte. Der Detektiv grinste zufrieden vor sich hin, was unter seinem Helm natürlich niemand sehen konnte.

Carlotta Birkmeier – Fuchs hatte sein Kommen telefonisch bei ihr angekündigt – empfing ihn mit einem Lächeln, das verriet, wie anstrengend die letzten Tage für sie gewesen sein mussten. Sie trug eine weiße Dreivierteilhose aus leichtem Baumwollstoff und einen hellblauen Pulli, dessen Farbe in einem schönen Kontrast zu ihren Rehaugen und den braunen Haaren stand, die sie heute zu einem lockigen Pferdeschwanz gebunden hatte. Bildhübsch und unglaublich jung sieht sie aus, fand Fuchs, und er bedauerte, was die junge Frau zurzeit durchmachen musste.

»Was gibt es Neues, Herr Fuchs?«, fragte sie. »Sie bringen mir hoffentlich gute Nachrichten.«

»Sie sehen ja bezaubernd aus, Carlotta«, versuchte Fuchs, die Juwelierin mit einem Kompliment ein wenig aufzuheitern. »Was haben Sie denn noch Schönes vor?«

»Danke«, antwortete sie verlegen. »Ich will gleich zu Sascha ins Krankenhaus. Daher das Outfit.«

Fuchs ließ sich aufs Sofa fallen und platzierte Motorradjacke und Helm neben sich.

»Ich werde Sie nicht allzu lange aufhalten. Ich wollte Sie nur auf den neuen Stand meiner Ermittlungen bringen und habe zudem noch ein paar Fragen an Sie.«

»Ich hole uns schnell etwas zu trinken, einen Moment bitte«, sagte Carlotta, lief in die Küche und kehrte alsbald mit zwei Gläsern und einer Flasche Mineralwasser zurück. Nachdem sie das Wasser eingeschenkt hatte, sah sie den Detektiv erwartungsvoll an.

»Ich habe inzwischen Christophs Eltern und seine Schwester aufgesucht und befragt und eine ehemalige Kollegin von mir, die in der Hamburger Drogenszene als Sozialarbeiterin arbeitet, um Informationen gebeten.

Außerdem habe ich den mutmaßlichen Dealer ermittelt, der den Jungs die Drogen verkauft hat«, sagte Fuchs und berichtete von den Ergebnissen dieser Recherchen.

»Oh, das klingt spannend«, fand Carlotta. »Können Sie schon Rückschlüsse auf den Mord oder den Juwelenraub ziehen?«

»Dafür ist es leider noch zu früh. Aber ich habe schon einige Spuren, die uns weiterhelfen könnten. Dazu meine Fragen an Sie.«

»Aha. Was wollen Sie denn von mir wissen?«

»Hat Christoph irgendwann in den letzten Wochen einen Rubinring in Goldfassung bei Ihnen gekauft?«

»Einen Rubinring? Ja, tatsächlich! Er hat einen solchen Ring gekauft. Er sagte, er sei ein Geschenk für seine Mutter. Stimmt etwas nicht damit?«

Verflixt, dachte Fuchs. Damit löste sich seine Idee, der Ring könnte aus einem früheren Diebstahl oder Raub stammen, mit dem Fischer zu tun gehabt haben könnte, in Luft auf.

»Hm«, machte Fuchs nachdenklich. »Was hat der Ring gekostet?«

»Ich habe ihn Christoph für 1.600 Euro überlassen. Der Ladenpreis lag bei 2.200 Euro. Warum?«

»Das ist viel Geld für ein Geburtstagsgeschenk. Wissen Sie, woher Christoph so viel Geld hatte? Er fuhr ja auch einen teuren Sportwagen.«

Carlotta zuckte die Schultern. »Ich habe gedacht, dass er sehr gut verdiente. Ich habe ihn nicht danach gefragt, woher er sein Geld hatte. So gut kannten wir uns noch nicht.«

»Sie erwähnten, dass Ihr Freund viel unterwegs gewesen sei, beruflich. Hat er Ihnen jemals von diesen Fahrten erzählt? Vor allem von denen in die osteuropäischen Länder, Polen, Rumänien, Tschechien, Ungarn?«

»Nein. Er hat überhaupt wenig von sich erzählt, wenn wir zusammen waren. Meistens habe ich von mir erzählt, weil sich in meinem Leben so viel Neues ereignet hatte.«

»Wie stand Christoph zu Sascha? Haben die beiden sich gut verstanden?«

Carlotta runzelte die Stirn. »Das war irgendwie merkwürdig. Eigentlich hatte ich den Eindruck, dass Sascha Christoph nicht besonders mochte. Trotzdem sind die beiden oft in Christophs Sportwagen spazieren gefahren. Sascha meinte, es sei ein solch tolles Auto. Ich hatte den Verdacht, dass Christoph Sascha das Fahren beibringen würde. Was ich komisch fand, denn wenn die beiden zusammen hier waren, haben sie kaum ein Wort miteinander gewechselt.«

»Das ist interessant, Carlotta. Können Sie sich vorstellen, dass Christoph etwas mit dem Raubüberfall auf Ihren Laden zu tun haben könnte?«

»Um Gottes willen, nein! Warum sollte Christoph denn so etwas tun? Er hatte doch Geld genug.«

Fuchs holte tief Luft. Es tat ihm leid, Carlotta ihre Illusionen über ihren toten Freund rauben zu müssen.

»Sie wissen, dass an dem Ort, an dem Christophs Leiche lag, auch eine große Menge Rauschgift gefunden worden ist?«

»Ja, die Polizei hat es mir gesagt. Aber ich kann mir nicht vorstellen, dass Christoph damit etwas zu tun hatte. Er ist doch das Opfer!«

Wieder seufzte Fuchs verhalten. Typisch, niemand will wahrhaben, dass auch der geliebte Mensch zu etwas Verbotenem fähig sein könnte.

»Carlotta, ich habe Ihnen doch den Diamanten gezeigt, den ich gefunden hatte, wissen Sie noch?« Carlotta nickte. »Den Stein habe ich am Tatort gefunden, direkt neben Christophs Leiche, quasi in seinem Blut. Und wie es aussieht, stammt der Diamant aus der Beute, die der Räuber hier in Ihrem Geschäft gemacht hat.«

Auf dem Gesicht der Designerin zeigte sich ungläubiges Staunen. »Soll das heißen, dass Christoph an dem Überfall beteiligt gewesen ist? Und dass er darüber hinaus kein zufälliges Opfer war, sondern dass er mit den Drogen etwas zu tun hatte?«

»Wir müssen in Erwägung ziehen, dass das so ist, Carlotta. Auch wenn die genauen Zusammenhänge noch nicht klar sind.«

»Oh mein Gott! Das wäre ja furchtbar!« Carlotta senkte den Kopf. Fuchs gab ihr etwas Zeit, um diese Erkenntnisse in ihrem Kopf Fuß fassen zu lassen. Er nahm an, dass sie selbst auch schon auf ähnliche Gedanken gekommen war, intelligent, wie sie war, es aber nicht hatte wahrhaben wollen.

Schließlich hob sie das Gesicht und sah den Detektiv direkt in die Augen.

»Und was ist mit Sascha?«

»Das ist der springende Punkt. Wir müssen ihn dazu bringen, endlich auszusagen. Er muss uns erklären, was er mit Christoph und Patrick und den mutmaßlichen Drogenhändlern zu tun hat. Und warum er den Überfall begangen hat.«

»Aber …« Carlotta hatte anscheinend immer noch Mühe, sich an den Gedanken zu gewöhnen, dass ihr Freund nicht der gewesen war, für den sie ihn gehalten hatte. Sie schüttelte ungläubig den Kopf.

»Ich werde dem Dealer, diesem Marc Wegmann, heute Abend einen Besuch abstatten, sobald ich weiß, wo er wohnt. Außerdem werde ich versuchen, von Patrick und seiner Mutter mehr zu erfahren. Ich glaube nämlich, dass Patrick eine zentrale Rolle bei dem Ganzen spielt.«

Fuchs stand auf und wandte sich zum Gehen. »Carlotta, ich möchte Sie bitten, auf Ihren Bruder einzuwirken, dass er endlich erzählt, was geschehen ist.«

»Gut«, antwortete Carlotta, »ich werde es versuchen. Vielleicht ist er ja inzwischen vernünftiger geworden.«

Sie begleitete den Detektiv zur Tür und verabschiedete sich mit einem Händedruck.

32. KAPITEL

Nachdem Fuchs am Samstagabend die Katze gefüttert, für sich selbst ein paar belegte Brote geschmiert und ein Bier bereitgestellt hatte, suchte er eine Scheibe von Merle Haggard heraus und hörte der sonoren Stimme des alten Countrysängers zu, während er aß und dabei nachdachte. Wie erhofft, hatte das Zusammensein mit den Halmers ihn ein gutes Stück weitergebracht bei seiner detektivischen Arbeit. Zum einen hatte die Anregung Halmers, doch auf seine Beziehungen zur Polizei zurückzugreifen, zu dem Besuch bei Simone Littkovski geführt, zum anderen war ihm der Hinweis Melanies, die beiden jungen Männer seien wahrscheinlich das schwächste Glied in der Kette und er solle bei ihnen ansetzen, nicht aus dem Kopf gegangen. Deshalb stand er nun vor der Wohnungstür der Familie Nordmann. Katrin Nordmann, Patricks Mutter, öffnete die Tür erst, nachdem Fuchs dreimal geklingelt hatte. Dass sie überhaupt an die Tür ging, fand er schon positiv, denn es war 14.30 Uhr am Sonntagnachmittag, also eine Zeit, zu der man nicht bei Menschen aufzuschlagen pflegte, die man überhaupt nicht kannte.

»Was gibt es denn?«, fragte die Frau, die misstrauisch durch den Türspalt lugte, mit müder Stimme. »Wer sind Sie?«

Fuchs schlussfolgerte aus dem Anblick ihrer zerzausten Haare und den verschlafenen Augen, dass er Patricks Mutter aus dem Mittagsschlaf gerissen hatte. Was ihm ehrlich leidtat, denn sicher hatte die Frau die sonntägliche Ruhe mehr als verdient. Außerdem wollte er nicht sie, sondern ihren coolen Sohn, dieses anmaßende Früchtchen, sprechen.

»Entschuldigen Sie bitte tausendmal, dass ich Sie am heiligen Sonntag störe, Frau Nordmann, es tut mir sehr leid. Mein Name ist Fuchs, ich bin Privatermittler.« Er zückte seinen Ausweis und hielt ihn in Augenhöhe vor den Türspalt. »Ich hätte gerne mit Ihrem Sohn Patrick gesprochen, wenn es möglich wäre. Ist er da?«

Die Frau öffnete die Tür ein Stückchen weiter, um den Ausweis näher betrachten zu können.

»Privatermittler? Worum geht es denn?«

Fuchs setzte sein liebenswürdigstes Lächeln auf. »Es geht um eine Sache, die mit Patricks Freund Sascha zu tun hat, vielleicht haben Sie davon gehört? Der arme Junge ist angeschossen worden, und seine Schwester hat mich beauftragt, der Sache nachzugehen. Dazu brauche ich Patricks Hilfe, das verstehen Sie sicher. Es wäre sehr nett, wenn ich Ihren Sohn ein paar Minuten sprechen könnte, es dauert wirklich nicht lange.«

Wie erwartet, verfehlte sein jungenhafter Charme seine Wirkung auf Katrin Nordmann nicht, schließlich war sie auch nur eine Frau. Sie öffnete die Tür vollständig und fuhr sich mit den Fingern durch die Haare, um die Frisur zu richten.

»Es tut mir leid, Patrick ist nicht da. Er ist ins Krankenhaus gefahren zu Sascha«, sagte sie. Fuchs war enttäuscht.

»Ach, das ist aber schade.« Schnell überlegte er, was zu tun sei. Vielleicht war es nicht so tragisch, sondern sogar von Vorteil, dass der Junge nicht da war. »Darf ich vielleicht trotzdem kurz hereinkommen, Frau Nordmann? Sicher können auch Sie mir etwas über den Jungen erzählen. Sie müssen wissen, für meine Ermittlungen kann jede Kleinigkeit wichtig sein.«

Seinem bittenden Dackelblick konnte Frau Nordmann nicht widerstehen. Sie lächelte, was ihr verhärmtes Gesicht auf einen Schlag hübscher und jünger aussehen ließ. Sie zupfte ihren Pulli zurecht und fuhr sich wieder über die welligen blonden Haare. Die hellblauen Augen wirkten nicht mehr so müde wie zu Beginn.

»Dann kommen Sie doch bitte kurz herein, Herr … Wie war noch gleich Ihr Name?«

»Fuchs. Mein Name ist Fuchs«, beeilte sich der Detektiv zu antworten. Er folgte ihrer einladenden Geste und trat ein. Katrin Nordmann ging ihm voran durch den engen Flur ins Wohnzimmer, wo noch die Decke, mit der sie sich während ihrer Mittagsruhe zugedeckt hatte, auf dem Sofa lag.

»Bitte nehmen Sie Platz, Herr Fuchs. Darf ich Ihnen etwas zu trinken anbieten?«

»Ein Glas Wasser wäre schön, danke! Es ist heute wieder ganz schön warm draußen, nicht wahr?«

»Natürlich, gerne.« Die Frau verschwand, um das Getränk zu holen.

Fuchs sah sich in dem Raum um. Das übliche Mobiliar, schon recht abgewohnt: ausladende Couch mit Eckelement, Schrank mit Vitrine, Musikanlage und großer Flachbildfernseher. Ein Kreuz an der Wand, einige Topfpflanzen. Bescheidene Verhältnisse, stellte Fuchs fest. Auf einem Regal stand eine Reihe gerahmter Fotografien. Er trat näher heran und betrachtete sie. Offensichtlich Patrick in den verschiedenen Lebensphasen, ein Familienbild mit Vater, Mutter und Kind, einige Schnappschüsse.

Inzwischen war Frau Nordmann mit zwei Gläsern und einer Flasche Mineralwasser zurückgekehrt und stellte alles auf den Couchtisch. Dann stellte sie sich neben Fuchs und betrachtete ebenfalls die Bilder.

»Ist Patrick Ihr einziges Kind?«, fragte Fuchs.

»Ja, das ist er. Ich konnte nach ihm keine Kinder mehr bekommen«, erklärte Katrin Nordmann.

»Ach, das tut mir leid!«

»Es war vielleicht ganz gut so. Patricks Vater …« Sie unterbrach sich. »Ich bin alleinerziehend, müssen

Sie wissen. Und ich arbeite als Krankenschwester im Schichtdienst. Da bleibt nicht viel Zeit für Kinder. Es ist schon mit einem Kind nicht einfach. Patrick war oft allein. Er musste schon früh selbstständig werden.«

»Das verstehe ich gut«, beteuerte Fuchs. Er setzte sich auf die Couch, in deren weiche Polster er tief einsank, und nahm einen Schluck von dem Mineralwasser, das Patricks Mutter ihm eingeschenkt hatte. »Wie ist Patrick denn so? Ich finde es ja bemerkenswert, dass er sich so nett um Sascha kümmert.«

Auf dem Gesicht der Frau zeigte sich ein kleines Lächeln. »Ja, er ist ein guter Junge. Obwohl … In den letzten Monaten hat er sich verändert. Ich weiß auch nicht, was mit ihm los ist. Früher war er so ein liebes Kind, aber jetzt ist er manchmal so … wie soll ich sagen … so schroff und abweisend. Er spricht kaum noch mit mir. Und er hat dauernd etwas vor. Ich weiß nicht, wo er sich ständig aufhält.«

»Das ist doch verständlich, Frau Nordmann. Ihr Sohn ist 18 Jahre alt. Er ist erwachsen geworden und geht seine eigenen Wege.«

»Ja, das stimmt wohl. Trotzdem …«

»Wenn ich fragen darf: Was ist denn mit seinem Vater?«

Katrin Nordmanns Gesicht verschloss sich. »Sein Vater … Er hat uns verlassen. Wir sind geschieden. Er hat den Kontakt zu uns abgebrochen. Ich weiß nicht einmal, wo er sich jetzt aufhält.« Sie seufzte verhalten. Fuchs bemerkte, wie unangenehm ihr das Thema war. Dennoch fragte er weiter, denn womöglich fand er hier Hintergrundinformationen, die wichtig sein konnten.

»Welches Verhältnis hatte Patrick denn zu seinem Vater?«

»Ein wirklich gutes. Die beiden waren ein Herz und eine Seele.« Die Krankenschwester sprang auf und holte eines der Fotos von dem Regal. »Sie sind oft zelten gegangen an den Wochenenden. Nur die beiden, wenn ich Wochenenddienst hatte. Hier, sehen Sie: Das sind die beiden auf ihrem letzten Zeltausflug.«

Fuchs nahm das Bild in die Hand und betrachtete es genau. Es zeigte einen kräftigen blonden Mann, der an einem Lagerfeuer saß und eine Flasche Bier in der Hand hielt. Neben ihm ein etwa 13-jähriger Junge, offensichtlich Patrick, der an einem Stab das Handy hielt, mit dem das Selfie gemacht worden war. Im Hintergrund konnte man das Zelt sehen, das die beiden aufgestellt hatten. Der Mann und der Junge, deren Ähnlichkeit miteinander unübersehbar war, lachten strahlend in die Kamera. Man konnte sehen, wie glücklich sie waren. Das perfekte Vater-Sohn-Bild, musste Fuchs denken.

»Es war Patricks 13. Geburtstag. Mein Ex hatte Patrick zu diesem Anlass ein Taschenmesser geschenkt, so eines, das man einklappen kann. Er hat sich so darüber gefreut, der Junge. Bis heute trägt er es immer bei sich.«

Einen Moment lang war Patricks Mutter gerührt bei der Erinnerung an die schöne Zeit. Dann setzte sie sich auf und straffte die Schultern. »Kurz danach hat sein Vater mich verlassen, wegen einer anderen. Sie sind dann weggezogen, ich weiß nicht einmal, wohin. Alles, was ich von ihm höre, sind die Unterhaltszahlungen für den Jungen.« Sie hob resigniert die Schultern. »So ist das nun mal.«

Fuchs berührte kurz mitfühlend den Arm der Frau. »Das war bestimmt nicht leicht, Frau Nordmann, für Sie beide nicht.«

»Ja. Besonders für Patrick war es schlimm. Dass sein Vater sich so gar nicht mehr um ihn kümmerte …«

Eine Pause trat ein. Schließlich brach Fuchs das Schweigen.

»Kennen Sie Patricks Kumpel, diesen Sascha Birkmeier, gut? Er war doch sicher öfter hier, oder?«

»Na ja, ich habe ihn manchmal gesehen, wenn er Patrick besuchte. Ein netter, zurückhaltender Junge. Vom Typ her ganz anders als Patrick. Mehr so ein Computer-Typ, wenn Sie wissen, was ich meine.« Sie hielt inne und überlegte einen Moment. »Die beiden sind ja immer sofort in Patricks Zimmer verschwunden. Aber ich glaube, sie waren oft zusammen auf Patricks Roller unterwegs. Sie haben sich wohl gut verstanden, die beiden.«

»Was sie so getrieben haben, wenn sie unterwegs waren, wissen Sie wohl nicht?«

Die Krankenschwester runzelte die Stirn. »Ich habe erst jetzt, als die Polizisten hier waren, erfahren, dass Patrick und Sascha zusammen für irgendwelche Leute Topfpflanzen an Geschäfte ausgeliefert haben. Zehn Euro die Stunde hat er damit verdient, hat Patrick gesagt. Geld für seinen Roller, Benzin und so. Ich verdiene ja nicht so viel.«

»Ja, ich habe davon gehört.« Fuchs räusperte sich. »Etwas anderes, Frau Nordmann: Hat Patrick Ihnen von dem Mord erzählt?«

Erstaunt sah die Frau den Detektiv an. »Mord? Sie meinen den Mord, der in der Zeitung stand? Der mit den Drogen?«

»Ja. Sie wissen also nichts darüber?«

»Nein, um Gottes willen? Warum sollte ich?«

»Weil der Mord in dem Lagerraum begangen wurde, in dem die Topfpflanzen aufbewahrt wurden, bei deren Auslieferung Patrick und wahrscheinlich auch Sascha geholfen haben.«

»Ach!« Das Erstaunen der Frau war echt, das konnte Fuchs erkennen.

»Aber Sie glauben doch nicht etwa, dass die beiden Jungen etwas damit zu tun haben, oder?« Aufgeregt sprang Patricks Mutter auf. »Das kann nicht Ihr Ernst sein. Sind Sie deswegen hierhergekommen?« Erbost sah sie Fuchs an.

Der Ermittler stand ebenfalls auf. »Ich möchte nur herausfinden, wer wirklich hinter dem Ganzen steckt, Frau Nordmann. Aber es kann sein, dass die beiden Jungs dabei eine Rolle spielen. Und ich glaube, dass die Polizei noch mit Patrick sprechen wird deswegen. Als Zeuge natürlich. Er könnte ja irgendetwas beobachtet haben.«

Die Frau stand da wie vom Donner gerührt. Ungläubig schüttelte sie den Kopf. »In was ist mein Junge da nur hineingeraten?«, fragte sie mehr sich selbst als ihren Besucher.

»Machen Sie sich keine Sorgen, Frau Nordmann. Es wird sich schon alles aufklären.«

Bekümmert sah die Frau ihn an. Es war klar, dass sie sich jetzt erst recht Sorgen machen würde, dachte Fuchs und wünschte, er hätte auf die dumme Floskel verzichtet.

Nachdem er sich verabschiedet hatte, blieb er einen Moment vor der Haustür stehen. Sein Eindruck, dass der junge Nordmann bis zum Hals in dem Schlamassel drinsteckte, hatte sich verstärkt, auch wenn seine Mutter immer noch glaubte, Patrick sei ihr lieber kleiner Junge. Aber so sind Mütter anscheinend, resümierte Fuchs und seufzte.

33. KAPITEL

Der Anruf von Hannes Olthus kam, als Fuchs dabei war, eine Liste zu erstellen mit Punkten, denen er im Fall Birkmeier nachgehen wollte. Dazu hatte er sich Fragen notiert, die er beantworten musste. Sein Vater, der ein gewissenhafter deutscher Verwaltungsbeamter gewesen war, hatte ihm beigebracht, systematisch vorzugehen, besonders wenn eine Sache undurchsichtig und kompliziert war. Auf seinem Notizblock standen schon etliche Begriffe, die er mit Fragezeichen versehen hatte, als das Telefon klingelte.

»Na, Hannes, hast du was gefunden über diesen Marc Wegmann?« Fuchs kam gleich zur Sache.

»Also. Ich bin heute Nachmittag kurz ins Amt gefahren und hab' in den Computer geschaut. Dein Marc Wegmann ist tatsächlich bekannt bei uns. Ein kleines Licht. Geboren 1997, unverheiratet, Hartz IV-Empfänger. Fing als Jugendlicher mit Sachbeschädigungen an, dann kleinere Einbrüche in Schulen und Vereinsheime. Er erfolgte eine Festnahme wegen Drogenbesitz. Cannabis und geringe Mengen Heroin. Verdacht auf Drogenhandel. Bewährungsstrafe. Sonst eher unauffällig. Könnte dein Mann sein, Fuchs.«

»Klingt tatsächlich so. Hast du seine Adresse?«

»Mensch, Fuchs, du weißt, das geht eigentlich nicht. Wenn das rauskommt, lande ich in Teufels Küche.«

»Komm, mach's nicht so spannend. Ich habe Schweigepflicht, wie du weißt. Über meine Quellen brauche ich nichts zu sagen, wenn jemand was wissen will.«

»Okay. Aber nur, weil du's bist. Also: Dieser Typ wohnt sogar bei dir in Fuhlsbüttel, Am Hasenberge, ganz in der Nähe von *Santa Fu*.«

»Danke, Hannes! Ich werde diesem Marc Wegmann einen freundlichen Besuch abstatten.«

»Was ist nun mit dem Bier, Fuchs?«

»Kommt. Sobald ich das hier hinter mir habe. Ich melde mich. Ciao!«

Fuchs legte auf, ehe Olthus auf einem exakten Termin bestehen konnte. Er wusste genau, es würde ein Riesenbesäufnis werden, nach dem er am nächsten Morgen todkrank sein würde, und das konnte er sich im Moment nicht leisten.

Er warf einen Blick auf die Adresse. Eine Straße in der Nähe der Strafvollzugsanstalt Fuhlsbüttel, die jetzt in Ohlsdorf lag, trotz des Namens. Von den Hamburgern wurde das Gefängnis seit eh und je liebevoll *Santa Fu* genannt. »Na, das passt ja«, sagte er zu Lady, die ihn mit ihren grünen Augen von ihrem Polster aus tiefsinnig anblickte.

Wenig später stellte der Detektiv seine Honda auf einen freien Parkplatz vor dem mehrstöckigen Mietshaus in der Straße Am Hasenberge ab. Er ging zur Eingangstür und drückte auf den Klingelknopf neben dem handgeschriebenen Namen Wegmann. Er hatte den Motorradhelm aufbehalten, damit Wegmann ihn nicht auf Anhieb erkannte, sollte er tatsächlich der Mann sein, der ihn überfallen und ihm die Kamera geraubt hatte.

Der Mann, der die Tür öffnete, entsprach von der Statur her ziemlich genau der Beschreibung, die Fuchs der netten Bettina vom Fitnessstudio gegeben hatte. Das dazugehörige Gesicht passte dazu. Eine grobe Nase, die offenbar schon einmal gebrochen worden war, ein bulliges Kinn und kleine tiefliegende Augen. Dazu ein kahlgeschorener Schädel und große Ohren mit Piercings. Die muskelbepackten Oberarme, gut sichtbar in dem schwarzen Muskelshirt, waren über und über bedeckt mit furchteinflößenden Tattoos, viele davon farbig ausgearbeitet. Der Mann entspricht in jedem Detail dem Klischee eines minderbemittelten Kleinkriminellen, musste Fuchs denken. Der Spitzname »Bulli« passte hervorragend, fand er.

»Was gibt's?«, fragte Wegmann. Auch seine Stimme, grob, laut und rau, passte zu seiner Erscheinung.

»Moin«, grüßte Fuchs höflich. »Ich bringe eine Nachricht von JJ.«

Der Hüne hielt die Tür immer noch fest. »Von JJ? Wer soll'n das sein?« Er kam noch einen Schritt an Fuchs heran. »Wer bist du Typ überhaupt? Kennen wir uns?« Sein Ton war, wenn nicht gerade bedrohlich, so doch ausgesprochen argwöhnisch.

»Na ja, kennen würde ich das nicht gerade nennen.«

Fuchs nahm betont langsam den Motorradhelm ab. Dabei beobachtete er genau die Reaktion im Gesicht des Mannes. Nun würde sich zeigen, ob er tatsächlich den besagten Bulli vor sich hatte.

Die Mimik Wegmanns spiegelte jeden Gedanken wider, der sich in seinem trägen Gehirn regte. Zuerst war da ein Moment mäßiger Neugier, gefolgt von dem mühsamen Suchen nach einer Erinnerung, die nicht unmittelbar greifbar war, dann die plötzliche Erleuchtung im Moment des Wiedererkennens. Gleich darauf das Erstaunen, den Mann, den er festgehalten hatte, während sein Komplize auf ihn einprügelte, so unverhofft vor sich zu sehen, gefolgt von der Überlegung, was das bedeuten könnte, sodann der Impuls, die Tür zuzuschlagen. Bevor er jedoch diesen Gedanken in die Tat umsetzen konnte, hatte Fuchs seinen Fuß in die Tür gestellt.

»Ja, ich bin's. Ich hätte gern meine Kamera zurück, Bulli. Und mein Geld.«

»Was? Keine Ahnung, was du meinst!« Wegmann versuchte, den Ermittler zurückzudrängen. »Und jetzt hau ab, du Idiot, bevor ich dir eins auf die Fresse gebe.«

Fuchs nahm seinen Fuß zurück.

»Nur die Ruhe, Bulli. Ich gehe ja schon.«

Er hatte nicht die Absicht, sich mit dem Dealer anzulegen. Es genügte ihm zu wissen, wer er war. Alles andere war Sache der Polizei. Sollte sich doch die smarte Kommissarin mit dem Verbrecher auseinandersetzen. Er setzte seinen Helm auf, drehte sich um und stieg auf sein Motorrad.

Marc »Bulli« Wegmann stand noch immer in der Tür und sah ihm verblüfft hinterher.

MONTAG, 24. JUNI 2019

34. KAPITEL

Kriminaloberkommissarin Julie Sommer hatte das frustrierendste und einsamste Wochenende seit Langem hinter sich. Zuerst einmal hatte sie sich darüber geärgert, dass Simon sie versetzt hatte, weil seine Tochter angeblich krank war und er seine Frau nicht allein lassen konnte. Sie war drauf und dran gewesen, endgültig mit ihm Schluss zu machen, hatte es aber wieder einmal nicht geschafft und hasste sich dafür. Dann war sie voller Wut und Enttäuschung ins Freibad gefahren, um wenigstens nicht allein in der Wohnung sitzen zu müssen, hatte dabei die Temperatur unterschätzt – es war an diesem Junitag bis zu 29 Grad heiß gewesen – und sich einen gewaltigen Sonnenbrand geholt. Der mitleidige Blick Ole Möllers, als sie mit krebsrotem Gesicht ins Büro gekommen war, machte die Sache auch nicht besser. Gott sei Dank war er klug genug gewesen, sich jegliche Bemerkung zu verkneifen.

Der Blick in die Fischer-Akte war nicht geeignet, Julies Laune zu verbessern. Die Schlussbesprechung am Freitagabend, auf der die Rechercheergebnisse des Ermittlerteams zusammengetragen und besprochen wurden, war enttäuschend gewesen. Weder die weiteren Befragungen der Angehörigen des Opfers noch die neuerliche Untersuchung des Tatortes und der näheren Umgebung oder die Überprüfung des albernen Pflanzenhandels hatte irgendwelche neuen Anhaltspunkte ergeben. Das Opfer hatte auf ziemlich großem Fuß gelebt, was auf eine Extra-Geldquelle hinwies, das war aber auch schon alles. In der Drogenszene war Fischer nicht bekannt, man wusste nichts über ihn. Solange JJ. Meunier und der junge Birkmeier schwiegen, kamen sie nicht weiter.

Julie war genau in der Stimmung, ein hartes Verhör durchzuführen. Sie hatte Patrick Nordmann telefonisch zu einer Befragung einbestellt und freute sich darauf, dem großspurigen Bürschchen auf den Zahn zu fühlen. Kommissar Möller wohnte der Befragung ebenfalls bei, wie es der Vorschrift entsprach.

Die Kommissarin zeigte auf den Besucherstuhl im Vernehmungszimmer des Kommissariats, als der junge Mann hereinkam. »Bitte nehmen Sie Platz, Patrick! ›Patrick‹ ist doch okay? Oder soll ich Sie ›Herr Nordmann‹ nennen?«

»Patrick ist schon in Ordnung«, antwortete der Schüler gönnerhaft auf Julies Frage.

Sie beobachtete, wie der großgewachsene Junge mit dem blonden Bürstenhaarschnitt in den Raum schlenderte und sich breitbeinig mit trotzigem Gesicht auf den Stuhl fläzte. Er kreuzte seine muskulösen Arme vor der Brust und versuchte den Eindruck zu erwecken, dass alles, was hier abging, ihm herzlich gleichgültig sei.

Die Kommissarin hatte Mühe, ein Lächeln zu unterdrücken. Mein Gott, wie durchschaubar der Junge war, dachte sie. Gab sich so cool und war innerlich wahrscheinlich ein Nervenbündel. Er hatte ja auch allen Grund, nervös zu sein, immerhin ging es um Mord.

Sie schlug demonstrativ die Akte auf, die vor ihr lag, und blätterte eine Weile in den Papieren. Patrick wechselte die Körperhaltung und scharrte nervös mit den Füßen. Seine gespielte Selbstsicherheit bekam die ersten Risse. Gut so, dachte Julie.

»Also, Patrick, Sie fahren Topfpflanzen aus für Herrn Jean Jacques Meunier, ist das richtig?«

»Ja-a, das habe ich Ihnen doch schon gesagt«, antwortete Patrick patzig. Die Kommissarin ignorierte seine Frechheit.

»Diese Pflanzen bewahrte Herr Meunier in einem Lagerraum am Flughafen auf, nicht wahr?«

»Ja, das wissen Sie doch!«

»Hat auch Sascha Birkmeier bei der Auslieferung der Pflanzen mitgeholfen?«

Patrick richtete sich auf. Er wirkte alarmiert, stellte Julie fest.

»Sascha? Wieso? Wie kommen Sie denn jetzt auf Sascha?«

»Nun, er ist doch Ihr bester Freund, nicht wahr? Ich habe gehört, Sie besuchen ihn täglich im Krankenhaus.«

»Na und? Er ist schließlich mein Kumpel.«

»Also: War Sascha auch an dem ›Blumengeschäft‹ beteiligt?« Sie setzte das Wort Blumengeschäft in Häkchen, um zu zeigen, was sie von dieser Ausrede hielt.

»Ja, manchmal hat Sascha mir geholfen«, gab Patrick unwillig zu.

»Aha.« Julie ließ eine Pause eintreten, während der sie wieder in den Papieren blätterte. Sie beobachtete, wie der Junge immer nervöser wurde.

»Weißt du, dass Sascha drogensüchtig ist?«

Wenn Patrick überrascht gewesen war, zeigte er es nicht. Er starrte auf seine Hände und schwieg.

»Also wissen Sie es. Es kann Ihnen ja auch nicht entgangen sein, wenn Sie so oft, ja geradezu ständig mit ihm zusammen waren, in der Schule und in Ihrer Freizeit, nicht wahr?«

Der Junge presste die Lippen aufeinander und schwieg.

»Wissen Sie, welche Art von Drogen Sascha konsumierte?«

»Nee, weiß ich nicht«, murmelte Patrick.

»Und natürlich wissen Sie auch nicht, woher er seinen Stoff bezog, hab' ich recht?«

Der Schüler schüttelte den Kopf. Es war offensichtlich, dass er log. Julie wechselte einen Blick mit Ole, der ihr zunickte.

»Was weißt du von den drei Kilogramm Crystal Meth, die in dem Lagerraum gefunden worden sind?« Bewusst war sie zum Du übergegangen, das ihr natürlicher schien angesichts der Jugend ihres Gegenübers. Außerdem klang es vertraulicher und minderte die Distanz zwischen ihnen. Vielleicht fiel dem Jungen so das Reden leichter.

»Keine Ahnung. Woher soll ich das wissen«, kam es trotzig von Patrick.

»Es ist also ein vollkommener Zufall, dass dein Freund Sascha süchtig nach Crystal Meth war, und dass in dem von euch beiden regelmäßig besuchten Lagerraum eine große Menge ausgerechnet dieses Rauschgifts gefunden worden ist?«

Keine Antwort.

Julies Tonfall wurde drängender.

»Sag mir, was hast du mit dem Rauschgift zu tun? Hast du gedealt? Bitte tische uns nicht noch einmal das Märchen von den Pflanzen auf, wir sind keine Idioten.«

»Nichts«, stieß der Junge hervor. »Habe ich doch gesagt.«

Julie erhob ihre Stimme, während sie betont langsam und artikuliert sprach. »Ist es nicht so, dass du zusammen mit Meunier und Sascha den Stoff portioniert und umgefüllt hast? Und ihr ihn anschließend unter die Leute gebracht habt, zum Beispiel bei euren Mitschülern? Wir wissen, dass an deiner Schule gedealt wird. Ist es nicht genauso gewesen? Antworte, Patrick!«

Der Junge fuhr auf: »Nein, das ist alles Unsinn! Wer so etwas behauptet, der lügt. Ich deale doch nicht!« Der Protest erschien Julie nicht allzu überzeugend. Sie spürte, wie verunsichert der Junge war. Jetzt war der richtige Moment, ihr schwerstes Geschütz aufzufahren.

Sie öffnete die Akte und entnahm ihr die Tatortfotos, die den Ermordeten zeigten.

»Kennst du diesen Mann, Patrick? Bitte sieh' ihn dir genau an!«

Widerwillig beugte sich der Schüler vor und betrachtete die Bilder. Die Kommissarin bemerkte, wie das Gesicht des Jungen blass wurde. Er schluckte krampfhaft und wandte den Blick ab.

»Nein, nie gesehen.«

»Was? Du kennst den Freund von Saschas Schwester nicht? Ich nahm an, dass du zumindest Saschas Schwester kennen würdest, wo du doch so eng mit ihrem Bruder befreundet bist. Hast du denn deinen Kumpel nie zu Hause besucht?«

»Nein, ich kenne seine Familie nicht. Muss ja wohl auch nicht sein, oder?« Patrick versuchte angestrengt, seine Coolness zurückzugewinnen. Es gelang ihm nur teilweise. Der Anblick des ermordeten Christoph Fischer hatte ihm anscheinend mehr zugesetzt, als Julie erwartet hatte.

»Wie erklärst du dir, dass in dem ach so harmlosen Pflanzenlagerraum nicht nur eine Unmenge Rauschgift, sondern auch noch ein ermordeter Mann aufgefunden wurde? Einem Raum, den du fast täglich aufgesucht hast? In dem wir Fingerabdrücke gefunden haben, von denen mit Sicherheit einige von dir stammen? Nun, Patrick? Antworte!«

Patrick verschränkte seine Hände ineinander, starrte vor sich hin und schwieg.

Eine unangenehme Stille begann, sich in dem Raum auszubreiten. Julie ließ sie andauern. Mal sehen, dachte sie, wie lange der Junge das Schweigen aushält.

»Ich habe doch keine Ahnung«, brach es schließlich aus ihm heraus. »Lassen Sie mich endlich in Ruhe!« Es klang eher verzweifelt als genervt.

Die Kommissarin faltete die Hände vor sich auf dem Tisch und beugte sich vor.

»Nur eine Frage noch, Patrick. Wenn du die zu unserer Zufriedenheit beantworten kannst, bist du entlassen.«

Patrick sah sie fragend an. In seinen hellblauen Augen glaubte Julie nicht nur Hoffnung, sondern auch eine Spur Angst erkennen zu können.

»Wo warst du am vergangenen Donnerstag in der Zeit zwischen 16 und 17 Uhr?«

Patrick schluckte. »Wieso?«

»Das ist der Zeitraum, in dem der Mord geschah. Um diese Uhrzeit ist Christoph Fischer brutal niedergestochen worden und hilflos verblutet. Wo warst du zu dieser Zeit, Patrick?«

Julie sah mit Interesse, dass das Gesicht des Jungen wieder die Farbe wechselte.

»Ich … ich …«, stammelte er. »Ich war mit meinem Roller unterwegs. Ja, ich bin spazieren gefahren.«

»Das heißt, du hast kein Alibi für die Tatzeit. Oder war jemand bei dir, der das bezeugen kann?«

»Sie glauben doch nicht etwa, dass ich …?« Er schüttelte demonstrativ den Kopf.

»Ich glaube gar nichts. Also«, insistierte die Beamtin, »kann jemand bezeugen, dass du zur Tatzeit nicht in dem Lager warst?«

»Nein, natürlich nicht!«

»Aha.« Julie legte bewusst eine Pause ein. Dann die Frage: »Besitzt du ein Messer, Patrick?«

»Ob ich ein Messer besitze?« Dem Jungen hatte es fast die Sprache verschlagen. Er richtete sich auf sah die Kommissare direkt an. »Sie glauben also wirklich, dass ich einen Mann, den ich gar nicht kenne, erstochen habe? Aus welchem Grund sollte ich das denn getan haben? Das ist doch verrückt!« Er lehnte sich zurück und verschränkte die Arme vor der Brust. »Ich sage jetzt gar nichts mehr. Ich will einen Anwalt!«

Die Selbstsicherheit des Jungen wirkte reichlich aufgesetzt, fand Julie.

»Nur die Ruhe, junger Mann. Dies ist nur eine Befragung, kein Verhör. Du kannst jederzeit gehen, wenn du willst.«

»Ach ja? Dann gehe ich jetzt.« Zögernd machte er Anstalten aufzustehen. Anscheinend traute er den Worten der Kommissarin nicht so ganz.

»Ja, geh nur. Wir melden uns wieder bei dir. Kann gut sein, dass du dann einen Anwalt brauchst, Patrick.«

Julie sammelte die Fotos ein und schloss die Akte. Der Schüler stand auf, wie von ihr erwartet, und verließ den Raum. Als Patrick die Tür hinter sich geschlossen hatte, wandte sich Ole Möller seiner Vorgesetzten zu.

»Was denkst du? Ist er es gewesen?«

Julie schüttelte den Kopf. »Dass er dealt, ist klar. Aber mit dem Mord hat er nichts zu tun, denke ich. Da müssen wir woanders suchen.«

35. KAPITEL

Fuchs saß bei einem späten Frühstück. Nach einer langen Joggingrunde hatte er sich bei seinem Bäcker frische Mehrkornbrötchen gekauft, die er jetzt zusammen mit einem gekochten Ei, starkem Kaffee und einem großen Glas Orangensaft verspeiste. Lady sah ihm wie immer mit unergründlicher Miene zu.

Die Türglocke läutete.

»Erwartest du Besuch?«, fragte er die Katze. Ihrem gleichgültigen Gesichtsausdruck konnte er nicht entnehmen, ob sie seine Frage bejahte oder verneinte.

Fuchs steckte sich den Rest seines Eibrötchens in den Mund und ging durch sein Büro zur Haustür.

»Bitte entschuldigen Sie die frühe Störung«, sagte der Mann, der vor seiner Tür stand. »Ich habe um 9 Uhr einen wichtigen Geschäftstermin und wollte Sie unbedingt vorher noch sprechen, Herr Fuchs. Sie sind doch der Privatermittler Fuchs, nicht wahr?«

Fuchs schluckte den Bissen, den er im Mund hatte, hinunter.

»Ja, das bin ich. Und Sie?«

»Oh, Entschuldigung. Mein Name ist Weidenbaum, Doktor Harald Weidenbaum. Ich habe Ihnen eine E-Mail geschickt.«

Weidenbaum? Richtig, die E-Mail! Fuchs hatte die Nachricht vollkommen vergessen.

»Aber natürlich, Doktor Weidenbaum. Leider bin ich noch nicht dazu gekommen, darauf zu antworten. Bitte kommen Sie doch herein.«

Er bat den potenziellen Mandanten mit einer Handbewegung näherzutreten und schloss hinter ihm die Tür. Ein kurzer Blick auf den Mann, als er vor ihm herging, genügte ihm für eine erste Diagnose: Mitte 50, 20 Kilo Übergewicht, vielbeschäftigter Geschäftsmann, teurer Anzug, betrogener Ehemann.

Weidenbaum setzte sich unaufgefordert auf den Stuhl vor Fuchs' Schreibtisch und sah sich um. »Genauso habe ich mir immer das Büro von Philipp Marlowe vorgestellt«, meinte er, kundtun zu müssen. »Sie wissen schon, der Privatdetektiv von Chandler.«

»Ach ja? Ich freue mich, wenn es Ihren Erwartungen entspricht«, antwortete Fuchs. Die Ironie perlte an seinem Besucher ab. Lady steckte ihren Kopf neugierig zur Tür herein, wandte sich aber gleich wieder um.

»Was kann ich denn für Sie tun, Doktor Weidenbaum? Leider habe ich nur sehr wenig Zeit ...«

»Ja, natürlich, Herr Fuchs. Das verstehe ich doch. Also, ich mache es kurz: Ich glaube, meine Frau betrügt mich, und ich brauche Beweise dafür. Wegen der Scheidung, wissen Sie?«

»Verstehe. Wie kommen Sie denn darauf, dass Sie von Ihrer Frau betrogen werden?«

»Also, Lisa ist in letzter Zeit so komisch. So geistesabwesend, als wäre sie mit ihren Gedanken ganz woanders. Und ständig ist sie eingeladen bei einer ihrer Freundinnen, angeblich, und bleibt über Nacht.«

»Ist das alles? Das könnte doch auch ganz harmlos sein.«

»Außerdem ist sie so abweisend, geradezu kalt mir gegenüber. Wir haben seit Monaten nicht mehr ... Sie wissen schon.«

»Aha. Was stellen Sie sich denn vor, was ich für Sie tun soll, Doktor Weidenbaum? Leider bin ich im Moment noch mit einem anderen Fall befasst ...«

»So? Na ja, vielleicht geht es trotzdem. Geld spielt keine Rolle dabei.«

»Hm, das kommt darauf an. Was haben Sie sich denn gedacht?«

Der Mann beugte seinen fülligen Oberkörper vor, als wolle er dem Ermittler etwas Vertrauliches mitteilen.

»Sie hat mir gesagt, sie möchte am kommenden Wochenende in ein Ostseebad zur Wellness fahren, angeblich mit einer Freundin. Ich muss an dem Wochenende geschäftlich nach München. Sicher trifft Lisa sich in Boltenhagen mit ihrem Liebhaber. Wenn Sie sie dort observieren könnten?«

Fuchs überlegte einen Moment. Er ging davon aus, dass der Birkmeier-Fall innerhalb der nächsten Tage aufgeklärt sein müsste. Wenn nicht, könnte er immer noch von diesem neuen Auftrag zurücktreten.

»Das lässt sich machen«, beschied er den besorgten Ehemann. »Allerdings mit Vorbehalt. Falls sich mein jetziger Fall noch weiter hinziehen sollte, muss ich gegebenenfalls meine Zusage zurücknehmen.« Er holte ein Auftragsformular aus der Schublade und reichte es seinem neuen Mandanten hinüber. Weidenbaum sah es nur kurz an und unterschrieb.

»Das Honorar beträgt 250 Euro plus Spesen. Die Spesen müssten die Kosten eines dreitägigen Aufenthaltes in Boltenhagen abdecken und die Fahrtkosten, in Ordnung?«

»Aber natürlich. Aufs Geld kommt es mir, wie gesagt, nicht an.« Weidenbaum griff in seine Brieftasche und legte eine Visitenkarte auf den Schreibtisch. »Hier ist meine Karte. Ich bin im Im- und Export tätig. Auf der Karte stehen alle meine Nummern. Sie können mich jederzeit erreichen.« Er stand auf und reichte Fuchs seine weiche Hand. »Wissen Sie, meine Frau ist 20 Jahre jünger als ich. Da ist ein wenig Misstrauen schon angebracht, finden Sie nicht auch?«

Fuchs nickte nur und schob den Mann Richtung Ausgang.

»Hoffen wir, dass sich Ihr Verdacht als unbegründet erweist, Doktor Weidenbaum. Sicher lieben Sie Ihre Frau doch, oder nicht?«

»Jaja, natürlich. Es ist ja nur wegen einer etwaigen Scheidung, wissen Sie. Wir haben Gütertrennung vereinbart.«

Fuchs verzichtete auf eine Antwort und verabschiedete sich.

Die Katze kam aus der Wohnung und drückte sich an seine Beine.

»Du hast recht, Lady, ich mag ihn auch nicht. Aber Boltenhagen: nicht schlecht, oder? Jedenfalls ist es leicht verdientes Geld.«

Er schaute auf die Uhr. »Ich muss los, meine Schöne. Ich will zur Polizei, Bericht erstatten.«

Julie Sommer schaute überrascht von ihren Unterlagen auf, als Fuchs eintrat.

»Ach, der Herr Privatdetektiv. Welche Ehre!«

»Warum so mies gelaunt, schöne Kommissarin? Schauen Sie einmal nach draußen: Hat Hamburg jemals einen solchen fantastischen Sommer erlebt? Es soll heute über 30 Grad werden.«

Juli schaute wieder auf ihren Computerbildschirm. Gerade versuchte sie, den Bericht über die Befragung des jungen Nordmann zu beenden, den sie bei der Teambesprechung vorstellen wollte.

»Was wollen Sie?«

»Ich möchte Sie über die Informationen in Kenntnis setzen, die ich inzwischen im Fall Birkmeier/Fischer gesammelt habe. Ich hoffe, wir können uns gegenseitig austauschen mit unseren Rechercheergebnissen, quid pro quo, wie der Lateiner sagt, nicht wahr?«

Julie musterte ihn mit neuem Interesse. »Sie haben Informationen für mich? Etwa solcher Art Information wie die von den Drogen in dem Lagerraum, in dem meine Leute, als ich sie dorthin geschickt habe, nichts als verdammte Pflanzen fanden? Und in dem Sie, ausgerechnet Sie, wenig später nicht nur Drogen fanden, sondern auch noch eine Leiche?« Ihre grünen Augen blitzten Fuchs an.

Was für ein Temperament, dachte er bewundernd.

Er hob seine Rechte und näherte sie mit ausgestrecktem Zeigefinger Julies Gesicht. Verblüfft wich sie zurück.

»Hatten Sie die schon immer?«, fragte Fuchs.

»Was?«, fragte die Kommissarin irritiert.

»Diese bezaubernden Grübchen in Ihren Wangen. Immer wenn Sie ein Wort mit einem E aussprechen, erscheinen sie. Ganz entzückend. Sagen Sie mal ›weeenig‹, bitte!«

Julie verschlug es die Sprache. Hilfesuchend sah sie ihren Kollegen an, aber Ole Möller sah nur feixend zu, wie Fuchs sie in Verlegenheit brachte.

»Flirten Sie etwa mit mir, Herr Fuchs?«

»Ich? Niemals!« Fuchs hob die Hände. »Würde ich mich niemals trauen.« Er grinste breit und zwinkerte ihr zu.

Julie räusperte sich.

»Und? Was haben Sie mir denn zu erzählen, Herr Detektiv?«, fragte sie. Ihr Ton war um einiges freundlicher geworden.

Fuchs setzte sich auf den Stuhl neben ihrem Schreibtisch und wurde sachlich.

»Also. Da gibt es folgende Fakten: Der Mann, der sich mit Patrick getroffen hat, zusammen mit Meunier, und den ich gefilmt hatte, Sie erinnern sich? Also, dieser Mann heißt Marc Wegmann, Spitzname Bulli. Er wohnt Am Hasenberge, gar nicht weit von *Santa Fu*.

Wegmann ist auch derjenige, der mich überfallen und mir die Kamera geraubt hat, wahrscheinlich zusammen mit Meunier.«

»Ah! Gut. Das bringt uns weiter. Mal sehen, was der Mann zu sagen hat. Ole, versuch schon mal, Wegmann zu erreichen und bestell ihn zu einer Befragung hierher, mögliche Zeugenaussage in einem Fall von Raubüberfall und Körperverletzung, außerdem Drogenhandel und Mord.«

Möller griff zum Telefon. Fuchs fuhr mit seinem Bericht fort.

»Weiter: Ich habe bei der Leiche, quasi im Blut des Opfers, einen Diamanten gefunden. Diesen Diamanten.« Er zog das Tuch aus der Hosentasche, in das er den Stein eingewickelt hatte, und legte es ausgebreitet vor der Kommissarin auf den Tisch. Der Diamant glitzerte in allen Regenbogenfarben, als ein Sonnenstrahl aus dem offenen Fenster ihn traf. »Carlotta Birkmeier sagt, er sieht aus wie diejenigen, die ihr gestohlen worden sind.«

Julie blieb der Mund offen stehen, und Ole Möller reckte den Hals, um den Edelstein besser sehen zu können.

»Wollen Sie damit sagen, Sie haben diesen Gegenstand vom Tatort entwendet?«, entrüstete sich die Kommissarin. »Das ist Beweisunterschlagung, Herr Fuchs! Sie hätten mir den Stein gleich aushändigen müssen, das wissen Sie doch ganz genau!« Immer noch hing ihr Blick an dem wertvollen Edelstein.

Fuchs machte ein zerknirschtes Gesicht. »Ja, ich weiß. Hab' ich versäumt. Entschuldigen Sie bitte!«

»Hm«, machte Julie. Sie nahm den Diamanten zwischen Daumen und Zeigefinger und hielt ihn gegen das

Licht. Der Stein funkelte und glitzerte. »Mein Gott, wie schön!«, murmelte sie. »Man sollte gar nicht glauben, dass das nur Kohlenstoff ist.«

Dann wurde sie dienstlich. »Das bedeutet … Wenn dieser Diamant aus der Beute stammt, bedeutet das …«

»Ja, das bedeutet, dass Christoph Fischer, also das Mordopfer, nicht nur etwas mit den Drogen zu tun hatte, sondern auch mit dem Juwelenraub. Das heißt, wir müssen in ganz neuen Zusammenhängen denken«, ergänzte Fuchs Julies Überlegung.

Julie legte ihre Hand ans Kinn, eine typische Geste, wenn sie angestrengt nachdachte.

»Da ist noch was«, bemerkte Fuchs.

»Ja?«

»Es betrifft Patrick. Er besitzt ein Taschenmesser, das als Tatwaffe infrage käme. Ein Geschenk seines Vaters. Überhaupt hat er ein Problem wegen seines Vaters, den er sehr geliebt hat, und der die Familie wegen einer anderen Frau verlassen hat.«

»Aha. Ich hatte heute bei der Befragung auch das Gefühl, dass er etwas verheimlicht. Außerdem hat er kein Alibi für die Tatzeit.« Sie schaute den Detektiv skeptisch an. »Glauben Sie denn, dass er der Mörder sein könnte? Taschenmesser haben schließlich viele Jungs.«

»Ich weiß nicht. Irgendetwas ist komisch mit dem Jungen.«

»Ich tippe ja eher auf diesen JJ Meunier«, mischte sich Kommissar Möller in das Gespräch ein. »Der Mann ist zu allem fähig. Ein richtiger Gauner. Außerdem ständig bekifft, wie ich annehme. Wenn er sich gestritten hat mit Fischer …«

»Jaja, wenn, wenn, wenn. Alles nur Spekulationen. Wir brauchen Beweise!« Julie runzelte die Stirn.

»Und was haben Ihre Ermittlungen bisher ergeben?«, fragte Fuchs scheinheilig, wohl wissend, dass er damit Salz in die Wunden der Kommissarin streute.

Julie seufzte.

»So gut wie nichts. Meunier behauptet nach wie vor, von nichts zu wissen. Gut, dass wir jetzt mit Marc Wegmann etwas gegen ihn in der Hand haben, zumindest wegen des Überfalls auf Sie, Fuchs. Sonst müsste der Haftrichter ihn heute wieder freilassen, das Frettchen.«

»Sonst nichts? Wissen Sie jetzt, wo das Rauschgift herkommt?«

»Unser Experte weiß nur, dass Crystal Meth größtenteils im Osten hergestellt wird, in Tschechien zum Beispiel.«

»Warten Sie, da klingelt was bei mir.« Fuchs überlegte. »Ja richtig. Meine Kontaktperson in der Drogenszene sagte auch etwas von Tschechien als Herkunftsland. Man spricht in der Szene von ›dem Tschechen‹ als Lieferanten.«

»Gut, das gibt uns zumindest eine Richtung vor, in der wir ermitteln können.«

Fuchs fiel noch etwas ein. »Dazu passt, dass Carlotta gesagt hat, Fischer sei häufig beruflich ins Ausland gereist, auch in den Osten. Vielleicht hatte er Beziehungen zu der Drogenszene dort.«

Julies Diensttelefon klingelte. Sie nahm ab und lauschte in den Hörer. Ihr Gesichtsausdruck wurde ernst.

»Wo? … Wann ist das passiert? … Wo ist er jetzt? … Gut. Danke für die Information.«

Sie legte auf. Fuchs und Ole Möller sahen sie gespannt an.

»Was ist passiert?«, fragte Fuchs.

»Patrick Nordmann ist mit seinem Roller schwer verunglückt.«

36. KAPITEL

Im Evangelischen Allgemeinen Krankenhaus, demselben, in dem auch Sascha Birkmeier lag, trafen Fuchs und Julie auf Frau Nordmann, die mit im Schoß verkrampften Händen auf einem der Plastikstühle im Flur vor der Intensivstation saß und wartete. Fuchs sah die Angst in ihren Augen, als er sie sanft an der Schulter berührte und sie überrascht zu ihm aufsah.

»Wissen Sie schon etwas Neues, Frau Nordmann?«

Patricks Mutter schüttelte den Kopf. »Nein. Sie operieren noch. Der Arzt hat gesagt, Patrick habe gefährliche innere Verletzungen und mehrere Knochenbrüche. Gott sei Dank hat er einen Helm getragen, sagt der Arzt, sonst hätte er wahrscheinlich nicht überlebt.« Ihre Stimme zitterte, sie kämpfte mit den Tränen. »Mein armer Junge«, flüsterte sie. »Was ist nur in ihn gefahren?« Fahrig suchte sie in ihrer Handtasche nach einem Taschentuch. Fuchs kramte eine Packung Papiertaschentücher aus seiner Jackentasche und reichte sie der Frau. Verlegen tätschelte er ihre Schulter. Frauentränen machten ihn wie immer total hilflos.

Die Kommissarin hatte sich neben Patricks Mutter gesetzt. »Frau Nordmann, erinnern Sie sich noch an mich? Ich war mit einem Kollegen bei Ihnen und habe mit Patrick gesprochen.« Irritiert betrachtete Katrin Nordmann die Polizistin. Dann nickte sie. »Warum sind Sie denn jetzt hier? Hat Patrick Schwierigkeiten mit der Polizei?«, fragte sie besorgt.

»Nein, nein, keine Sorge, Frau Nordmann. Ich wollte nur sehen, wie es Ihrem Sohn geht, als ich von dem Unfall hörte. Wie ist es denn passiert, wissen Sie Näheres?«

»Nein, weiß ich nicht. Man hat mir nur gesagt, er habe den Zusammenstoß selbst verursacht. Sonst nichts.«

»Ich werde mich gleich einmal bei meinem Kollegen von der Verkehrspolizei, der den Unfall aufgenommen hat, erkundigen, wie der Unfall passiert ist.«

Julie zückte ihr Handy und tippte eine Nummer ein. »Hallo, Freddy. Du hast doch den Unfall mit dem jungen Rollerfahrer aufgenommen, nicht? Vor etwa einer Stunde. Wie genau ist das passiert?« Eine ganze Weile lauschte sie in den Hörer und hörte zu, was der Kollege am anderen Ende zu erzählen hatte. Nur mit gelegentlichen »Ahas«, »Hms« und »Sag bloß« reagierte sie auf den Bericht des Polizisten.

Sie zog Fuchs zur Seite und flüsterte: »Der Junge ist wie verrückt durch die Straßen gerast, hat wild überholt, die Vorfahrt missachtet und eine rote Ampel überfahren.

Als eine Streife ihn stoppen wollte, hat er Gas gegeben und ist an einer Kreuzung mit einem vorfahrtsberechtigten Auto kollidiert. Gott sei Dank blieb die Fahrerin des Wagens unverletzt, aber Patrick ist durch die Luft geflogen, gegen einen Laternenmast geknallt und meterweit auf dem Asphalt entlanggeschlittert. Mein Kollege sagt, es sei ein Wunder, dass er das überlebt hat.« Bedeutungsvoll sah sie Fuchs an, als sie ergänzte: »Das sieht fast so aus, als habe er mit Absicht …« Sie sprach den Satz nicht zu Ende. »Und dabei war er kurz vorher noch ganz cool in der Befragung bei mir. Dachte ich jedenfalls.«

In ihren Augen stand nichts als Ratlosigkeit. Fuchs versuchte eine Erklärung. »Vielleicht hat er irgendeinen Stoff genommen. Oder was getrunken. Wir werden es sicher noch erfahren.«

Die Tür zur Intensivstation ging auf, und Doktor Heinfeld, den Fuchs schon kannte, trat auf den Flur. »Frau Nordmann?«, fragte er und näherte sich Patricks Mutter. Katrin Nordmann stand wie in Zeitlupe auf und schaute dem Arzt angstvoll entgegen.

»Ihr Sohn ist außer Lebensgefahr, Frau Nordmann. Wir konnten die inneren Blutungen stillen und die verletzten Organe operieren. Die Brüche im linken Arm und Bein haben wir behandelt. Es wird einige Zeit dauern, aber Patrick wird wieder gesund werden.«

Man konnte Patricks Mutter die ungeheure Erleichterung ansehen, die sie empfand.

»Gott sei Dank«, seufzte sie. »Kann ich ihn sehen?«

»Er liegt noch in der Narkose im Aufwachraum. Sehen können Sie ihn natürlich, aber besser ist es, Sie warten, bis die Schwester ihn auf die Station gebracht hat, wenn er wieder aufgewacht ist. Warten Sie bitte hier. Die Schwester wird gleich kommen und Ihnen sagen, auf welches Zimmer Patrick verlegt wird. Dort können Sie ihn besuchen.« Er nickte ihr zu und wandte sich wieder der Tür zur Intensivstation zu. Fuchs trat an ihn heran und fragte leise. »Herr Doktor, können Sie mir sagen, ob Patrick ein Betäubungsmittel im Blut hatte. Oder Alkohol getrunken hatte?« Doktor Heinfeld musterte ihn. »Ich kenne Sie doch? Sie sind derjenige, der den Jungen mit der Schusswunde aufgesucht hat. Wie war noch Ihr Name?«

»Mein Name ist Fuchs. Ich bin Privatermittler und mit dem Fall befasst. Patrick Nordmann, Ihr jetziger Patient, steckt mittendrin. Daher mein Interesse an ihm.«

»Ach so? Aber Sie sind kein Angehöriger. Ich darf Ihnen also keine Auskunft geben. Fragen Sie doch später die Mutter, wenn es wichtig ist.«

Fuchs sah, dass es aussichtlos war. »Danke, Doktor«, sagte er. »Das werde ich tun.«

Der Arzt verschwand durch die Tür zur Intensivstation.

Julie stand neben Patricks Mutter. »Können wir noch etwas für Sie tun, Frau Nordmann?«, fragte sie, als Fuchs zu den Frauen trat.

»Danke, nein«, antwortete Katrin Nordmann. »Ich will jetzt zu meinem Jungen.« Sie wandte sich um und ging in Richtung Schwesternzimmer, um sich das Zimmer, in das Patrick gebracht werden würde, zeigen zu lassen.

Fuchs sah die Kommissarin fragend an. »Jetzt zu dem jungen Birkmeier?«

Julie nickte.

»Aber das Reden überlassen Sie bitte mir, Frau Kommissarin. Ich kenne Sascha. Er hat schon ein wenig Vertrauen zu mir gefasst.«

»Okay«, antwortete die Kommissarin.

Sascha Birkmeier lag, gestützt durch ein Kissen, in seinem Bett, hatte kleine Kopfhörer in den Ohren und spielte auf seinem Laptop, den er vor sich aufgestellt hatte, ein Computerspiel, *Games of Thrones*, wie Fuchs mit einem schnellen Blick auf den Bildschirm feststellte. Als er die Besucher sah, klappte er den Laptop zu und sah ihnen beunruhigt entgegen. Das zweite Bett im Zimmer war leer; einer regulären Befragung stand also nichts im Wege, stellte Julie fest.

»Hallo, Sascha«, begrüßte Fuchs den Jungen, der immer noch krank und angegriffen aussah, wie er fand. »Wie geht es dir heute?«

»Ganz gut«, antwortete Sascha. Sein Blick ging zu Julie Sommer, und er setzte sich besorgt auf.

»Du kennst Oberkommissarin Sommer?«

Sascha nickte. »Aber ich habe der Polizei nichts mehr zu sagen. Mein Anwalt …«

Fuchs unterbrach ihn. »Spielt keine Rolle im Moment. Wir sind wegen etwas anderem hier.«

»Ach so?« Alarmiert sah der Schüler von einem zur anderen. »Was ist denn los?«

»Es geht um deinen Freund Patrick. Er hatte einen Unfall.«

»Was?« Saschas Gesicht verlor jegliche Farbe. »Ist er …?«

»Nein, nein«, beeilte Fuchs sich, ihm zu versichern. »Er ist zwar schwer verletzt, aber er wird's überleben.«

»Oh mein Gott!« Sascha stöhnte auf. »Was ist denn passiert?«

Julie trat näher an sein Bett heran und sagte unter Missachtung der Vereinbarung, die sie mit Fuchs getroffen hatte. »Er ist nach der Befragung auf dem Polizeirevier heute Vormittag mit seinem Roller wie ein Verrückter durch die Stadt gerast, hat sämtlich Verkehrsregeln missachtet und ist schließlich mit einem Auto kollidiert.« Ihr Bericht fiel bewusst grob aus. Sie wollte sehen, wie der Junge reagierte.

Entsetzt starrte Sascha sie an. »Ist er absichtlich … Ich meine, wollte er …?«

»Um Gottes willen, nein. Warum sollte er sich denn umbringen wollen? Vielleicht war er nur wütend über die Fragen, die ich ihm gestellt habe über Drogenhandel und Mord? Was denkst du?«

»Wo ist er? Ist er hier im Krankenhaus? Ich muss sofort zu ihm.«

Sascha räumte den Laptop beiseite, schlug die Bettdecke zurück und machte Anstalten aufzustehen. Als er sich hastig auf die Bettkante setzte, wurde er plötzlich leichenblass und wankte. Fuchs drückte ihn auf das Bett zurück.

»Du kannst ihn im Moment nicht besuchen, er ist noch nicht wieder bei Bewusstsein. Später bestimmt. Er ist hier im Krankenhaus in guten Händen. Seine Mutter ist bei ihm. Beruhige dich!«

Schwer atmend ließ Sascha sich zurücksinken. Plötzlich riss er sich die Brille herunter, schlug die Hände vors Gesicht und fing laut an zu weinen. Er drehte sich zur Seite und verbarg sein Gesicht, so gut es ging, in dem Kissen. Seine mageren Schultern zuckten krampfhaft.

Bestürzt sahen Fuchs und Julie sich an. Voller Mitleid betrachteten beide den Jungen, der verzweifelt versuchte, seiner Tränen Herr zu werden.

»Sascha!« Fuchs berührte sanft die Schulter des Schülers. »Schon gut«, sagte er leise. »Du kannst ruhig weinen, ist schon in Ordnung.«

Nach einer Weile ließ das krampfhafte Schluchzen nach. Sascha richtete sich auf und zog die Bettdecke bis zum Kinn hoch. Ohne ihn anzusehen, nahm er das Taschentuch, das Fuchs ihm reichte, und wischte sich das Gesicht ab. Langsam gewann er die Beherrschung zurück. Er setzte seine Brille wieder auf, während er verlegen den Blicken seiner Besucher auswich.

»Sascha, willst du uns nicht endlich sagen, was los ist? Wir sehen doch, dass da was ist zwischen dir und Patrick.« Fuchs' Stimme klang ungewöhnlich sanft, geradezu einfühlsam, und die Kommissarin warf ihm einen überraschten Seitenblick zu.

Endlich schien der junge Mann einen Entschluss gefasst zu haben. Der Blick, den er Fuchs zuwarf, war zum Gotterbarmen. Der arme Junge muss wirklich sehr verzweifelt sein, dachte der Detektiv.

»Also gut«, flüsterte Sascha schließlich. Seine Stimme war kaum mehr als ein Hauch. Doch dann hob er das Kinn, straffte die Schultern und räusperte sich.

»Ich werde alles erzählen«, bekundete er mit fester Stimme. »Es kommt ja sowieso irgendwann 'raus.«

Julie Sommer, die in den letzten Minuten betroffen geschwiegen hatte, trat näher. »Das ist bestimmt die richtige Entscheidung, Sascha. Nimm dir ruhig Zeit. Herr Fuchs und ich werden deine Aussage entsprechend weitergeben.« Sie zog zwei Besucherstühle heran, und

Fuchs und sie nahmen Platz. Julie zauberte einen kleinen Rekorder aus ihrer Handtasche und stellte ihn an. »Du bist doch einverstanden damit, oder, Sascha?«, fragte sie pflichtgemäß. Der Junge nickte nur gottergeben.

»Also«, setzte er an. Noch einmal brauchte er zwei Anläufe, dann platzte es aus ihm heraus: »Patrick und ich, wir lieben uns.« Er atmete tief auf. »So, nun ist es heraus.« Trotzig sah er seine Besucher an. Seine noch bartlosen Wangen hatten sich gerötet und man sah ihm an, wie viel Mut er aufbringen musste, um diese Worte auszusprechen.

»Das habe ich mir schon gedacht, mein Junge«, sagte Fuchs. »Ist das jetzt dein Coming-out?«

Sascha nickte. »Ich habe bisher noch niemandem davon erzählt. Patrick wollte das nicht. Er sagte, er brächte es nicht fertig, sich zu outen.« Auf einmal war Saschas Redefluss kaum zu stoppen. »Ich habe ihm immer wieder gesagt, heutzutage sei Homosexualität doch nichts Besonderes mehr, aber er hatte regelrecht Panik davor. Sie müssen wissen, er will immer so cool und männlich sein. Hat wohl irgendwie mit seinem Vater zu tun, ich weiß es nicht genau. Er sagte, er würde es nicht ertragen, wenn jemand ihn ›Schwuchtel‹ oder ›Homo‹ oder so nennen würde. Und in der Schule … Es wäre ihm unerträglich gewesen.«

»Seit wann seid ihr denn schon zusammen?«, fragte Fuchs.

»Es fing an vor etwa einem halben Jahr, auf der Silvesterparty. Aber wir wollten es beide zuerst nicht wahrhaben. Und dann passierte das mit meinen Eltern. Ich war so schrecklich fertig danach.«

Julie warf Fuchs einen fragenden Blick zu. Er signalisierte ihr, sie später von dem, was Sascha meinte, in Kenntnis setzen zu wollen.

»Und die Sache mit dem Rauschgift?«

»Ja, das war so: Zuerst haben wir nur manchmal gekifft. JJ und Bulli hatten immer Stoff aus Holland dabei. Dann bekamen sie plötzlich größere Mengen von Crystal Meth, das wir verteilen sollten. Ich war damals so blöd, es zu probieren, weil ich so deprimiert war wegen allem. Dann brauchte ich aber immer mehr davon. Und es war teuer. Ich konnte es nicht mehr bezahlen. Patrick sagte, ich soll beim Dealen helfen, in der Schule und so. Aber das wollte ich nicht.«

»Wusstest du, woher der Stoff kam?«, übernahm Julie die Befragung.

»Wir dachten, er käme aus Holland, wo JJ und Bulli immer ihre Pflanzen kauften, die sie als Tarnung benutzten.«

»Hast du außer mit Bulli und JJ noch mit anderen Drogenhändlern Kontakt gehabt?«

Sascha schüttelte den Kopf. Er wirkte verunsichert.

»Welche Rolle spielte dieser Christoph Fischer dabei?«

Sascha schluckte krampfhaft. Er langte nach der Flasche Mineralwasser auf dem Nachtschrank und trank einen Schluck.

»Ja, das war komisch. Zuerst war es nur eine kleine Menge von Cannabis, die JJ und Bulli und Patrick verkaufen sollten. Aber dann tauchte plötzlich Fischer auf. Er brachte große Mengen von Crystal Meth mit, weiß nicht, woher er es hatte. Einmal sah er mich mit meiner Schwester, und da hat er sich an Carlotta herangemacht. Er fand sie so süß, hat er gesagt. Vielleicht hat er sich tatsächlich in sie verliebt, ich weiß es nicht.«

»Weißt du, wer seine Lieferanten waren?«

»Keine Ahnung. JJ hat mal erzählt, dass Fischer auch andere Drogenorte in Hamburg belieferte.«

Fuchs horchte auf. »Hast du mal von einem Mann gehört, der ›der Tscheche‹ genannt wird?«, fragte er.

Der Junge schüttelte den Kopf. »Nee, nie gehört.«

»Gut«, resümierte Julie. »Du hast also Crystal Meth konsumiert, Patrick aber nicht. Wie war es mit Bulli und JJ?«

»Die beiden waren ständig bekifft. Hatten immer Cannabis bei der Hand. Das Crystal Meth haben sie nie angerührt, nur verkauft.«

»Und du? Du hast nicht gedealt?«

»Nein, das wollte ich nicht. Ich kann doch den Kindern nicht so etwas verkaufen. Ich wusste ja, wie das Zeug wirkt.«

Sascha ließ sich auf das Kissen sinken. Er tastete mit der Hand nach der Wunde unter dem Verband, als ob er Schmerzen hätte. Julie wurde plötzlich bewusst, was für einen erschöpften Eindruck er machte. Kurz berührte sie seine schmale Hand, die auf der Decke lag. »Ich denke, du brauchst eine kleine Pause, Sascha.«

Sie warf Fuchs einen Blick zu, der besagte, dass sie gehen wollte. Er verstand und nickte.

»Wir kommen später noch einmal wieder. Ruh' dich ein bisschen aus«, sagte er.

Dankbar blickte der Schüler die beiden an und nickte. »Ja, bis später.«

Auf dem Flur vor Saschas Zimmer wandte sich der Detektiv an Julie.

»Das war erstaunlich rücksichtsvoll von Ihnen, Frau Kommissarin. Chapeau!«

»Haben Sie denn nicht gesehen, wie fertig der Junge ist? Das Ganze ist doch eine emotionale Achterbahn für ihn. Er tut mir eben leid.« Sie setzte eine berufsmäßige Miene auf. »Außerdem ist uns seine Aussage sicher, da kommt es auf ein paar Stunden auch nicht mehr an.« Sie warf einen Blick auf ihre Armbanduhr. »Ich muss sowieso jetzt ins Büro, diesen Bulli alias Marc Wegmann interviewen. Er wartet sicher schon sehnsüchtig auf mich.« Sie wandte sich zum Gehen.

»Moment noch, bitte. Wie geht es denn nun mit uns beiden weiter, liebe Frau Kommissarin?«

Julie blieb stehen »Wie hab' ich denn das zu verstehen?«

»Na ja, ich denke, wir sollten unsere Kräfte bündeln. Immerhin haben wir einen Mord aufzuklären, oder nicht?«

»Hm, das stimmt.« Sie überlegte kurz. »Kommen Sie doch zu unserer Teambesprechung um 17 Uhr heute Nachmittag.«

»Okay«, sagte Fuchs.

37. KAPITEL

Was für ein Vormittag, dachte Julie. Zuerst das Gespräch mit Patrick, dann die Informationen von Fuchs und dann dieser schreckliche Unfall. Ob ihr Verhör schuld daran gewesen war, dass der junge Nordmann so ausgerastet war? Hatte er sich am Ende tatsächlich umbringen wollen? Weil er Angst hatte, dass durch die polizeilichen Ermittlungen sein Verhältnis mit Sascha herauskommen würde? Der dumme Junge! Was für verkorkste Vorstellungen geisterten da offensichtlich noch in seinem Hirn herum.

Sie trat ans offene Fenster. Ganz schön heiß heute, wie im Hochsommer! Hoffentlich stiegen die Temperaturen nicht noch weiter, es war ja erst Juni. Sie schloss das Fenster und ließ die Jalousien herunter, um den Raum vor der Hitze zu schützen. Ole Möller war noch nicht aus der Mittagspause zurück, und Julies leerer Magen ließ ein dezentes Knurren hören. Doch jetzt war erst einmal Marc Wegmann dran. Sie hatte draußen auf dem Flur einen tätowierten Hünen sitzen sehen, das musste er sein. Julie kramte einen Schokoriegel aus ihrer Handtasche und aß ihn mit ein paar Bissen auf. Das sollte erst einmal reichen.

Marc Wegmann ließ sich mit betonter Langsamkeit auf den Stuhl nieder, auf den die Kommissarin wies. Er bemühte sich, einen gleichgültigen, wenn nicht sogar gelangweilten Eindruck zu erwecken. Sein aufgesetztes Gehabe verriet Julie jedoch lediglich seine Unsicherheit.

»Also, Herr Wegmann, Sie wissen, warum Sie hier sind?«

»Nee, weiß ich nicht! Der Bulle, der mich hergebracht hat, sagte etwas von Körperverletzung oder so. Ich hab' aber nichts gemacht.« Er setzte sich breitbeinig zurecht und kreuzte seine muskelbepackten Arme vor der ebenso muskelbepackten Brust, über die sich das schwarze ärmellose Shirt spannte.

»Ist es richtig, dass Sie am letzten Mittwochabend gegen 23 Uhr beim Fitnessstudio *Aktivclub* waren?«

»Wo soll ich gewesen sein? Nee, den Laden kenn ich gar nicht.«

»Sie lügen, Herr Wegmann! Sie waren da, zusammen mit JJ Meunier, Ihrem Kumpel.«

»Was? Hat JJ das gesagt? Dann lügt er.«

»Ah so? Herr Meunier lügt also?«

Julie ließ eine Pause eintreten. Sie machte sich eine Notiz auf dem Block.

»Dann kann es also auch nicht sein, dass Sie dort den Privatermittler Fuchs überfallen, verletzt und beraubt haben?«

Wegmann richtete sich auf.

»Was soll ich getan haben? Das war ich nicht! Niemals!«

»Aber Herr Fuchs hat Sie ganz klar erkannt«, sagte Julie.

Wegmann überlegte einen Moment, dann grinste er selbstgefällig. »Das kann gar nicht sein. Ich hatte eine Skimaske auf.«

»Aha? Das ist ja interessant.«

Es dauerte eine Weile, bis Wegmann merkte, dass er sich verplappert hatte. Das Grinsen verschwand, und sein grobes Gesicht lief rot an.

Julie ließ genüsslich ein paar Sekunden verstreichen. »Na, dann hätten wir das ja nun geklärt, Herr Wegmann. Oder soll ich Sie lieber Bulli nennen wie Ihr Kumpel, JJ Meunier?«

Wegmann presste die Lippen zusammen und schwieg.

»Also, Bulli, Sie haben zusammen mit Herrn Meunier den Ermittler überfallen und ihm seine Kamera und sein Geld geraubt, das wissen wir jetzt. Wer hat Ihnen den Auftrag dazu gegeben?«

»Sag ich nicht. Außerdem hat JJ zugeschlagen, nicht ich.«

»Oder war es JJs Idee, das mit dem Überfall?«

Der Bodybuilder blinzelte nervös. Er kaute an seiner Unterlippe. Julie sah ihm an, dass er versuchte herauszufinden, was die Polizei schon wusste.

»JJ wird sicher aussagen, es sei Ihre Idee gewesen«, behauptete die Kommissarin. »Oder war es vielleicht doch jemand anderer, Bulli? Vielleicht Christoph Fischer, der euch mit dem Crystal Meth versorgt hat?«

Die Mimik des Mannes war zu lesen wie ein offenes Buch. Wegmann war nicht in der Lage, effektiv zu lügen. Julies Mutmaßung hatte genau ins Schwarze getroffen. Also hatte Fischer den Überfall auf Fuchs in Auftrag gegeben, weil er verhindern wollte, dass über die Fotos seine beiden Handlanger identifiziert werden könnten und somit auch er selbst ins Visier der Polizei geraten würde. Sie musste Fuchs fragen, ob Fischer gewusst haben könnte, dass er an dem Abend ins Fitnessstudio gehen und die Kamera bei sich haben würde. Sie machte sich eine Notiz.

»Also, das hätten wir geklärt. Sie und JJ haben also mit Crystal Meth gedealt und die beiden Schüler Patrick Nordmann und Sascha Birkmeier dazu angestiftet. Und Christoph Fischer hat euch mit Nachschub versorgt. Nun müssen wir nur noch klären, wer Fischer umgebracht hat, Sie oder JJ.«

»Was?«, rief Wegmann lauthals. »Der Fischer ist tot?«

Seine Überraschung wirkte so echt, dass Julie geneigt war, ihm zu glauben. Eine dermaßen gute Schauspielerei traute sie dem Mann nicht zu.

»Ja, haben Sie denn die Zeitung nicht gelesen?«

»Ich lese nicht so viel«, meinte Wegmann. Wie kommt es, dass mich das nicht wundert, dachte Julie.

»In dem Lagerraum, in dem Sie das Rauschgift deponiert haben, ist seine Leiche gefunden worden.«

»Ich habe nichts davon gewusst, Sie müssen mir glauben!«

»Wo waren Sie denn am Donnerstagnachmittag zwischen 16 und 17 Uhr?«

»Am Donnerstag zwischen 16 und 17 Uhr? Da muss ich erst überlegen.«

»Tun Sie das«, sagte Julie. »Ich warte.«

Betont geduldig faltete sie die Hände vor sich auf die Schreibtischplatte.

»Ah, jetzt weiß ich es wieder. Ich war mit JJ zusammen. Wir haben gechillt, bei ihm zu Hause. Ja, so war es. Den ganzen Nachmittag.«

»Aha. Ob JJ das wohl bestätigen wird?«

»Sicher wird er das. Wir waren ja zusammen«, wiederholte Wegmann.

»Okay.« Julie machte sich wieder eine Notiz. Wegmann beobachtete sie angespannt.

»Also, dann fassen wir mal zusammen: Sie geben zu,

über einen langen Zeitraum Rauschgift, speziell Crystal Meth, gekauft und weiterverkauft zu haben. Außerdem geben Sie zu, den Privatermittler Fuchs überfallen und beraubt zu haben. Mit dem Mord an Fischer jedoch haben Sie nichts zu tun. Ist das soweit alles richtig?«

Wegmann nickte. »Und was passiert jetzt?«, fragte er kleinlaut. Seine Zerknirschtheit wirkte bei seiner bulligen Erscheinung geradezu rührend, fand Julie.

»Wir stellen ein Vernehmungsprotokoll auf, das unterschreiben Sie, und dann bekommen Sie in ein paar Tagen Post von der Staatsanwaltschaft. Wenn nicht noch andere Tatsachen ans Licht kommen.«

»Dann kann ich also jetzt gehen?«

»Aber natürlich. Aber nicht verreisen in nächster Zeit, Herr Wegmann!«

Bulli grinste. Er meinte wohl, das mit der Reise sei ein Scherz. Er ging zur Tür.

»Ach, da fällt mir noch etwas ein«, hielt Julies Stimme ihn auf. »Haben Sie je von einem Mann gehört, den sie ›den Tschechen‹ nennen?«

Wegmann blieb stehen. Julie konnte direkt sehen, wie es in dem kahlgeschorenen Schädel arbeitete.

»Ich glaube, Fischer hat mal von einem Tschechen geredet. Aber genau weiß ich das nicht mehr. Ist schon ’ne Weile her.«

»Danke«, sagte Julie. »Sie können jetzt gehen.«

An der Tür stieß Wegmann mit Ole Möller zusammen, der gerade vom Mittagessen kam.

»Oh gut, dass du kommst, Ole. Wir müssen noch einmal mit JJ Meunier reden. Könntest du ihn bitte herholen? Ich gehe solange in die Kantine, muss unbedingt einen Happen essen.«

»Mach ich«, antwortete ihr Kollege. »Hast du die Tattoos gesehen, die der Kerl hatte? Furchterregend!«

38. KAPITEL

Fuchs trat leise in das Krankenzimmer, in das man Patrick gebracht hatte. Seinen Augen bot sich ein Bild des Jammers. Der Kopf des Patienten, der linke Arm und das linke Bein sowie der Leib waren bandagiert. Im rechten Handrücken war eine Kanüle befestigt, von der ein Schlauch zu einer Flasche führte, die an einem Ständer hing. Unter seiner Nase hing ein Sauerstoffschlauch. Den armen Burschen hat es schwer erwischt, musste Fuchs denken.

Sascha saß im Bademantel und mit Latschen an den Füßen am Bett und hielt die Hand des Schlafenden. Der Detektiv holte sich einen Stuhl und setzte sich zu ihm. »Wie geht es ihm?«, flüsterte er.

»Der Arzt sagt, ganz gut. Er ist kurz aus der Narkose aufgewacht, dann aber gleich wieder eingeschlafen. Seine Mutter musste zurück zum Dienst, deshalb bleibe ich jetzt bei ihm solange, bis er wieder ganz wach ist.«

»Hm. Das ist gut.« Eine kleine Pause entstand. Beide beobachteten, wie die Brust des Verletzten sich in ruhigen Atemzügen hob und senkte.

»Sascha, kannst du mir bitte erzählen, wie es zu dem Überfall auf Carlottas Geschäft gekommen ist? Ich möchte deiner Schwester gern sagen können, was passiert ist. Sie hat ein Recht, es endlich zu erfahren, findest du nicht?«

Der Schüler nickte. »Stimmt. Jetzt kann ich es ja erzählen, wo alles so anders gekommen ist. Ich habe gedacht, ich müsste Carlotta vor Christoph schützen. Und ich wollte nicht, dass das über mich und Patrick herauskommt, ehe er soweit war.« Er betrachtete zärtlich das lädierte Gesicht seines Freundes.

»Das verstehe ich ganz gut«, sagte Fuchs. »Also erzähl.«

»Ich brauchte den Stoff ja jeden Tag, Sie können sich nicht vorstellen, wie das ist. Und jedes Gramm kostete ein Haufen Geld, 100 Euro wollte Christoph dafür haben. Zuerst war er ja großzügig, aber er schrieb sich jedes Gramm auf, das er mir gab. Und so hatte ich bald einen Haufen Schulden bei ihm, über 2.000 Euro. Er wollte, dass ich neue Kunden heranschaffte, damit ich die Schulden begleichen konnte. Ich habe mich geweigert. Man kann das Zeug doch nicht an Kinder verkaufen! Dann schlug er vor, einen fingierten Überfall auf den Laden meiner Schwester zu machen. Natürlich weigerte ich mich. Da haben JJ und Bulli mich mit in Bullis Bude genommen, mich mit Kabelbinder gefesselt und verprügelt. Und mich auf kalten Entzug gesetzt. Da habe ich schließlich eingewilligt. Ich habe gedacht, dass Carlotta den Schaden ja von der Versicherung ersetzt bekommt.« Er hielt inne und seufzte tief auf. »Es tut mir alles so leid!« Er ließ die Schultern sinken. Mechanisch streichelte er Patricks Hand.

»Wer war der andere, der mit dir den Überfall durchgeführt hat? Der, der geschossen hat?«

»Das war JJ. Er war wieder mal voll bekifft, und als Carlotta plötzlich dastand, hat er auf sie geschossen. Ich konnte gerade noch verhindern, dass sie getroffen wurde.«

»Das war sehr tapfer von dir. Damit hast du einiges wieder gut gemacht, Junge.«

Sascha winkte verlegen ab.

»Aber das ist noch nicht alles, nicht wahr?«, bohrte Fuchs weiter.

Erstaunt sah Sascha ihn an. »Was denn noch? Ich habe alles gesagt, was ich weiß.«

»Und was ist mit dem Mord? Wer hat Christoph Fischer umgebracht?«

Der Junge wandte sich dem Ermittler zu. Die Bewegung verursachte ihm anscheinend Schmerzen, denn er verzog gequält das Gesicht und griff sich an die Brust.

»Das weiß ich nicht, ehrlich. Ich denke, JJ oder Bulli. Keine Ahnung!«

Fuchs nickte und stand auf. »Okay. Ich geh dann mal. Gute Besserung euch beiden.« Er zwinkerte Sascha zu und verließ den Raum.

Carlotta blickte von ihrer Arbeit auf, als Fuchs zur Tür ihrer Werkstatt, die sich an den Verkaufsraum anschloss, hereinkam. Ihre Rehaugen spiegelten das Lächeln wider, mit dem sie den Detektiv begrüßte.

»Hallo, Herr Fuchs! Bringen Sie Neuigkeiten?« Sie legte den goldenen Armreif, an dem sie kleine unregelmäßige Flussperlen mit einem winzigen Lötkolben befestigt hatte, beiseite und stand auf.

»Ja, tatsächlich. Ich habe einige Informationen für Sie.« Fuchs nahm ihre schmale Hand und drückte sie. »Wir wissen jetzt, was es mit dem Überfall auf Ihr Geschäft auf sich hat. Sascha hat mir alles erzählt.«

Gespannt sah die Designerin ihn an. »Aha?«

»Haben Sie geahnt, dass Ihr Bruder sich zu Männern hingezogen fühlt? Dass er homosexuell ist? Er hat es selbst erst vor Kurzem entdeckt.«

»Ach! Nein, das habe ich nicht geahnt.« Nachdenklich nahm Carlotta den Armreif in die Hand und drehte ihn hin und her. »Das war es also. Irgendwie habe ich gespürt, dass ihn etwas bedrückte. Der Arme!«

»Er hat sich in seinen Schulfreund Patrick Nordmann verliebt, mit fatalen Folgen. Denn durch Patrick ist er in Berührung mit Rauschgift geraten und hat versucht, durch das Giftzeug Crystal Meth seinen Kummer wegen des Todes Ihrer Eltern zu vergessen«, erklärte Fuchs.

»So war das also. Und ich habe nichts bemerkt, weil ich so viel um die Ohren hatte. Ich hätte wirklich aufmerksamer sein müssen.« Niedergeschlagen senkte Carlotta den Kopf. Fuchs berührte tröstend ihren Arm. »Es ist nicht Ihre Schuld, Carlotta, das dürfen Sie nicht denken.«

Die Türglocke im Laden schlug an zum Zeichen, dass ein Kunde gekommen war.

»Entschuldigen Sie bitte, Herr Fuchs. Ich gehe mal kurz schauen, was gewünscht wird. Setzen Sie sich doch inzwischen.«

Sie verschwand im Laden und Fuchs hörte sie mit einer Frau sprechen. Er sah sich in der kleinen Werkstatt um. Auf dem Arbeitstisch lagen neben dem Goldreif allerlei bunte Steine, goldene und silberne Drähte, kleine und große Perlen sowie zierliche Werkzeuge, mit denen die Goldschmiedin ihre filigranen kleinen Kunstwerke herstellte.

Es dauerte nicht lange, bis Carlotta zurückkehrte.

»Gibt es sonst noch etwas, was Sie mir mitteilen wollen, Herr Fuchs?«, fragte sie erwartungsvoll.

»Ja. Patrick, Saschas Freund, der seine Liebe zwar erwidert, aber panische Angst vor einem Coming-out hat, hatte einen furchtbaren Unfall mit seinem Roller. Er liegt im selben Krankenhaus wie Sascha. Er ist ziemlich schwer verletzt, aber der Arzt sagt, er wird es überleben.«

»Oh Gott, auch das noch. Der arme Junge. Sascha ist sicher außer sich vor Sorge.« Sie sah auf die Uhr. »Gleich nach Ladenschluss werde ich ins Krankenhaus fahren.«

»Da ist noch etwas, was ich Ihnen sagen muss, Carlotta. Leider nichts Erfreuliches.«

»Noch etwas?«

»Ja. Es geht um Ihren Freund Christoph Fischer. Ist es richtig, dass Sie ihn durch Sascha kennengelernt haben?«

»Ja, das stimmt. Er hat sich als Freund von Sascha vorgestellt.«

»Ich muss Ihnen sagen, dass Fischer es nicht ehrlich mit Ihnen gemeint hat. Er war es, wie wir jetzt wissen, der das Rauschgift besorgt und geliefert hat. Und er war es, der Sascha gezwungen hat, den Überfall durchzuführen, zusammen mit seinen Handlangern Meunier und Wegmann. Die beiden haben Sascha gefangen gehalten und gequält, damit er mitmacht. Sascha wusste ja die Safekombination und hatte den Schlüssel zum Geschäft. Meunier war der maskierte Mann, der auf Sie geschossen hat.«

Carlotta ließ sich auf den Schemel vor ihrem Arbeitstisch sinken.

»Dann hatte Chris es also nur auf meine Juwelen abgesehen? Und alles andere war nur vorgetäuscht?« Ihr junges Gesicht zeigte, wie enttäuscht und verletzt sie war durch diese Missachtung ihrer Person. Fuchs wappnete sich für den Fall, dass sie in Tränen ausbrechen würde.

»Aber er hat Sie bestimmt auch geliebt, Carlotta. Es war sicher nicht alles gelogen«, versuchte er, die junge Frau zu trösten. Erleichtert registrierte er, dass sich Carlottas Gesichtsausdruck änderte und nun eine gesunde Wut und Empörung zeigte. Gut so, dachte er. Der miese Kerl hatte eine Frau wie Carlotta überhaupt nicht verdient.

Carlotta atmete ein paar Mal tief ein und aus, danach hatte sie sich wieder in der Gewalt.

»Aber wer hat ihn ermordet? War es einer seiner Komplizen?«, fragte sie.

»Das wissen wir noch nicht, leider. Und wir wissen auch noch nicht, wo die Beute geblieben ist.«

Plötzlich sprang Carlotta auf. »Mein Gott, Herr Fuchs, da fällt mir etwas ein. Das hatte ich total vergessen. Christoph hat mir ein Paket gegeben, das ich für ihn aufbewahren sollte. Das war, als ich ihn zum letzten Mal gesehen habe, am Donnerstagvormittag. Er sagte, es sei ein Geschenk für seinen Vater, er würde es später abholen.«

Fuchs horchte auf. »Tatsächlich? Haben Sie das Paket hier?«

»Es ist oben in meiner Wohnung. Soll ich es holen?«

»Ja bitte. Wir müssen es seinen Eltern übergeben.«

»Warten Sie, es dauert nur einen Moment.«

Carlotta eilte davon. Es dauerte nur zwei Minuten, da war sie wieder da, ein schuhkartongroßes Paket, in braunes Papier verpackt und mit Klebeband befestigt, in der Hand. Sie stellte es auf den Tisch.

»Na, dann wollen wir doch einmal sehen, was drin ist«, meinte Fuchs.

»Dürfen wir das denn? Das Paket ist doch für Christophs Vater bestimmt.«

Fuchs zögerte einen Moment. Streng genommen hatte Carlotta recht.

»Besondere Umstände erfordern besondere Maßnahmen«, entschied er. Er nahm ein kleines messerähnliches Werkzeug und schlitzte das Klebeband auf. Zum Vorschein kam ein Stoffbeutel, der mit einem Band verschnürt war. Er löste die Schnur und schüttete den Inhalt auf eine freie Fläche des Arbeitstisches.

»Oh mein Gott!«, rief Carlotta. »Das sind meine Sachen!«

Auf dem Tisch häuften sich Goldketten, Armbänder, Colliers, Ringe und andere Schmuckstücke, dazu Diamanten verschiedener Größen und farbige Edelsteine wie Smaragde, Saphire, Rubine, Opale und andere, deren Namen Fuchs nicht kannte.

»Das nennt man Chuzpe«, konstatierte Fuchs beeindruckt. »Da versteckt dieser Gauner die Beute seines Raubes an dem einzigen Ort der Welt, wo man sie garantiert nicht suchen würde, nämlich bei dem Opfer.«

Carlotta stand da und blickte nachdenklich auf die Juwelen. Sie fuhr mit der Hand durch das Geschmeide und ließ es durch ihre Finger gleiten. »Musste er dafür sterben?«, fragte sie leise. »Herr Fuchs, sagen Sie, ist Chris hierfür umgebracht worden?«

»Das ist eine interessante Frage, Carlotta. Ich weiß es nicht. Vielleicht. Vielleicht hat sein Tod aber auch mit dem Rauschgift zu tun. Das ist etwas, was die Polizei noch ermitteln muss.«

»Ich kann es noch gar nicht fassen«, sagte Carlotta kopfschüttelnd. »Da habe ich die ganze Zeit den Schmuck hier bei mir im Haus gehabt und es nicht gewusst! Ist das zu glauben?«

»Immerhin haben Sie jetzt Ihr Eigentum zurück. Und Sascha braucht kein schlechtes Gewissen mehr zu haben deswegen.«

Die Juwelierin stieß einen Seufzer aus. »Ja, das stimmt. Ich habe Ihnen noch gar nicht gedankt, Herr Fuchs.«

Fuchs lächelte. »Nicht nötig, ich habe ja nur meinen Job gemacht. Mein Auftrag ist jetzt wohl erledigt, oder?«

»Noch nicht ganz, Herr Detektiv. Ich will wissen, wer Chris ermordet hat, das bin ich ihm trotz allem schuldig. Sein Mörder muss seine gerechte Strafe erhalten. Wenn es Ihre Zeit erlaubt, möchte ich Sie bitten, weiter zu ermitteln. Ich muss alles wissen, was es über dieses schreckliche Verbrechen zu wissen gibt.«

»Eigentlich ist das jetzt Sache der Polizei. Aber ich werde natürlich weiter recherchieren, wenn Sie es wünschen. Ich möchte auch selbst gerne die Drahtzieher hinter den Kulissen dingfest machen. Diejenigen, die das große Geld machen mit diesem verbrecherischen Drogengeschäft.«

Carlotta reicht ihm die Hand. »Dann sind wir uns einig?«

Fuchs nahm ihre zierliche Hand und drückte sie. »Ja, das sind wir.«

Er zeigte auf den Schmuck, der noch immer auf dem Tisch lag. »Den muss ich mitnehmen, wenn Sie erlauben. Ich werde ihn bei der Polizei abliefern, als Beweis. Sie bekommen ihn, sobald es geht, zurück.«

»Okay«, willigte Carlotta ein. Fuchs packte die Kostbarkeiten wieder in den Beutel und den Karton, hob die Hand zum Abschied und verließ das Schmuckgeschäft.

39. KAPITEL

Auf dem Weg zur Polizeiinspektion geriet Fuchs in den Feierabendverkehr. Die Straßen waren verstopft; er kam selbst mit dem Motorrad, mit dem er sich an den wartenden Autos vorbeischlängeln konnte, nur langsam voran. Als er im Wördenmoorweg bei dem schlichten, zweistöckigen Polizeigebäude ankam, zeigte seine Armbanduhr schon 17.20 Uhr; die Teambesprechung war sicher schon in vollem Gange, befürchtete er. Er betrat das Gebäude, öffnete, ohne anzuklopfen, die Tür zum Konferenzraum und trat ein. Alle Köpfe wandten sich ihm zu.

»Ich bitte um Entschuldigung, der Verkehr! Ging nicht eher.« Er nickte den Beamten zu, trat an Kommissarin Sommer heran und flüsterte ihr ins Ohr: »Ich habe eine Überraschung für Sie.« Auf ihren erstaunten Blick reagierte er nur mit einem Augenzwinkern, zog sich einen Stuhl heran und setzte sich rittlings darauf.

»Das ist Privatermittler Fuchs. Er arbeitet für Carlotta Birkmeier in derselben Sache wie wir«, stellte Julie ihn vor. »Das sind meine Kollegen Oberkommissar Schorsch Lange, Hauptkommissar Maik Schweizer vom Drogendezernat und Kommissarin Livia Koslowski«, erklärte sie. »Kommissar Ole Möller kennen Sie ja schon.«

Fuchs nickte jedem, der vorgestellt wurde, freundlich zu.

Julie setzte die Sitzung, die Fuchs unterbrochen hatte, fort, indem sie sich an ihn wandte. »Ich habe meinen Kollegen gerade erklärt, dass Sie uns die Identität des Mannes geliefert haben, der Sie beraubt hat und der zusammen mit Jean Jacques Meunier das Rauschgift an die Kinder und Jugendlichen verkauft hat. Durch das Geständnis von Marc Wegmann haben wir jetzt etwas in der Hand gegen Meunier, der bisher jede Aussage verweigerte.«

»Seit wann sind wir eigentlich auf die Hilfe von Privatermittlern angewiesen, Frau Oberkommissarin«, erkundigte sich Schorsch Lange spitz. Er strich sich über seinen Bart, was Julie auf die Palme brachte. »Meunier hätte seine Aussageverweigerung sowieso nicht mehr lange aufrechterhalten können«, ergänzte der Oberkommissar. Beifall heischend sah er sich in der Runde der Kriminalisten um. Maik Schweizer nickte zustimmend, Livia Koslowski blickte peinlich berührt auf ihre Hände.

Ole Möller bemerkte trocken: »Na ja, wie's aussah, konnten wir jede Hilfe gebrauchen.«

»Mag sein«, wischte Julie Langes Einwand beiseite. »Jedenfalls hat Herr Fuchs unsere Ermittlungen wesentlich vorangebracht. Er hat nämlich außerdem Sascha Birkmeier dazu gebracht, uns endlich zu erzählen, was es mit dem Überfall auf das Juweliergeschäft seiner Schwester auf sich hat. Wir wissen jetzt, dass er durch Wegmann und Meunier mittels Misshandlungen und Entzug gezwungen wurde, bei dem Überfall mitzumachen. Außerdem hatte er Drogenschulden bei dem Initiator der Aktion, dem Freund Carlotta Birkmeiers, Christoph Fischer.«

Livia Koslowski meldete sich zu Wort. Fuchs war nicht entgangen, dass die rothaarige Kommissarin ihn mit wohlgefälligem Interesse musterte. »Was hat denn nun dieser Patrick Nordmann mit der ganzen Sache zu tun?«

Julie antwortete geduldig. »Er hat ein homosexuelles Verhältnis mit Sascha Birkmeier. Die Angst vor dem Coming-out hat ihn veranlasst, Sascha zu bitten, nichts von dem Verhältnis zu verraten. Auch nichts von seiner Beteiligung an der Dealerei. Und er war es, der Sascha zum Drogenkonsum verleitet hat. Aber mit dem Juwelenraub hat er nichts zu tun.«

»Und wer hat den Schuss abgegeben: Wegmann oder Meunier?«, fragte Livia.

»Das war Meunier, laut Aussage von Sascha.«

»Was sagt Meunier dazu?«, fragte Lange.

»Den Teil mit dem Überfall hat er zugegeben. Er redet sich damit heraus, dass der Raub ja mit dem Einverständnis des Bruders des Opfers geschehen sei. Seine Pistole habe er in die Alster geworfen, sagte er. Wir werden morgen einen Taucher an der entsprechenden Stelle danach suchen lassen«, erläuterte Julie.

»Na ja, ob ihm die Ausrede mit dem Bruder vor Gericht viel bringen wird, wage ich zu bezweifeln«, murmelte Lange in seinen Bart.

Fuchs gab Julie ein Zeichen, dass er etwas sagen wolle und zeigte dabei auf das Paket, das er vor sich auf den Tisch gestellt hatte. Sie nickte ihm zu.

Fuchs stand auf und räusperte sich. »Wenn ich etwas sagen dürfte: Ich komme gerade von Carlotta Birkmeier. Ich war bei ihr, um sie von dem Stand der Dinge in Kenntnis zu setzen. Sie sagte mir, Fischer habe ihr ein Paket zur Aufbewahrung gegeben, angeblich ein Geschenk für seinen Vater. Das war am Donnerstagvormittag, also kurz vor seiner Ermordung.«

Dramaturgisch wirkungsvoll öffnete er das Paket. »Dieses Paket«, ergänzte er.

Er entnahm dem Karton den Stoffbeutel. »Jetzt dürfen Sie dreimal raten, was hier drin ist.« Es löste die Schnur und schüttete, ähnlich wie vorher bei Carlotta, das gesamte Geschmeide auf den Tisch. Das Glänzen und Funkeln der Schmuckstücke und Diamanten im Sonnenlicht verfehlte nicht seine Wirkung. Ein verblüfftes Raunen ging durch den Raum. »Das ist die Beute, die bei dem Überfall gemacht wurde. Meunier hat sie offensichtlich an Fischer abgeliefert, der sie, schlau wie er war, bei Carlotta, dem Opfer, versteckt hat.«

Fuchs setzte sich hin und genoss die Wirkung, die sein Auftritt zeitigte. Einen Moment lang starrten alle fasziniert auf das Geschmeide. Julie fasste sich als Erste.

»Na, dann haben wir diesen Fall ja wohl gelöst. Wir haben das Motiv, den Täter und die Beute. Glückwunsch!« Triumphierend sah sie in die Runde. »Danke, Herr Fuchs!«

Hauptkommissar Maik Schweizer richtete seine hagere Gestalt auf, hüstelte kurz und fragte: »Aber was ist mit dem Rauschgift, Herr Fuchs? Sicher haben Sie auch schon ermittelt, woher es stammt und auf welchem Weg es nach Hamburg gelangt ist?«

Der Detektiv ignorierte den Sarkasmus, der in der Frage des Drogenspezialisten mitschwang.

»Leider nein. Ich habe allerdings durch eine Sozialarbeiterin, die als Streetworkerin im *Drop Inn* arbeitet, erfahren, dass dort neuerdings ein Dealer auftritt, der ›der Tscheche‹ genannt wird. Er ist, wie es scheint, auf Crystal Meth spezialisiert.«

Der Drogenfahnder horchte auf. »Das deckt sich mit unseren Erkenntnissen. Im Süden und Osten Deutschlands beobachten wir in letzter Zeit eine starke Zunahme des Konsums von Metamphetaminen. Das Zeug ist brandgefährlich. Wir müssen herausfinden, woher Fischer den Stoff bezogen hat. Gibt es irgendwelche Anhaltspunkte in dieser Richtung, Herr Fuchs?« Der Hauptkommissar zeigte jetzt echtes Interesse.

»Nur, dass er, wie er scheint, oft beruflich im Osten zu tun hatte, wo genau, wusste Frau Birkmeier nicht. Man müsste bei seiner Firma nachfragen, welche Aufträge Fischer in den letzten Wochen und Monaten hatte. Nicht ausgeschlossen, dass er sich auf diesem Wege eine entsprechende Quelle aufgetan hat.«

Julie machte sich eine Notiz. »Werden wir als Nächstes tun.«

Schweizer fuhr fort: »Jenseits der tschechischen Grenze soll es Dutzender kleiner Labore geben, in denen das Zeug hergestellt wird. Die müsste man aber erst einmal finden.« Er seufzte resigniert. »Die Zollfahndung in Thüringen und Bayern ist jedenfalls über den Fund hier in Hamburg informiert, und die Kollegen sagen Bescheid, wenn sie etwas Interessantes in der Richtung hören.«

Eine kurze Pause trat ein.

»Und wer hat Fischer denn nun umgebracht?«, fragte Livia schließlich in das nachdenkliche Schweigen hinein. »War es dieser Meunier? Oder Wegmann? Wie sieht es mit den Alibis der beiden zur Tatzeit aus? Hat man die Tatwaffe gefunden?«

Julie fühlte sich angesprochen. »Die beiden behaupten übereinstimmend, an dem Nachmittag bei Meunier zu Hause gewesen zu sein. Was bedeutet, dass sie für die Tatzeit kein Alibi haben. Also stehen beide unter Tatverdacht. Meunier befindet sich in Untersuchungshaft wegen des Juwelenraubes, bei Wegmann reichen die Verdachtsmomente nicht aus, um ihn festzunehmen. Außerdem glaube ich nicht, dass er es war«, fügte sie hinzu, »er ist nicht der Typ dazu.«

»Meunier könnte durchaus der Mörder sein«, meldete Schorsch Lange sich zu Wort. »Er ist ein hitziger, jähzorniger Typ, steht ständig unter Strom. Kann gut sein, dass er, wahrscheinlich bekifft, mit Fischer in Streit geraten ist und im Affekt zugestochen hat.«

»Aber wir können es ihm nicht beweisen«, wandte Julie ein.

»Und wenn es keiner von den beiden war?«, fragte Fuchs.

Julie stieß einen Seufzer aus. »Sie haben recht. »Also sind wir im Grunde auf der Suche nach dem großen

Unbekannten, der plötzlich aus dem Nichts auftaucht und dessen Motiv wir nicht kennen«, resümierte sie.

»Was ist mit dem Mann, den sie ›den Tschechen‹ nennen? Könnte es nicht ein Streit unter Dealern gewesen sein, der für Fischer tödlich endete?«, schlug Fuchs vor.

»Und der den teuren Stoff einfach liegen lässt?«, wandte Livia ein.

Julie Sommer schüttelte den Kopf. »So kommen wir nicht weiter. Was machen wir? Vorschläge?«

Ratloses Schweigen.

»Also, wir sollten uns Meunier noch einmal vornehmen. Vielleicht war er es ja doch«, schlug Lange vor.

»Und wir sollten uns in der Szene noch genauer umsehen«, ergänzte Schweizer.

»Okay. Ihr beide übernehmt das. Livia, du könntest dich noch einmal durch die Protokolle der Vernehmungen arbeiten. Vielleicht haben wir etwas übersehen. Ole, wir bleiben an den beiden Jungen, Sascha und Patrick, dran. Und sehen, was wir aus Wegmann noch herausholen können.«

Sie stand auf. Die Sitzung war beendet. Die Kriminalisten verließen den Raum.

Fuchs räumte die Juwelen wieder in den Beutel und den Karton und überreichte ihn der Kommissarin. »Die werden sicher noch als Beweismittel gebraucht.«

»Ja, danke. Und danke auch für die Unterstützung«, bemerkte sie lächelnd.

Fuchs entdeckte wieder ein Grübchen in ihrer linken Wange.

»Wie wäre es mit einem gemeinsamen kleinen Abendessen an der Alster, schöne Kommissarin? Nach einem erfolgreichen Tag wie heute?«, schlug er vor.

Sein Versuch lief ins Leere, denn Julies Handy gab einen aufdringlichen Ton von sich. Nach einem Blick auf das Display murmelte sie »'tschuldigung«, nahm das Gespräch an und sagte in einem gänzlich veränderten Ton: »Ja, Simon?« Sie lauschte kurz, wandte sich dann um zu Fuchs, der wartend dastand. »Tut mir leid, keine Zeit«, murmelte sie, mit ihren Gedanken offensichtlich schon ganz woanders.

»Na dann …« Enttäuscht verließ Fuchs den Konferenzraum.

DIENSTAG, 25. JUNI 2019

40. KAPITEL

Fuchs fuhr in seinem Bett hoch und war auf einen Schlag hellwach. Plötzlich hatte er sie, die Spur, die ihm gefehlt hatte. Wieso war ihm das nicht früher eingefallen? Wahrscheinlich hatte sie knapp unter der Bewusstseinsgrenze gelegen, und es hatte erst der nächtlichen Hirntätigkeit während des Schlafes bedurft, um sie an die Oberfläche zu holen. Und jetzt, um 6 Uhr am Morgen, war sie da, lag wie auf dem Präsentierteller in aller Klarheit und Deutlichkeit vor ihm. Svoboda! Ondrej Svoboda war das fehlende Glied in der Kette, das die Verbindung darstellte zwischen dem Crystal Meth hier und den Metamphetamin-Laboren in Tschechien.

Ondrej Svoboda, Christoph Fischers Schwager, mit dem er sich so gut verstanden hatte. Der den Laden seines Schwiegervaters nicht richtig geführt hatte, der nach der Scheidung zurück nach Tschechien gegangen war. Svoboda war »der Tscheche«!

Fuchs sprang aus dem Bett und stolperte fast über Lady, die ihm vor die Füße lief, als er barfuß in sein Büro hastete. Wie spät war es? Kurz nach 6 Uhr. Zu früh, um bei jemandem anzurufen. Also erst einmal die notwendigen Vorbereitungen treffen. Er begnügte sich mit einem Müsli und einem Vanillepudding als Frühstück, duschte und setzte sich mit noch nassen Haaren an den Computer. In Minutenschnelle hatte er einen Streckenplan von Hamburg-Fuhlsbüttel nach Teplice, Tschechien, aufgerufen und ließ ihn ausdrucken. Er steckte genügend Geld zum Tanken und seine Ausweispapiere in seine Motorradjackentasche und packte seine *Walther PPK*, die er in einem kleinen Tresor aufbewahrte, samt Halfter und eine Extraschachtel Munition in die Gepäcktasche. Dann suchte er seine ausrangierte alte Motorradkluft, die ihm zu eng geworden war, aus dem Schrank und packte sie dazu. Auch den zweiten Helm legte er bereit.

Inzwischen war es 6.30 Uhr geworden. Er griff zum Telefonbuch und suchte die Nummer des *Haushaltswarengeschäftes Fischer* heraus. Wie erwartet, fand er die Privatnummer gleich daneben. Er rief an.

Die für diese Uhrzeit überraschend muntere Stimme von Ines Svoboda meldete sich. »Hier bei Fischer!«

»Guten Morgen, Frau Svoboda! Bitte entschuldigen Sie die frühe Störung. Hier spricht Privatermittler Fuchs, Sie erinnern sich vielleicht an mich?«

»Ach ja, Herr Fuchs, ich weiß. Gibt es etwas Neues, dass Sie so früh anrufen?«

»Ich glaube, ja. Wie Sie wissen, bin ich mit der Aufklärung des Mordes an Ihrem Bruder befasst, und ich denke, ich habe eine vielversprechende Spur entdeckt. Dazu brauche ich Ihre Hilfe, Frau Svoboda.«

»Meine Hilfe? Wie soll ich Ihnen denn helfen können?«

»Sie haben doch gesagt, Ihr Bruder habe sich gut mit Ihrem Ex-Mann verstanden. Würden Sie mir bitte die

Adresse Ihres Mannes in Tschechien sagen? Sie erwähnten etwas von Teplice, Teplitz-Schönau, wenn ich mich recht erinnere?«

»Ja. Ondrej ist wieder zurück in seine Heimatstadt gezogen nach der Scheidung. Er hat sich hier in Deutschland nie richtig wohlgefühlt.«

»Aha. Sie sagten, er habe im Geschäft Ihres Vaters gearbeitet. Was ist er denn eigentlich von Beruf?«

»Ja, das war eines der Probleme. Er war kein guter Verkäufer oder Geschäftsführer. Von Beruf war er Chemielaborant. Er hat früher in einer Düngemittelfabrik in Teplice gearbeitet, ist dann arbeitslos geworden, als die Fabrik schloss. Deshalb ist er nach Deutschland gekommen. So habe ich ihn kennengelernt. Aber warum interessiert Sie das?«

Fuchs war wie elektrisiert. Das passte! Als Chemiker hatte Svoboda die besten Voraussetzungen zum Herstellen der synthetischen Droge Crystal Meth.

»Das kann ich Ihnen leider jetzt noch nicht sagen, Frau Svoboda. Bitte sagen Sie mir die Heimatadresse Ihres Ex-Mannes.«

»Also: Teplice, Konêvara Nummer 43. Aber was ...«

»Bitte, Frau Svoboda, ich erkläre Ihnen alles später, versprochen! Vielen Dank erst einmal! Grüßen Sie Lenja. Tschüss!«

Er legte auf, ohne die Antwort der Frau abzuwarten. Innerlich frohlockend über die erhoffte Bestätigung seines Verdachtes, suchte er die Privatadresse von Julie Sommer aus dem Fuhlsbütteler Stadtteiltelefonbuch heraus und stellte fest, dass ihre Wohnung ganz in der Nähe ihrer Polizeiinspektion lag. Er packte die bereitgelegten Sachen in die Gepäcktasche, zog seine

Motorradkluft an, füllte Ladys Wasser- und Futternapf auf Vorrat auf, sagte »Ciao, bella« zu der Katze und verließ die Wohnung.

Obwohl es noch früh am Morgen war, empfing ihn eine blendende Sonne, die einen heißen Tag versprach. Ideales Wetter für eine lange Motorradtour. Er befestigte die Gepäcktasche an dem Rücksitz, hängte den Ersatzhelm an den Lenker und fuhr los. Vor dem Haus, in dem Julie Sommer wohnte, einem adretten doppelstöckigen Mietshaus, stellte er die Maschine ab und klingelte an ihrer Tür.

Es dauerte mehrere Minuten, bis die Polizistin an die Tür kam und sie einen misstrauischen Spaltbreit öffnete. Sie trug ein pinkfarbenes Top und gepunktete Shorts, die ihre langen gebräunten Beine zeigten. Offenbar war sie gerade erst aufgestanden und hatte angefangen zu frühstücken, denn sie hielt ein angebissenes Marmeladenbrötchen in der Hand.

»Was machen Sie denn hier in aller Herrgottsfrühe?«, fragte sie anstelle einer Begrüßung.

»Das erkläre ich Ihnen, wenn Sie mich hereingelassen haben.«

Verblüfft ließ sie Fuchs an sich vorbei eintreten.

»Jetzt bin ich aber mal gespannt«, meinte sie. Sie legte das Brötchen auf das Frühstücksbrettchen und stemmte herausfordernd die Hände in die Hüften.

Fuchs stellte seine Gepäcktasche auf der Couch ab und entnahm ihr die Extra-Motorradkluft. »Wir fahren nach Tschechien, Frau Kommissarin. Beeilen Sie sich mit dem Frühstück. Es ist eine lange Fahrt.«

Julie ließ sich auf den Stuhl an ihrem kleinen Esstisch fallen. »Was tun wir?«, fragte sie.

»Sie wollen doch den Mörder von Christoph Fischer finden, oder? Und die Hintermänner des Rauschgifthandels, nicht wahr? Also schnell! Nehmen Sie eine lange Hose, einen leichten Pullover und feste Schuhe. Und dann ziehen Sie dies hier drüber an. Auf dem Motorrad ist es ganz schön frisch.«

Juli hatte ihr Brötchen auf den Teller gelegt.

»Was soll ich? Sie glauben doch nicht wirklich, dass ich mit Ihnen aufs Motorrad steige und Gott weiß wohin fahre?«

Fuchs stieß einen ungeduldigen Seufzer aus. »Also: Ich weiß jetzt, wo wir den Tschechen finden und in welcher Verbindung Fischer zu ihm stand. Es ist der Ex-Mann von Ines, seiner Schwester. Er heißt Ondrej Svoboda und lebt in Teplice, das liegt knapp hinter der tschechischen Grenze. Reicht Ihnen das?«

Die Kommissarin brauchte einen Moment, um diese Informationen zu verdauen. »Sie meinen also, dieser Mann ist derjenige, von dem Fischer das Crystal Meth bezogen hat? Und der vielleicht sein Mörder ist?«

»Genau. Und deshalb werden wir beide jetzt nach Teplice fahren, und zwar mit meiner Honda. Das geht am schnellsten. Sie müssen mitkommen, weil Sie Polizistin sind und sozusagen die Staatsmacht repräsentieren. Sie können gegebenenfalls die Zollfahndung in Tschechien zu Hilfe rufen. Und nehmen Sie Ihre Waffe mit. Wer weiß, was uns erwartet.«

Julie Sommer dachte nach. Fuchs konnte direkt sehen, wie es hinter ihrer glatten Stirn arbeitete. Dann kam Bewegung in ihre Gestalt.

»Ich brauche nur zehn Minuten. Setzen Sie sich und trinken Sie einen Kaffee, wenn Sie wollen.« Sie wies auf das Frühstück, das auf dem Tisch stand, und verschwand in einen Nebenraum.

Fuchs tat, wie ihm geheißen. Er schenkte sich einen Becher des noch heißen Kaffees ein und trank ihn in kleinen Schlucken, während er wartete. Durch die Tür hörte er die Dusche rauschen. Kurze Zeit später kann Julie in engen Leggings, einem langarmigen T-Shirt und Sneakers aus dem Nebenraum. Ihre blonden Haare hatte sie zu einem Dutt zusammengebunden, damit sie unter den Helm passten.

»Und jetzt ziehen Sie das hier an«, sagte Fuchs und reichte ihr die lederne Hose und die dazugehörige Jacke. »Es wird Ihnen zwar etwas zu groß sein, aber vielleicht können Sie einen breiten Gürtel umschnallen, damit es nicht flattert.«

Tatsächlich versank Julie fast in den Sachen, aber mit einem Ledergürtel, den sie um die Jacke schlang und fest anzog, und Gummibändern, mit denen sie die Hosenbeine fixierte, fand Fuchs ihren Aufzug akzeptabel. Julie packte ihre Handtasche und alles, was sie sonst noch mitnehmen musste, in die Gepäcktasche.

»Sind Sie schon einmal als Sozius auf dem Motorrad gefahren?«, fragte Fuchs, als sie auf der Straße neben seiner Honda standen und er seinen Helm aufsetzte.

»Nein, noch nie«, antwortete Julie.

»Denken Sie daran, Sie dürfen auf keinen Fall gegensteuern, wenn wir durch eine Kurve fahren. Viele machen das zuerst unwillkürlich. Am besten legen Sie Ihre Arme ganz fest um mich herum und tun so, als wären Sie ein Teil meines Körpers. Machen Sie jede Bewegung mit.« Als er Julies skeptischen Blick bemerkte, ergänzte er: »Es ist ganz einfach, keine Angst. Genießen Sie die Fahrt!«

Er setzte Julie den Helm auf und stieg auf. »So. Klettern Sie auf den Sozius und setzen Sie sich bequem zurecht. Die Füße fest auf die Trittflächen.« Julie folgte seinen Anweisungen. »Wenn etwas sein sollte, klopfen Sie mir auf die Schulter. Alles klar?«

»Alles klar«, rief Julie, und Fuchs fuhr langsam los. Er fühlte, dass seine Mitfahrerin zuerst zaghaft, dann fest die Arme um seine Taille legte. Ein schönes Gefühl, fand er.

41. KAPITEL

Julie wusste nicht, was in sie gefahren war. Wie hatte sie sich nur überreden lassen können, diese waghalsige Tour anzutreten? Noch nie hatte sie auf einer solchen Maschine gesessen; das Schnellste, was sie auf zwei Rädern bisher erlebt hatte, war ihr Tourenfahrrad. Nicht einmal für ein E-Bike hatte sie sich bis jetzt begeistern können. Und jetzt saß sie hier auf dem Rücksitz dieser veritablen Höllenmaschine und klammerte sich an einen Wahnsinnigen fest, der mit ihr auf eine 500-Kilometer-Tour gehen wollte. Sie hatte das Gefühl, in einem dieser irrsinnigen Gefährte auf dem *Hamburger Dom* zu sitzen, für deren Benutzung die Menschen unverständlicherweise auch noch Geld bezahlten.

Vorsichtig lugte sie über Fuchs' Schultern nach vorne. Dort an der roten Ampel musste er erst einmal anhalten, Gott sei Dank. Sie hatte vergessen, im Büro anzurufen, um Bescheid zu geben, dass sie heute extern recherchieren würde, und sie musste Fuchs fragen, wann sie Pause machen würden, damit sie in der Inspektion anrufen konnte.

»Herr Fuchs«, rief sie, als der Detektiv das Gefährt zum Stehen gebracht hatte.

»Ja?«

»Wann machen wir Pause?«

Der Mann lachte laut auf. »Wir sind doch gerade erst losgefahren! Gefällt es Ihnen nicht?«

»Geht so. Ich muss noch im Büro anrufen, deshalb frage ich.«

»An der nächsten Tankstelle halten wir, ich muss noch volltanken. Okay?«

»Okay«, antwortete Julie.

Die Ampel wurde grün, und Fuchs fuhr wieder los. Eilig klammerte Julie sich wieder an ihm fest. Eigentlich fühlte es sich gut an, seinen warmen, festen Körper zu fühlen, stellte sie fest. Überhaupt war das Ganze gar nicht so schlimm. Langsam fing es an, ihr sogar ein wenig zu gefallen. Als sie an der Tankstelle anhielten und abstiegen, war Julie zu dem Ergebnis gekommen, dass Motorradfahren nicht übel war.

Sie fummelte ihr Handy aus der unförmigen Lederjacke und berichtete Ole Möller, was Fuchs und sie vorhatten.

»Wann werdet ihr zurück sein?«, fragte ihr Kollege mit einem leicht besorgten Unterton.

»Wissen wir noch nicht, kommt drauf an. Kann spät werden. Ich melde mich zwischendurch wieder«, sagte sie.

Fuchs hatte den Tankvorgang beendet und war dabei, auf dem Motorradsitz eine Karte und den Routenplan auszubreiten. Julie trat neben ihn.

»Schauen Sie, hier. Das ist die Strecke, die wir fahren werden. Es wird insgesamt wohl fünf bis sechs Stunden dauern, inklusive Pausen. Wir werden etwa alle Stunde anhalten und uns die Füße vertreten. Sie werden sehen, es ist auf die Dauer ziemlich anstrengend, immer in derselben Stellung zu verharren.«

»Wie schnell sind wir denn auf der Autobahn?« Die Frage klang ängstlicher, als Julie beabsichtigt hatte, aber wenn sie sich die Geschwindigkeiten von 100 und mehr Stundenkilometern vorstellte, wurde ihr doch ein wenig mulmig.

»Wenn wir gut durchkommen, können wir 150 oder 160 Stundenkilometer fahren. Aber in der Regel werde ich 130 Kilometer pro Stunde Richtgeschwindigkeit einhalten. Das ist etwas anderes als die 40 oder 50 Stundenkilometer hier in der Stadt. Sie werden sehen, es macht Spaß!«

Spaß? Julie war nicht sicher, wie sie die Aussicht auf diese Erfahrung finden sollte.

»Sie haben doch nicht etwas Angst, Frau Oberkommissarin?«

»Nein, nein. Es ist nur … Ich bin ja noch nie …«

Sein Lächeln wurde intensiver. »Es wird Ihnen gefallen. Es ist ein einmaliges Gefühl, gerade die Geschwindigkeit. Sie werden sehen!«

Er stieg wieder auf und startete die Maschine. »Alles gut? Dann steigen Sie auf, Julie!«

Reiß dich zusammen, Julie, sagte sie sich, schwang ihr Bein über den Sozius und setzte sich zurecht. Beherzt schlang sie die Arme um ihren Fahrer und drückte sich an ihn.

»Es kann losgehen«, rief sie.

Fuchs fädelte sich in den Verkehr ein, und Julie entspannte sich. Es gefiel ihr, wie das Motorrad sich durch den Großstadtverkehr schlängelte, an wartenden Autos vorbei, wenn die Breite der Straße es erlaubte, und sich elegant in die Kurven legte. Auf der B75 verließen sie das Stadtgebiet Hamburgs und gelangten auf die A1 Richtung Hannover. Als der Detektiv beschleunigte, lehnte Julie sich eng an seinen Rücken und klammerte sich an ihm fest. Sie spürte die Kraft der Maschine, hörte das gleichmäßige Brummen des Motors und das Summen der Reifen auf dem Asphalt. Allmählich gewöhnte sie sich an die Geschwindigkeit, entspannte sich und erkannte zu ihrem eigenen Erstaunen, dass es ihr nicht nur gefiel, sondern, dass sie es toll fand. Als sie kurz vor Hannover, wo sie auf die A2 wechseln mussten, an einer Raststätte anhielten und sie von ihrem Sitz herunterkletterte, fühlte sie sich so gut wie lange nicht mehr. Sie lächelte Fuchs an, als er seinen Helm abnahm und sie fragend ansah.

»Ah, da sind sie ja wieder, die süßen Grübchen«, feixte er. »Es gefällt Ihnen, hab' ich recht?« Julie blieb nichts anderes übrig, als zu nicken.

Die nächste Pause machten sie kurz hinter Magdeburg, nachdem sie auf die A14 gewechselt waren. Diesmal nahmen sie auf der Raststätte einen kleinen Imbiss zu sich, und Julie nutzte die Gelegenheit, die Toilette zu benutzen, was sich bei ihrem Motorradoutfit als nicht ganz einfach erwies.

Als sie einige Zeit später Dresden hinter sich gelassen hatten und auf der A7 dahinrollten, merkte Julie allmählich, wie anstrengend die Fahrt war, obwohl sie eigentlich nichts, als nur dazusitzen brauchte. Beim Grenzübergang zu Tschechien musste Fuchs eine Autobahnvignette kaufen, danach ging die Fahrt langsamer auf der Landstraße weiter nach Teplice. Kurz vor der Stadt hielt der Detektiv auf einem Parkplatz an. Julie stieg erleichtert von ihrem Sitz herunter und nahm den Helm ab. Sie reckte und streckte sich ausgiebig. Es war kurz nach 13 Uhr, die Sonne brannte vom Himmel, und vor ihnen breitete sich die sanft-hügelige Landschaft Böhmens aus. In der Stadt Teplice, auf Deutsch Teplitz-Schönau, grüßte freundlich der Turm der Schlosskirche.

42. KAPITEL

Fuchs hatte das Motorrad in einiger Entfernung von dem Haus in der Konêvara Straße am Straßenrand abgestellt, und er und die Kommissarin betrachteten die Umgebung, die stark ländlichen Charakter hatte. Nur vereinzelt standen Gebäude entlang der Straße, die aus der Stadt herausführte. Das Wohnhaus von Ondrej Svoboda war ein roter Ziegelbau aus den 60er-Jahren mit Giebeldach und einem kleinen Anbau mit einem Garagentor, umgeben von einem verwahrlosten Garten, den ein schadhafter Lattenzaun begrenzte.

»Nicht gerade ein Zeugnis großen Reichtums«, bemerkte Julie.

»Das stimmt«, pflichtete Fuchs ihr bei. »Ich hätte auch gedacht, Svoboda würde sein Geld deutlicher zeigen. Aber vielleicht ist er noch nicht lange im Drogengeschäft und noch nicht dazu gekommen, sich eine bessere Bleibe zu suchen.«

Julie stützte die Hände in die Hüften. »Und nun, Herr Detektiv«, fragte sie herausfordernd, »wie ist Ihr Plan?«

Die Motorradkluft hatte sie ausgezogen, die Ärmel des T-Shirts hochgeschoben und die Haare ausgeschüttelt. Auf ihrer Haut hatte sich ein feiner Schweißfilm gebildet, was kein Wunder war. Fuchs schätzte die Temperatur auf mindestens 30 Grad.

»Wir müssen irgendwie ins Haus gelangen und uns nach einem provisorischen Chemielabor umsehen«, sagte er.

»Aha.« Julie kreuzte die Arme vor der Brust und kaute auf der Unterlippe. »Und wie stellen Sie sich das vor? Wir könnten natürlich hin marschieren, unsere Ausweise vorzeigen und eine Durchsuchung durchführen«, meinte sie spöttisch, um sogleich fortzufahren: »Aber wir sind hier im Ausland. Ich habe keine Amtsbefugnis hier. Das wissen Sie doch!«

»Wir müssen ein wenig Theater spielen, Frau Kommissarin. Machen Sie mit?«

Misstrauisch sah Julie ihn an. »Sie meinen, wir sollen uns als jemand anderer ausgeben? Wissen Sie überhaupt, ob Svoboda allein lebt? Vielleicht hat er eine Frau bei sich oder einen Freund? Und ob er überhaupt zu Hause ist?«

»Das weiß ich alles nicht. Aber ich denke, wir können es darauf ankommen lassen. Wir müssen nur flexibel auf das reagieren, was uns da drinnen begegnet.«

Er erklärte der Kommissarin seine Idee. Er musste seine ganze Überredungskunst aufwenden, um Julie zu überzeugen, aber schließlich willigte sie ein.

Gerade wollten sie sich auf den Weg zu dem Haus machen, als sie das Garagentor des Anbaus aufgehen und einen silberfarbenen Mercedes SLK herausfahren sahen. »Aha, da haben wir also die Drogengelder«, konstatierte Fuchs trocken. »Der Wagen kostet einiges.« Sie sahen das Auto in Richtung Stadt davonfahren.

»Und nun?«, fragte Julie ratlos.

»Gehen wir trotzdem mal hin. Vielleicht ist ja noch jemand da. Jedenfalls können wir uns das Haus mal ein wenig näher ansehen.«

Wenig später standen sie vor der Tür des Hauses, und Julie drückte auf die Klingel. Überrascht hörten sie Schritte näherkommen, und Fuchs flüsterte Julie zu: »Plan A«.

Sie lehnte sich an ihn, als sei ihr schwindelig. Eine Frau öffnete die Tür. Auf dem ersten Blick erkannte Fuchs, dass sie seit langem süchtig war, wahrscheinlich Heroin oder Crystal Meth: fahrige Bewegungen, ein unsteter Blick aus trüben Augen, ein fahles, hohläugiges Gesicht mit etlichen Hautausschlägen, ungepflegte Gesamterscheinung.

»Guten Tag! Sprechen Sie Deutsch?«, fragte Fuchs.

»Ein wenig.«

»Gott sei Dank! Bitte, können Sie mir helfen. Meine Frau ist schwanger, und es geht ihr nicht gut. Die Hitze ist unerträglich für sie. Könnten Sie ihr bitte ein Glas Wasser geben?«

In diesem Moment sackte Julie wirkungsvoll gänzlich in sich zusammen, sodass Fuchs sie auf beide Arme heben musste.

Die Frau forderte sie mit einer gleichgültigen Bewegung auf, ins Haus zu kommen. Fuchs trug Julie durch den engen Flur in ein unaufgeräumtes, schmuddeliges Wohnzimmer, in dem die Reste des Mittagessens noch auf dem Tisch standen. Überall lagen Klamotten und andere Dinge herum. Er bettete Julie auf die Couch, wo sie mit geschlossenen Augen liegen blieb.

»Was hat sie denn?«, fragte die Frau in korrektem Deutsch, aber mit starkem Akzent. Sie wischte sich die strähnigen blonden Haare aus dem mageren Gesicht und strich sich nervös immer wieder über die dünnen nackten Arme. Ihr schmuddeliges Sommerkleid hätte dringend eine Wäsche benötigt.

»Es ist nur ein Schwächeanfall. Würden Sie so nett sein, und ihr ein Glas Wasser holen bitte? Sie kommt sicher gleich wieder zu sich.«

Unwillig setzte sich die Hausbewohnerin in Bewegung in Richtung des Raumes, in dem Fuchs die Küche vermutete.

Julie setzte sich auf. »Und nun?«, flüsterte sie.

»Sie müssen Sie irgendwie ablenken, während ich mich im Haus umsehe.«

Die Frau kam zurück mit einem Glas Wasser, das sie Julie reichte.

»Wieder gut?«, fragte sie.

Julie nahm einen Schluck. »Ja, haben Sie vielen Dank, Frau …?«

»Tereza«, ergänzte die Frau. »Tereza Kucêrová heiße ich.«

»Ich heiße Julie Sommer.« Sie lächelte, dabei strich sie sich über die Stirn, als wäre ihr immer noch schwindelig. »Es ist ganz furchtbar, wissen Sie, ich ertrage die Hitze nicht. Besonders in meinem Zustand jetzt. Dann wird mir immer gleich schwindelig, kennen Sie das? Waren Sie auch mal schwanger? Bei mir ist es das erste Mal, müssen Sie wissen.« Julie plapperte drauflos, ohne nachzudenken.

»Darf ich bitte mal kurz Ihre Toilette benutzen«, fragte Fuchs die Frau, die vollauf damit beschäftigt war, Julies Redefluss zuzuhören. Sie wies mit der Hand zum Flur. »Zweite Tür links«, murmelte sie geistesabwesend.

Während Julie die Frau – Fuchs nahm an, dass sie die derzeitige Freundin oder Lebensgefährtin Svobodas war – weiter mit ihrem Geplauder festhielt, durchsuchte er in Windeseile das Haus: Küche, Bad, Schlafzimmer im Erdgeschoss, nichts Auffälliges. Mit ein paar Sätzen nahm er die Treppe ins Obergeschoss: zwei kleine Zimmer mit Dachschrägen, das eine offensichtlich ein Abstellraum, das andere ein spärlich eingerichtetes zweites Schlafzimmer. Zurück ins Erdgeschoss. Eine weitere Tür führte in den Anbau des Hauses: eine Art Garage, natürlich leer. Blieb noch die Kellertreppe. Lautlos schlich Fuchs hinunter. Eine hölzerne Tür. Er probierte die Klinke. Die Tür war unverschlossen. Er öffnete sie. Da war es, das Drogenlabor!

Leise trat Fuchs in den Raum. Ein Arbeitstisch mit etlichen Plastikflaschen, gefüllt mit verschiedenen Flüssigkeiten, mehrere Heizplatten, komplizierte Apparaturen mit Schläuchen und merkwürdigen Metallkonstruktionen, Kartons mit Medikamentenpackungen, Behälter und Dosen mit Beschriftungen, die auf Chemikalien hindeuteten, teilweise mit Warnhinweisen auf Säuren, Kartons mit Batterien, diverse Fläschchen mit unbestimmtem Inhalt, ein großer Behälter mit Brennspiritus. Zwischen all diesen Dingen entdeckte Fuchs Werkzeuge wie Cuttermesser, Rohrschneider, Messbecher, Trichter, Zangen, Löffel sowie Kartons mit Haushaltstüchern, Plastikschüsseln, Eimer und vieles mehr. Erstaunlicherweise wirkte alles sauber und geordnet, wenn auch gerade in Gebrauch befindlich. In der Ecke unter der Decke befand sich ein Lüftungsschlauch, der nach draußen führte. Fuchs bemerkte einen festen Karton, der dem ähnelte, den er auf dem Tisch in dem Lagerraum mit den Pflanzen in Hamburg gesehen hatte. Als er den Deckel zurückbog, kam ein Plastikbeutel zum Vorschein, darin das gleiche kristalline Granulat wie dort. Crystal Meth! Kein Zweifel, er hatte die Drogenküche des Produzenten und Lieferanten von Christoph Fischer entdeckt!

Der Detektiv hatte genug gesehen. Leise lief er zurück

die Treppe hinauf ins Wohnzimmer, wo Julie immer noch die drogensüchtige Frau bequatschte.

»Geht's dir besser, Liebling?«, fragte er, während er so tat, als würde er seine noch feuchten Hände an der Hose trockenreiben. Mit einem Augenzwinkern signalisierte er der Kommissarin, dass er gefunden hatte, was er gesucht hatte.

Julie richtete sich auf. »Mir geht es wieder gut. Frau Kucêrová war so nett, mir noch ein Glas Wasser zu bringen. Vielen Dank noch einmal, Frau Kucêrová.« Sie stand auf und ging Richtung Ausgang. »Vielen Dank auch von mir, Frau Kucêrová, Sie waren sehr hilfsbereit«, wiederholte Fuchs. Er hob die Hand zum Abschied und zog Julie mit sich zur Haustür.

Die Frau sah ihnen hinterher, ohne aufzustehen. Der ganze Aufenthalt hatte kaum länger als fünf Minuten gedauert.

»Und?«, fragte Julie, als sie die Tür hinter sich geschlossen hatten und sich schnell von dem Haus entfernten.

»Volltreffer!«, triumphierte Fuchs breit grinsend. »Eine vollständig eingerichtetes und in Betrieb befindliches Drogenlabor! Sogar eine Lüftungsanlage hat Svoboda eingebaut. Professionell aufgezogen, das Ganze!«

Julie strahlte. »Das nenn ich mal einen Erfolg, Herr Detektiv! Glückwunsch!«

»Jetzt brauchen wir Ihre tschechischen Kollegen, Frau Kommissarin. Am besten wird es sein, wir suchen das Polizeikommissariat in Teplice auf, und Sie erklären denen, was wir hier gefunden haben.«

»Ich? Ich kann kein Wort Tschechisch!«

»Macht nichts. Zur Not geht es auch auf Englisch.« Er war schon dabei, seine Motorradjacke wieder anzuziehen und den Helm aufzusetzen. »Beeilen Sie sich, wir haben noch viel zu erledigen. Und wir wollen doch noch heute wieder zurück nach Hamburg, oder?«

43. KAPITEL

Die Hoffnung auf eine baldige Heimfahrt erwies sich als trügerisch, denn Fuchs und Julie Sommer hatten nicht mit der bürokratischen Langsamkeit des internationalen Polizeiapparates gerechnet.

Als der Detektiv die Honda im gemächlichen Tempo in die Innenstadt des Kurortes lenkte, versuchte er sich zu erinnern, was er über das hübsche Städtchen wusste. 49.000 Einwohner hatte die Stadt Teplice. In der Ferne konnte Fuchs auf dem Teplicer Schlossberg die Bergruine Doubravskà hora aus dem 15. Jahrhundert erkennen, und als sie am Kurhaus *Kaiserbad* vorbeikamen, tippte Julie ihm auf die Schulter, um ihn auf das herrschaftliche Gebäude im Neobarockstil aufmerksam zu machen.

Das Polizeigebäude, das sie ansteuerten, lag in einer großzügig angelegten, baumbestandenen Straße mit dem unaussprechlichen Namen Vtchickehostraße. Es ähnelte mit seinen cremefarbenen Mauern, den dekorativen Fenstern und dem schönen Ziergiebel eher einer klassizistischen Gründerzeitvilla als einem amtlichen Zweckbau. Nur die vor ihm parkenden weißen Polizeiautos mit den orangefarbenen und blauen Streifen an der Seite und das kleine Polizeischild mit den Eurosternen wiesen darauf hin, dass es sich um ein offizielles Amtsgebäude handelte.

Fuchs stellte seine Honda neben den Autos ab, und beide zogen ihre Motorradkluft aus, was besonders Julie als sehr wohltuend empfand. Die Hitze hatte noch zugenommen, die Sonne brannte von einem makellosen blauen Himmel. Fuchs stopfte die ledernen Kleidungsstücke in die Gepäcktasche, die er mit sich nahm.

Sie betraten das Gebäude und saßen kurze Zeit später auf den Besucherstühlen vor dem Schreibtisch im Büro des Amtsleiters, Polizeiinspektor Jakub Horák. Horák war ein vierschrötiger, stiernackiger Mann mit Glatze und einem beeindruckenden Bauchumfang. Er schwitzte gewaltig, obwohl er seine Uniformjacke ausgezogen und die Ärmel seines Hemdes hochgekrempelt hatte. Im Moment hatte er sich in das Studium der Ausweise vertieft, die Fuchs und Julie ihm bei der Begrüßung überreicht hatten.

»Sie sind aus Deutschland, wie ich sehe. Von der deutschen Polizei? Dann können wir Deutsch sprechen, wenn Sie wollen.«

Freudig überrascht strahlte Julie ihn an.

»Das ist ja toll! Woher können Sie so gut Deutsch, Herr Horák?«

Geschmeichelt lehnte sich der Polizist in seinem Sessel zurück. »Habe ich in Schule gelernt, Frau ...«, er warf einen Blick auf Julies Ausweis, »... Sommer. Aber es wird auch in Familie gesprochen. Von Eltern und Großeltern«, erklärte er.

»Ach so. Wie schön! Dann ist Ihre Familie ursprünglich deutsch?«

Horák nickte. »Ja, haben lange Tradition. Lange Geschichte.«

Fuchs räusperte sich. Er befürchtete, dass die Unterhaltung sich noch weiter von dem Grund ihres Hierseins entfernen könnte. Julie verstand seinen Wink.

»Also, Herr Kollege, darf ich Ihnen erklären, was uns herführt? Ich brauche Ihre Amtshilfe in einer Drogen- und Mordsache, die uns von Hamburg hierher nach Teplice geführt hat. Ein Einwohner Ihrer schönen Stadt, Ondrej Svoboda, steht unter dringendem Verdacht, das Rauschgift Crystal Meth herzustellen und in Deutschland zu vertreiben, sowie seinen Komplizen Christoph Fischer in Hamburg ermordet zu haben.«

Das dicke, schweißnasse Gesicht des Beamten zeigte, wie beeindruckt, ja geradezu erschrocken er war. Drogenhandel? Mord? Das kam in Teplice anscheinend nicht alle Tage vor.

»Amtshilfe? Liebe Frau Kollegin, dafür brauche ich ein offizielles Ersuchen Ihrer Behörde in Hamburg. Sonst können wir nichts machen, Sie wissen?« Sein Akzent wurde deutlicher, je komplizierter die Sätze wurden.

»Ach so, ja. Selbstverständlich!« An Fuchs gewandt, flüsterte sie leise: »Das hätte ich eigentlich wissen müssen. Aber es musste ja alles so schnell gehen ...« Der leise

Vorwurf an den Detektiv war nicht zu überhören. Fuchs hob die Schultern und setzte eine unschuldige Miene auf.

Die Kommissarin lächelte ihren tschechischen Kollegen entschuldigend an, während sie ihr Handy aus der Tasche kramte. »Ich werde jetzt meinen Kollegen in Hamburg anrufen, er soll sofort einen Amtshilfeantrag bei der Staatsanwaltschaft stellen und ihn per Fax hierherschicken.« Sie stand auf und ging ein paar Schritte beiseite zum Telefonieren.

»Wie war noch einmal Name des Mannes?«, fragte Horák nach. »Ich werde in Computer suchen.«

»Ondrej Svoboda«, wiederholte Fuchs.

Der Inspektor tippte den Namen ein. »Aha, ich sehe. Svoboda ist gemeldet, Konêvara Straße Nummer 43. Lebt mit Frau Tereza Kucêrová dort. Ist Halter von Wagen mit Nummer U65-38E. Ist arbeitslos gemeldet. Bekommt Sozialhilfe«, referierte er die Daten, die der Computer ausspukte.

»Sie müssen sein Haus durchsuchen lassen, Herr Horák. Ich habe dort ein vollständiges Drogenlabor gesehen, auch eine Menge fertiges Rauschgift. Wir dürfen keine Zeit verlieren, sonst riskieren wir, dass er wegen unseres Besuches Verdacht schöpft und flüchtet«, sagte Fuchs.

Horák hob die Hand. »Zuerst muss Vorgesetzter die Erlaubnis geben, verstehen Sie?« Er nahm sich noch einmal Fuchs' Ausweis vor. »Sie sind nicht Polizist, richtig? Sind Privatermittler? Also privat hier, nicht dienstlich, stimmt's?«

Fuchs fühlte sich irgendwie herabqualifiziert. Gerade, als er protestieren und seinen Status näher erläutern wollte, hörte er Julies Stimme laut werden. »*Wie* lange?

Das geht auf keinen Fall! Wir können unmöglich bis morgen warten. Es besteht die Gefahr, dass er abhaut. … Nein, nein, unbedingt sofort … Dann frage eben die Oberstaatsanwältin … *Ja*, das *ist* nötig … Ich warte …« Sie warf Fuchs einen augenrollenden Blick zu, der deutlich machte, mit welchen Widerständen sie zu Hause zu kämpfen hatte. Sie lauschte weiter in den Hörer und nach einer Weile sagte sie: »Also gut. In zwei Stunden. Aber keinesfalls später!« Mit vor Ärger gerunzelter Stirn und geröteten Wangen wandte sie sich an Fuchs und Horák, die sie beide gespannt ansahen.

»Es dauert circa zwei Stunden, sagt mein Kollege. Der Staatsanwalt ist nicht erreichbar, und die Oberstaatsanwältin ist noch zu Tisch.« Wütend schüttelte sie den Kopf. »Wir müssen warten.«

»Aha«, meinte Horák. Er nahm ein Taschentuch und wischte sich den Schweiß von der Glatze.

»Könnten Sie nicht trotzdem schon mal Ihre Beamten losschicken zur Hausdurchsuchung? Es besteht Fluchtgefahr«, fragte Julie den tschechischen Kollegen.

Der schüttelte entschieden den Kopf. »Geht nicht. Aber ich werde schon mal die Kollegen von der Antidrogenzentrale informieren. Kommissar Filip Nêmec ist zuständig für Rauschgift. Er wird entscheiden, was wir tun.« Er nahm den Telefonhörer auf und fing an zu telefonieren. Auf Tschechisch, sodass Fuchs und Julie kein Wort verstanden.

Fuchs wechselte einen bedeutsamen Blick mit Julie. Wie in Deutschland, sagte dieser Blick, nur keine Kompetenzen überschreiten. Die Kommissarin fing an, nervös in dem Büro hin und her zu tigern. »Das darf doch alles nicht wahr sein«, murmelte sie.

Fuchs versuchte, sie zu beruhigen. »Keine Angst, Frau Sommer. Ich glaube nicht, dass Svoboda schon wieder zu Hause ist. Er hatte sicher eine längere Tour vor. Außerdem ist es unwahrscheinlich, dass seine Freundin, diese Tereza, ihm etwas von unserem Besuch erzählen wird, so vollgedröhnt, wie sie war. Wahrscheinlich hat sie unseren Besuch schon vergessen.«

»Hm«, machte Julie. Fuchs sah, sie war nicht überzeugt.

»Kommen Sie, wir gehen einen Kaffee trinken. In zwei Stunden kommen wir wieder, und dann kann's losgehen, nicht wahr, Herr Horák?«

Der Polizist nickte. »Kollege Nêmec wird auch da sein dann.«

Als Fuchs und Julie nach zwei Stunden zurückkamen – sie hatten in dem hübschen Stadtzentrum auf dem Schlossplatz in einem Straßencafé einen Kaffee getrunken und mehrere Golatschen gegessen, kleine, runde mit Mohn gefüllte Hefekuchen, und gegen den Durst Mineralwasser getrunken – war das Fax aus Hamburg immer noch nicht da.

»Das darf doch nicht wahr sein!«, schimpfte Julie. Umgehend rief sie in ihrem Büro an und stellte das Handy auf Lautsprecher. »Ole, was ist mit dem Amtshilfeersuchen! Wir sitzen hier auf heißen Kohlen.«

»Kommt, Chefin, habe es gerade losgeschickt! Müsste in diesem Moment dort ankommen«, hörten Julie, Fuchs und Horák die Stimme Ole Möllers. Richtig, das Faxgerät fing an zu rattern, und alsbald spukte der Apparat das sehnsüchtig erwartete Dokument aus. Der dicke Inspektor sprang erstaunlich behände auf. »Alles ist vorbereitet. Die Kollegen von der Rauschgiftabteilung stehen bereit. Lasst uns losfahren.« Er steckte die Papiere ein, setzte seine Uniformmütze auf, griff nach seiner Jacke und stürmte zur Tür hinaus. Der Detektiv und die Kommissarin folgten ihm.

44. KAPITEL

Kurze Zeit später stand eine kleine Gruppe, gebildet aus Inspektor Horák, Kommissar Filip Nêmec, dem Leiter der Rauschgiftabteilung, ein kaum mittelgroßer, dünner Mann mit einem bemerkenswerten Schnurrbart, Privatermittler Fuchs und Oberkommissarin Sommer vor der Tür des Hauses in der Konêvara Straße Nummer 43, im Schlepptau eine Gruppe Beamter von der Nationalen Antidrogenzentrale. Mehrere Polizeiautos der Marke Skoda Octavia und ein VW-Transporter standen direkt in der Einfahrt.

Inspektor Horák hielt den Durchsuchungsbeschluss in der Hand, den er von dem zuständigen Richter besorgt hatte, und hielt ihn der verblüfften Tereza vor die Nase. Fuchs verstand die tschechischen Worte nicht, die der

Inspektor sagte, nahm aber an, dass es so etwas war wie »Das ist ein Durchsuchungsbeschluss. Lassen Sie uns bitte herein« oder etwas Ähnliches. Anschließend lief alles ab wie am Schnürchen. Die Beamten hatten vorher festgestellt, dass der Mercedes in der Garage stand, sodass sie auf den Mann, den sie im Keller direkt bei der Arbeit vorfanden, gefasst waren und den völlig überraschten Drogenhersteller ohne Schwierigkeiten festnehmen konnten.

Fuchs und Julie musterten den Tschechen neugierig, der in Handschellen aus dem Haus geführt wurde. Ondrej Svoboda war ein mittelgroßer, hagerer Mann Mitte 40 mit blondem schütterem Haar, einer großen Nase und einem fliehenden Kinn. Er trug eine randlose Brille, die seine Augen stark verkleinerten. Das also ist der Mann, der mit dem Leid anderer Menschen das Geld verdient, womit er sich seinen teuren Sportwagen finanziert, dachte Fuchs. Kaum zu glauben, dass die hübsche, patente Ines Fischer auf diesen unscheinbaren Typen hereingefallen ist. Arme kleine Lenya, einen solchen Vater zu haben! Der dazu, aller Wahrscheinlichkeit nach, ein Mörder ist. Fuchs wechselte einen Blick mit Julie, der wohl ähnliche Gedanken durch den Kopf gingen.

Tereza Kucêrová regte sich furchtbar auf, zeterte und schimpfte und brach schließlich in Tränen aus. Inspektor Horák erklärte ihr die Sachlage und kündigte ihr an, dass sie wahrscheinlich ein Verfahren wegen Beihilfe zur Herstellung von verbotenen Substanzen, mindestens aber wegen Missbrauchs von Betäubungsmitteln zu erwarten habe, was jedoch nicht dazu beitrug, die Frau zu beruhigen. Schließlich musste sich eine Sozialarbeiterin ihrer annehmen.

In der Inspektion wurde Svoboda von Horák und Nêmec einer ersten Befragung unterzogen, natürlich auf Tschechisch. Fuchs und Julie mussten sich mit dem Zuhören gedulden und wurden stückchenweise von Horák über das Ergebnis informiert. Svoboda hatte seine Tätigkeit als Rauschgiftproduzent und -lieferant in allen Einzelheiten gestanden, war aber, als er von dem Tod seines Komplizen Christoph Fischer hörte, aus allen Wolken gefallen. Jedenfalls war das der Eindruck von Jakub Horák gewesen, wie er sagte.

»Svoboda gibt zu, Fischer war sein Geschäftspartner. Er ist gefahren häufig nach Hamburg, hat zusammen mit Fischer Crystal Meth verteilt an die Leute auf der Straße. Hatte verschiedene feste Abnehmer an verschiedenen Orten. Er hat Fischer gut gekannt, war ja sein Schwager. Beide lieben schnelle Autos, brauchten Geld auch dafür. Fischer war ein netter Kerl, sagt Svoboda. Er hatte keinen Grund, ihn umzubringen. Hatten niemals Streit. Er überhaupt wusste nichts von Fischers Tod. Ist sehr traurig darüber.«

Fuchs wollte es nicht glauben. Wahrscheinlich war der Drogendealer nur ein guter Schauspieler und sein Landsmann zu gutgläubig. Natürlich versuchte der Verdächtige, die Tat zu leugnen, das taten die meisten Mörder.

»Können wir mit ihm sprechen? Er spricht doch sicher ganz gut Deutsch, er hat ja jahrelang in Deutschland gelebt.«

Mit einem Blick verständigte er sich mit Julie, die ihm zunickte.

Der Inspektor seufzte ergeben. »Ja, sicher. Aber wir bleiben im Raum, Nêmec und ich.«

Svoboda blickte mürrisch auf, als Fuchs und Julie in den Vernehmungsraum traten. Horák stellte sie knapp vor. Der Verdächtige schien nicht begeistert davon zu sein, zusätzlich zu den tschechischen Polizisten nun auch noch der deutschen Kommissarin und dem Privatermittler Rede und Antwort stehen zu müssen.

»Wann haben Sie Ihren Schwager das letzte Mal gesehen?«, eröffnete Julie das Verhör.

»Das war letzte Woche Mittwochabend. Christoph hat eine Lieferung abgeholt, drei Kilogramm bestes Cristal Meth. Hat versprochen dafür 30.000 Euro! Wollte bald bezahlen, wenn er den Stoff verkauft hatte. So haben wir es immer gemacht. Seit etwa einem halben Jahr. War immer Verlass auf Christoph.«

»Also war Fischer am letzten Mittwoch hier. Und was haben Sie an den folgenden Tagen gemacht?«

»Was schon? Ich war hier, habe ein bisschen gearbeitet, bin spazieren gefahren, sonst nichts.«

»Geht es nicht etwas genauer? Wo waren Sie zum Beispiel am Donnerstagnachmittag zwischen 16 und 17 Uhr?«

Unwillig schob Svoboda seine Brille zurecht. »Woher soll ich das denn wissen? Wissen Sie etwa noch, wo genau Sie gewesen sind zu einer bestimmten Uhrzeit letzte Woche?«

Julie ignorierte seine Frage.

»Denken Sie nach!«

Genervt holte der Kriminelle Luft und seufzte.

»Also Donnerstag letzter Woche. Ach ja, richtig, ich war in Prag, musste ein paar Sachen holen.«

»War jemand bei Ihnen? Ihre Lebensgefährtin vielleicht?«

»Tereza? Um Gottes willen, nein! Die Frau ist ja nicht auszuhalten. Hängt voll an dem Stoff. Unausstehlich.«

»Was ja wohl nicht zuletzt Ihre Schuld ist, nicht wahr? Sie versorgen sie doch damit!« Der Kommissarin fiel es offenbar schwer, ihre Empörung nicht zu zeigen, stellte Fuchs fest. Er konnte sie gut verstehen.

Svoboda zuckte mit den Schultern und schwieg.

»Es kann also niemand bezeugen, dass Sie nicht nach Deutschland gefahren sind – mit Ihrem schnellen Wagen ja ein Kinderspiel –, mit Fischer in Streit gerieten, womöglich wegen des Geldes, und ihn im Affekt erstochen haben?«

Svoboda fuhr auf. »Nein, das lass ich mir nicht anhängen. Ich war das nicht. Keine Ahnung, was da passiert ist. Ich jedenfalls habe nichts damit zu tun!«

»Besitzen Sie ein Messer, Herr Svoboda?«

»Was ist das denn für eine dämliche Frage«, ereiferte sich der Beschuldigte. »Natürlich besitze ich ein Messer, und nicht nur eines. Sie etwa nicht?«

»Wir werden alle Ihre Messer untersuchen, und sollten wir auch nur das kleinste bisschen Blut daran finden, sind Sie dran, Herr Svoboda.«

Der Mann verschränkte die Arme vor der Brust, die typische Abwehrhaltung, die Julie aus vielen Verhören kannte.

»Ich sage jetzt gar nichts mehr«, verkündigte Svoboda. »Ich will sofort einen Anwalt.«

Die Kommissarin wechselte einen Blick mit Fuchs, der die ganze Zeit nur zugehört hatte. Der Detektiv schüttelte unmerklich den Kopf.

»Gut. Das war's. Sie können Herrn Svoboda jetzt ins Gefängnis bringen.«

»Was machen wir nun?«, fragte Julie, als Fuchs und sie das Polizeigebäude verließen.

Fuchs warf einen Blick auf die Uhr. »Es ist gleich 18 Uhr. Wir werden heute hier übernachten müssen, Frau Kommissarin. Wir sollten uns ein Hotel suchen, was meinen Sie?«

Offenbar hatte sich die Kommissarin keine Gedanken darüber gemacht, wie spät es inzwischen geworden war. »Was?«, rief sie. »Damit habe nicht gerechnet.«

»Natürlich könnten wir auch heute noch zurückfahren, aber wir würden erst spät in der Nacht ankommen. Ehrlich gesagt, ist mir das zu anstrengend. Und ich fahre nicht gern bei Dunkelheit.«

»Ach. Ja natürlich, das verstehe ich. Aber ich habe nichts dabei zum Übernachten.«

Typisch Frau, dachte Fuchs. Als ob das ein Problem wäre. »Sie können sicher eine Zahnbürste im Hotel kaufen«, sagte er. Er nahm sein Handy zur Hand und googelte die Hotels in Teplice. »Hier, ein Hotel mit dem vielversprechenden Namen *Paradies* hat noch Zimmer frei. Wollen wir es uns ansehen?«

»Ja. Aber Ich habe gar keine Tschechischen Kronen bei mir. Ob man hier auch Euros nimmt?«

»Na klar, Tschechien ist EU-Mitglied.«

Das Hotel *Paradies* erwies sich als zentral am Schlossplatz gelegen, war hübsch und preiswert und hatte tatsächlich noch zwei Einzelzimmer frei. Sie quartierten sich ein, machten sich frisch und aßen in einem der freundlichen Lokale im Zentrum zu Abend. Fuchs dachte mit Sorge an Lady, wusste aber, dass das Fressen, das er ihr gegeben hatte, sie vor dem Verhungern bewahren würde. Julie verscheuchte den Gedanken an Simon, den sie eigentlich am Abend auf eine halbe Stunde – länger konnte er sich nie freimachen – hätte treffen sollen. Nach einem kleinen Abendspaziergang setzten sie sich in ein gemütliches Gartenlokal, tranken Bier beziehungsweise Wein und genossen den Sommerabend. Sie unterhielten sich angeregt, tauschten sich über ihre beruflichen Erfahrungen aus, erzählten Anekdoten über ihre Arbeit und lachten viel. Als die Dunkelheit dichter wurde und das Lokal sich leerte, verabschiedete Julie sich; sie sei müde, der Tag sei doch sehr lang und anstrengend gewesen. Fuchs saß noch ein Weilchen bei seinem Bier, dann begab auch er sich in sein Hotelzimmer. War ein netter Abend, dachte er.

MITTWOCH, 26. JUNI 2019

45. KAPITEL

Lady war schwer beleidigt. Nicht nur, dass sie am vorangegangenen Tag nicht das ihr zustehende Maß an Streicheleinheiten erhalten hatte, auch war am Morgen weder ihr Wasserschälchen frisch gefüllt worden noch wies ihr Napf das übliche Futter auf.

Als Fuchs nach Hause kam, war es schon Nachmittag. Die Katze würdigte ihn keines Blickes, als er sie lockte und versuchte, sie zu streicheln. Sie blieb mit zurückgelegten Ohren auf ihrem Schlafplatz liegen und fauchte leise, als Fuchs die Hand nach ihr ausstreckte. Erst als Fuchs ihren Fressnapf mit der Leberpastete füllte, die sie besonders liebte, ließ sie sich herab herbeizukommen und sich von ihm kraulen zu lassen.

Die Fahrt von Teplice nach Hamburg war vollkommen problemlos verlaufen. Bei wieder einmal herrlichem Sommerwetter hatten Fuchs und seine Begleiterin sich von dem schon vollkommen verschwitzten Inspektor Horák verabschiedet, versprochen, sich umgehend zu melden, wenn das weitere Vorgehen bezüglich des Mordverdachtes gegen Svoboda mit der Staatsanwaltschaft geklärt sein würde, und waren losgefahren. In Hamburg angekommen, hatte Fuchs die Kommissarin bei ihrer Wohnung abgeliefert und war nach Hause gefahren.

Jetzt brutzelte er sich ein saftiges Steak, bereitete sich einen kleinen Salat aus Tomaten, Oliven und Paprikastückchen zu und aß eine dicke Scheibe Weißbrot dazu. Als I-Tüpfelchen auf seinem Mahl genehmigte es sich den letzten Vanillepudding, den er im Kühlschrank fand.

»Erinnere mich daran, dass ich heute Abend Pudding koche, Lady«, sagte er zu der Katze. Zum Zeichen, dass sie ihm verziehen hatte, sprang die Katzendame auf seinen Schoß und drückte ihren Kopf an sein Gesicht. Ihr tiefes Schnurren wertete Fuchs als Beweis dafür, dass zwischen ihnen nun alles wieder gut war.

Das Telefon läutete.

Julie Sommer war am Apparat. Was die Kommissarin ihm zu sagen hatte, wirkte wie eine eiskalte Dusche auf Fuchs, war er doch gerade dabei, sich in dem Ermittlungserfolg, den er zu verbuchen hatte, ausgiebig zu sonnen.

»Sie werden es nicht glauben, Herr Fuchs! Svoboda hat für die Tatzeit ein wasserdichtes Alibi. Er kann nicht der Mörder sein!«

»Was? Wie kann das sein? Wir waren doch überzeugt davon, dass er es gewesen ist.«

»Ja. Aber genau zur Tatzeit ist er auf dem Rückweg aus Prag, wo er die Zutaten für seine Giftbrauerei gekauft hatte, geblitzt worden. Auf der Autobahn. Wegen Geschwindigkeitsüberschreitung. Stellen Sie sich das vor! Das ist nicht zu widerlegen. Alles genau dokumentiert, mit Datum, Uhrzeit und Foto!«

Fuchs wusste einen Augenblick nichts zu sagen. Das durfte doch nicht wahr sein!

»Sind Sie noch da, Herr Fuchs?«, hörte er Julies niedergeschlagene Stimme am anderen Ende der Leitung.

»Ja. Leider weiß ich nicht, was ich dazu sagen soll, Frau Kommissarin.«

»Ja, ich auch nicht.«

Wieder eine Pause.

»Jetzt werden meine Leute und ich wohl wieder ganz von vorne anfangen müssen.«

»Hm ja. Das müssen Sie wohl.«

Ein tiefer Seufzer am anderen Ende. »Ja, also, das wollte ich Ihnen nur sagen. Immerhin haben wir das Rauschgiftlabor gefunden.«

»Ja, das stimmt.«

»Wiederhören, Herr Fuchs!« Sie hatte aufgelegt.

Fuchs legte das Telefon beiseite. Wenn Svoboda nicht der Mörder war, wer war es dann? War es doch dieses Frettchen Meunier? Oder der minderbemittelte Bulli Wegmann? Oder war es wirklich der große Unbekannte, der bisher noch gar nicht aufgetaucht war?

Ratlos ließ Fuchs seinen Blick durch den Raum schweifen, ohne irgendetwas wirklich wahrzunehmen. Er musste noch einmal gründlich nachdenken. Aber nicht jetzt.

»Lady, ich brauche eine Ablenkung. Ich kann nicht mehr denken.«

Er zog sich frische Sachen an und verließ die Wohnung.

Die Halmers saßen im Garten unter einem großen Sonnenschirm und korrigierten Schulhefte, als Fuchs bei ihnen auftauchte.

Jonah und Enya plantschten im Wasser des Plastikbeckens herum und kreischten vor Vergnügen.

»Hol dir ein Bier aus dem Kühlschrank und setz dich zu uns«, lud Halmer ihn ein.

Fuchs tat wie geheißen. Ächzend ließ er sich in den Liegestuhl fallen und trank einen langen Schluck aus der Bierflasche.

»Wie geht's, Fuchs?«, fragte Melanie. »Du siehst irgendwie unzufrieden aus. Hast du deinen Fall noch nicht gelöst?«

»Ach, frag nicht, bitte! Ich dachte, ich hätte den Mord aufgeklärt. Aber plötzlich ist alles wieder völlig rätselhaft.« Wieder nahm er einen Schluck Bier, sagte »Aah«, und lehnte sich zurück.

»Das klingt spannend. Nun erzähl schon«, bat Melanie. »Vielleicht fällt uns gemeinsam etwas ein.«

»Also gut«, meinte Fuchs. Halmer und seine Frau hatten ihre Stifte beiseitegelegt und sahen ihn erwartungsvoll an. Der Detektiv gab einen komprimierten Bericht ab über die bisherigen Ermittlungsergebnisse. Und schloss mit der Pointe, dass der Hauptverdächtige für den Mord plötzlich mit einem unumstößlichen Alibi um die Ecke kam.

Die Halmers waren genauso konsterniert wie er.

»Das gibt's doch gar nicht. Hat der Mann ein Glück!«

»Ja. Und jetzt fehlt mir jede Idee, was geschehen sein könnte.«

»Und wenn es doch einer von diesen beiden Typen gewesen ist, dieser JJ oder der Bulli, von denen du erzählt hast?«

»Habe ich natürlich auch überlegt. Aber irgendwie kann ich nicht glauben, dass sie es waren. Andererseits muss es ja einer von den beiden gewesen sein. Sonst ist niemand da, der irgendetwas mit Fischer zu tun hatte. Und an den großen Unbekannten glaube ich nicht.«

»Und das Mädchen, deine Mandantin«, fragte Halmer. »Könnte sie es getan haben? Vielleicht hatte es gar nichts mit dem Rauschgift zu tun, sondern war ein Eifersuchtsdrama? Oder aus Rache wegen ihres Bruders?« Halmer erwärmte sich für den Gedanken.

Fuchs schüttelte entschieden den Kopf. »Carlotta? Nie und nimmer. Sie ist das, was sie zu sein scheint, der reinste Engel. Sie lebt für ihre Arbeit, ist kreativ und begabt. Sorgt sich um ihren kleinen Bruder. Nein, Carlotta ist zu einer solchen Tat nicht fähig.«

»Na, du scheinst ja sehr von ihr angetan zu sein. Ist sie hübsch? Hat sie dich vielleicht um den Finger gewickelt mit ihrem Charme? Vielleicht täuschst du dich ja in ihr.« Jörg Halmer gefiel es anscheinend, den Faden weiterzuspinnen und seinen Freund in Argumentationsnot zu bringen. »Lass uns doch den Gedanken mal konkretisieren: Erstens, könnte sie ein Motiv gehabt haben? Ja! Vielleicht hat sie von Fischers Rolle bei dem fingierten Juwelenraub erfahren und wollte sich dafür rächen. Zweitens, hatte sie die Gelegenheit? Ja! Ist überhaupt überprüft worden, wo sie zur Tatzeit war? Sie könnte gewusst haben, wo Fischer sich mit seinen Komplizen immer traf. Vielleicht hat sie ihn heimlich überwacht? Drittens, gibt es Verdachtsmomente gegen sie? Ja! Ist es nicht komisch, dass die geraubten Juwelen ausgerechnet bei ihr entdeckt wurden? Und vielleicht hat sie die Juwelen bei Fischer gefunden und ihm abgenommen, nachdem sie ihn ermordet hatte und dir nur vorgemacht, er habe sie bei ihr deponiert?«

Triumphierend sah Halmer seinen Freund an. »Na, was sagt unser Superdetektiv dazu? Carlotta ist die Mörderin!«

Fuchs fühlte sich herausgefordert. »Du meinst das ernst, oder? Gut, gehen wir deine Punkte mal durch. Erstens, das Motiv. Ja, Carlotta hatte de facto allen Grund, auf Fischer wütend zu sein. Er hat sich wahrscheinlich nur wegen ihres Geldes an sie herangemacht, er hat ihren kleinen Bruder mit teurem Stoff versorgt, sodass er in Geldnot geriet, hat ihn zu dem Überfall gezwungen, indem er ihn durch seine Handlanger hat foltern lassen. Der entscheidende Punkt aber ist: Hat sie davon gewusst? Ich sage nein, denn sonst hätte sie mich nicht engagiert, um ihren Bruder zu suchen.«

»Hm«, machte Halmer. »Das könnte aber auch eine kluge Finte gewesen sein, um jeden Verdacht von sich abzulenken«, wandte er ein.

»Das würde ja voraussetzen, dass sie am Dienstag schon wusste, was am Mittwoch und Donnerstag passieren würde. Das passt nicht zu der Tat, die augenscheinlich im Affekt ausgeführt worden ist.«

»Aber wenn es nur so aussehen sollte? Und alles sorgfältig geplant worden ist?«

Halmer ließ nicht locker.

»Hm, so viel Kalkül traue ich der Frau einfach nicht zu. Wenn du sie kennen würdest …«

»Das ist kein Argument«, konterte Halmer. »Du könntest dich ja täuschen! Was ist mit Punkt zwei: Gelegenheit. Habt ihr überprüft, wo Carlotta zur Tatzeit gewesen ist? Sie hätte ja jederzeit zu diesem Lagerraum fahren können.«

»Vorausgesetzt, sie hätte gewusst, dass Fischer zu der Zeit dort sein würde.«

»Woher weißt du, dass sie es nicht wusste?«

»Fischer war nachweislich am Mittwoch in Teplice in Tschechien, wo er das Rauschgift geholt hat. Er kann also erst in der Nacht zum Donnerstag oder, wahrscheinlicher, am Donnerstagvormittag zurückgekommen sein. Sicher ist er dann zu ihr gefahren. Wenn Carlotta ihm anschließend gefolgt ist, könnte sie ihn tatsächlich in dem Lagerraum zur Rede gestellt und im Affekt getötet haben«, musste Fuchs zugeben. Er war nachdenklich geworden. »Vielleicht hatte sie Verdacht geschöpft und erst bei der Gelegenheit erfahren, von Fischer selbst, wie alles zusammenhing.«

Melanie mischte sich ein. »Das würde aber bedeuten, dass sie die Tatwaffe, das Messer, mitgebracht hätte. Oder lagen Messer dort einfach herum?«

»Und das wiederum würde Vorsatz bedeuten, ist es nicht so, Fuchs?« Halmer fühlte sich bestätigt. »Und zum dritten Punkt: die Beute aus dem Überfall. Kann es nicht gut sein, dass Fischer erst kurz vorher von seinem Komplizen die Juwelen übergeben bekommen hat und dass Carlotta sie bei dem Toten fand und mitnahm? Das würde erklären, warum sie ausgerechnet bei ihr aufgetaucht sind.«

Fuchs stand auf. »Jetzt habt ihr es doch tatsächlich geschafft, dass ich meine eigene Mandantin verdächtige. Ich werde den genauen Zeitablauf noch einmal rekonstruieren und Carlottas Alibi überprüfen müssen. Womöglich habe ich mich tatsächlich von ihrem Engelsgesicht täuschen lassen.« Er winkte den Kindern zu und wandte sich zum Gehen. »Danke fürs Bier, ihr beiden.«

Das Lehrerehepaar sah im lächelnd hinterher.

46. KAPITEL

Julie Sommer konnte es nicht fassen. Gerade hatte sie den feixenden Jean Jacques Meunier mit seinem Anwalt gehen lassen müssen. Es läge kein zwingender Haftgrund mehr gegen ihn vor. Mit einem breiten Grinsen in seinem Mausgesicht war der Mann aus ihrem Büro marschiert, gefolgt von seinem Anwalt, der nur bedauernd mit den Schultern zuckte. Meunier hatte ein Alibi! Ein richtig gutes Alibi, zusammen mit seinem Kumpel Wegmann, der den Eindruck gemacht hatte, kaum zu verstehen, was ablief.

Sie hatte Meunier noch einmal verhört und ihn damit konfrontiert, dass der Mordverdacht nun vermehrt auf ihm laste, da »der Tscheche« nicht mehr als Täter infrage käme. Daraufhin hatte der schlaue Gauner seine Aussage revidiert. Er habe den Donnerstagnachmittag nicht zusammen mit Wegmann zu Hause verbracht, sondern sei mit ihm nach Amsterdam gefahren, um sich Cannabis zu besorgen. Der Besitz einer geringen Menge des Rauschgiftes war als Straftat weitaus weniger schlimm als ein Mord. Und tatsächlich hatte der Besitzer des *Coffee Shops*, ein gewisser Pieter Sloterhus, bestätigt, dass die beiden, die Stammkunden bei ihm waren, den Nachmittag des besagten Donnerstags in seinem Lokal verbracht hatten. Die niederländische Polizei hatte den Zeugen als glaubwürdig geschildert, sodass Julie wohl oder übel die beiden Dealer als Täter ausschließen musste.

Julie stützte den Kopf in ihre Hände und seufzte abgrundtief. Ole Möller schob ihr wortlos eine geöffnete Tafel Vollmilchschokolade hin, die Riegel in mundgerechte Stückchen zerteilt. Resigniert schob Julie ein Stück in den Mund und ließ es auf der Zunge zergehen.

»Hast du nicht eine Idee, wie wir weiter vorgehen können, Ole?«, fragte sie mutlos. »Ich weiß nicht mehr weiter. Wenn das so weitergeht, werde ich noch rund und dick.«

Kommissar Möller nahm sich statt einer Antwort ebenfalls ein Stück Schokolade. Stille breitete sich in dem Büro aus. Durch die offenen Fenster hörte man das Zwitschern der Vögel in den Bäumen vor dem Haus; es übertönte den allgegenwärtigen Verkehrslärm.

Beide zuckten zusammen, als es an der Tür klopfte. Privatermittler Fuchs trat ein, ohne ein »Herein« abzuwarten.

Julie musste sich beherrschen, um nicht zu zeigen, wie sehr sie sich freute, den Detektiv zu sehen. Er war ihr nicht nur als Leidensgenosse willkommen, dem sie die Hiobsbotschaft der Unschuld JJs und Bullis unterbreiten konnte. Wenn sie ehrlich war, musste sie zugeben, dass der Detektiv ihr durch den gestrigen Tschechien-Trip überaus sympathisch geworden war.

»Hallo, schöne Kommissarin, wie geht es Ihnen?«, fragte Fuchs. »Ich dachte, ich komme mal schnell vorbei, um zu hören, ob unser letzter Verdächtiger, JJ Meunier, schon gestanden hat.«

Er nickte Ole Möller zu, der ihm, ohne etwas zu sagen, die geöffnete Tafel Schokolade zuschob.

»Leider ist das Gegenteil der Fall, lieber Herr Fuchs. Tut mir leid!«

»Wieso das Gegenteil?« Fuchs ließ sich auf den Besucherstuhl fallen und streckte die Beine von sich.

»Halten Sie sich fest: Meunier hat ein Alibi! Wegmann auch. Die beiden waren zur Tatzeit in Amsterdam, nachweislich! Sie können den Mord nicht begangen haben.«

»Der Detektiv setzte sich auf. »Das kann doch nicht wahr sein! Dann bleibt ja niemand mehr übrig, außer …«

Julie horchte auf. »Außer? An wen denken Sie?«

Fuchs wand sich. Eigentlich wollte er immer noch nicht wahrhaben, dass seine Mandantin Carlotta Birkmeier tatsächlich zu den Tatverdächtigen gehörte. Andererseits konnte er nicht leugnen, dass die Täterschaft Carlottas immer wahrscheinlicher wurde. Also musste er die Kommissarin darüber informieren, damit Carlottas Alibi offiziell überprüft werden konnte. Bevor er jedoch seinen Verdacht äußern konnte, meldete sich Ole Möller zu Wort.

»Wir haben Patrick Nordmann ganz vergessen.«

Erstaunt blickten Julie und Fuchs den jungen Kommissar an. Möllers Wangen röteten sich, als er erläuterte: »Der Junge hatte erstens mit den Dealern zu tun, das wissen wir. Er hatte zweitens ein Verhältnis mit Sascha, der ein Opfer Fischers war. Fischer hat Sascha mit dem Crystal Meth beliefert, ihn bewusst in die Verschuldung getrieben, er hat veranlasst, dass Meunier und Wegmann Sascha festsetzten und solange quälten, bis er in den Überfall auf den Juwelierladen seiner Schwester einwilligte. Also war er auch indirekt daran schuld, dass Sascha, Patricks geliebter Sascha, beinahe erschossen worden wäre. Patrick Nordmann hatte also allen Grund, Fischer zu hassen und damit ein Motiv. Außerdem hat er drittens kein Alibi für die Tatzeit. Vielleicht hat er dem Opfer aufgelauert an dem Nachmittag, weil er durch Meunier oder Wegmann erfahren hatte, dass Fischer wieder eine Lieferung Stoff bringen würde. Es kam zur Konfrontation, der Streit eskalierte, und der Junge hat ihn im Affekt erstochen.«

Sprachlos starrten Julie und Fuchs den unscheinbaren jungen Beamten mit der Nerd-Brille an. Fuchs fasste sich zuerst.

»Das ist absolut genial, Herr Möller! Ich weiß übrigens, dass Patrick ein Klappmesser besitzt und dass er es immer bei sich trägt. Eine Erinnerung an seinen Vater, wie seine Mutter sagt. Das passt wie die Faust aufs Auge. Er hatte also die Tatwaffe bei sich.«

Julie nickte. »Ich erinnere mich außerdem, dass er in der Vernehmung gesagt hat, er sei mit dem Roller herumgefahren an dem besagten Nachmittag, das heißt, er hat tatsächlich kein Alibi. Wer sagt uns, dass er nicht zu dem Lagerraum gefahren ist, um Fischer dort zu treffen und zur Rede zu stellen?«

»Und wenn man davon ausgeht, dass er der Mörder ist, erscheint vielleicht der merkwürdige Unfall, der ja fast wie eine Amokfahrt aussah, in einem neuen Licht«, ergänzte Möller seine Ausführungen. »Der Junge ist gerade einmal 18 Jahre alt, hatte höllische Angst vor dem Coming-out, war zum ersten Mal verliebt, zudem verwickelt in die Rauschgiftsache und den Mord. Und die Polizei saß ihm im Nacken. Er muss riesige Angst vor Entdeckung gehabt haben, war sicher total verzweifelt über das, was er getan hatte, sodass man annehmen kann, dass der Rollerunfall nicht unbeabsichtigt war.«

Julie stand auf, ging um den Schreibtisch herum zu ihrem Kollegen, nahm seinen Kopf in beide Hände und drückte ihm links und rechts einen dicken Kuss auf die Wangen. »Du bist ein Genie, Ole Möller!«, sagte sie mit Überzeugung.

Der Kommissar lief über und über rot an, ergriff sinnloserweise einen Stift und nestelte vor Verlegenheit an den Papieren auf dem Tisch herum.

Fuchs grinste breit, weil er unendlich erleichtert war, Carlotta nicht mehr als Hauptverdächtige ansehen zu müssen.

»Wie geht es dem Jungen überhaupt inzwischen?«, fragte er. »Wissen Sie etwas darüber, Herr Möller?«

»Nein, leider nicht. Ich hatte gestern keine Zeit, ihn aufzusuchen. Sie wissen schon, wegen des Amtshilfeersuchens.«

»Jaja, schon gut«, winkte Julie ab. »Ich werde gleich mal ins Krankenhaus fahren.«

»Moment noch, Frau Kommissarin, lassen Sie uns erst einmal überlegen.«

Julie setzte sich wieder hin. »Was meinen Sie?«

»Also. Es wirkt alles ganz logisch, was Sie gesagt haben, Herr Möller. Aber haben wir Beweise? Dass Patrick kein Alibi hat, reicht nicht aus. Alles andere sind Theorien. Was ist mit der Tatwaffe? Wo ist sie?«

»Sie wurde nicht gefunden, das ist ein Problem, ja. Wahrscheinlich hat Patrick sie weggeworfen.«

Ernüchtert sahen die drei sich an.

»Obwohl …« Fuchs runzelte die Stirn und fuhr sich durch die Haare, die dadurch nicht ordentlicher wurden.

»Was?«, fragte Julie.

»Ich glaube, er hat das Messer nicht weggeworfen. Dazu war es ihm zu wertvoll. Er hat es von seinem Vater geschenkt bekommen, bei dem letzten gemeinsamen Angelausflug, den er mit ihm gemacht hat, bevor der Vater die Familie verließ. Das Messer ist so was wie ein kostbares Erinnerungsstück, das Patrick mit seinem Vater verbindet.«

»Sie glauben also, er hat es noch zu Hause?«

»Ja, ich denke schon. Und es wäre der einzige echte Beweis für seine Täterschaft.«

»Also brauchen wir einen Durchsuchungsbeschluss für die Wohnung der Nordmanns. Ole, kümmerst du dich darum? Der Staatsanwalt soll ihn gleich für heute ausstellen, dann haben wir Gewissheit.«

Möller griff zum Telefon.

Fuchs erhob sich. »Ich habe noch eine Verabredung mit Carlotta Birkmeier. Ich denke, mein Auftrag ist bald erledigt.«

Er reichte Julie die Hand. »Geben Sie bitte Bescheid, wenn Sie Gewissheit haben, Frau Kommissarin?«

»Ja, mache ich. Vielleicht möchten Sie dabei sein, wenn ich Patrick besuche?«

»Okay. Rufen Sie mich an.«

47. KAPITEL

Carlotta Birkmeier stand hinter der Ladentheke und bediente zwei junge Mädchen. Als Fuchs hereinkam, signalisierte sie ihm, dass sie gleich Zeit für ihn haben würde. Fuchs nutzte die Gelegenheit, die Designerin unter der Prämisse zu betrachten, dass sie eventuell eine Mörderin sein könnte. Zwar glaubte Fuchs nicht wirklich daran, da er die Tat eher dem jungen Nordmann zutraute. Dennoch gingen ihm die Verdachtsmomente, die gegen Carlotta sprachen, nicht aus dem Kopf.

Er betrachtete die junge Geschäftsfrau aufmerksam und fand sie einfach bezaubernd. Sie hatte ihr welliges Haar zu einem lockeren Knoten auf den Hinterkopf zusammengesteckt, was sie erwachsener aussehen ließ, dies aber auf eine attraktive Weise. An den Ohren, um den Hals und an den Handgelenken trug sie aparten, goldgefassten Bernsteinschmuck, selbst gestaltet, wie Fuchs annahm. Die goldbraunen Steine passten perfekt zu ihren Rehaugen und dem wie Bronze glänzenden Haar. Sie trug einen locker fallenden Baumwollpulli mit weitem Halsausschnitt und halblangen Ärmeln, dazu einen engen kniefreien Rock und zierliche hochhackige Sandalen, alles in Weiß. Das Weiß brachte ihre leicht gebräunte Haut an Hals, Armen und Beinen optimal zur Geltung, fand Fuchs, dessen italienische Mutter ihm auch einen ausgeprägten Sinn für Schönheit mitgegeben hatte. Gegen Carlottas elegante Erscheinung wirkte die jugendliche Hübschheit der beiden jungen Kundinnen geradezu alltäglich.

Diese Frau kann doch niemals eine Mörderin sein, überlegte Fuchs.

Carlotta hatte ihr Verkaufsgespräch beendet und wandte sich freundlich lächelnd dem Detektiv zu, der sie immer noch verzückt anstarrte.

»Was ist? Habe ich etwas Merkwürdiges an mir?«, fragte sie verwundert.

»Nein, nichts Merkwürdiges. Ich finde nur, dass Sie wunderschön sind, Carlotta.«

Carlotta lachte. Eine leichte Verlegenheitsröte stieg in ihr Gesicht. »Sie sind wirklich ein Charmeur! Stimmt es, dass Sie zur Hälfte Italiener sind, Herr Fuchs?«

Fuchs wurde ernst.

»Carlotta, lassen Sie uns über den Auftrag reden, den Sie mir erteilt haben. Ich glaube, ich habe ihn erfüllt, und wir können unser Geschäftsverhältnis als beendet betrachten.«

»Aha?« Carlotta führte ihn in die Werkstatt und wies auf den kleinen Sessel, während sie selbst sich auf den Hocker am Arbeitstisch setzte. »Also wissen Sie nun, wer Christoph Fischer ermordet hat?«

Fuchs zögerte. »Also, das ist so.« Er erzählte in aller Ausführlichkeit, was Julie Sommer und er in Tschechien erlebt hatten. Carlotta hörte aufmerksam zu, ohne ihn zu unterbrechen. »Wir haben also die Drogenangelegenheit vollständig aufgeklärt. Allerdings den Mord noch nicht ganz. Denn die beiden Komplizen Fischers, Meunier und Wegmann, haben wie der Tscheche ein wasserdichtes Alibi für die Tatzeit. Sie können es also nicht gewesen sein.«

»Nun, dann müssen Sie eben nach anderen Möglichkeiten suchen. Haben Sie schon eine Idee?«

»Ja. Die Polizei wird den jungen Nordmann, Saschas Freund, noch einmal überprüfen. Außerdem …«

Fuchs brachte es nicht fertig, die junge Frau zu fragen, wo sie am Donnerstagnachmittag letzter Woche zwischen 16 und 17 Uhr gewesen sei. Auch wenn ihr klar war, dass er sich nur vergewissern wollte, dass sie nicht die Täterin gewesen sein konnte, wäre allein der Verdacht schon eine Beleidigung, und er wollte sie auf keinen Fall verletzen.

»Außerdem …? Was wollten Sie sagen?«, fragte Carlotta und sah ihn neugierig an.

In diesem Moment klingelte Fuchs' Handy. Selten war ihm eine Unterbrechung so willkommen gewesen.

»Entschuldigung«, murmelte er und fischte das Telefon aus der Hosentasche.

»Ja, Frau Kommissarin?« Er warf Carlotta einen bedeutsamen Blick zu und lauschte in den Hörer, während sie ihn gespannt ansah. Er stellte das Smartphone auf laut, damit Carlotta mithören konnte.

»Herr Fuchs, wir hatten recht. Der Junge war's!«

»Was? Wie haben Sie das so schnell …«

»Ich habe mir die Sachen von Patrick kommen lassen, die er bei seinem Unfall bei sich hatte. Sie hatten doch gesagt, er trüge das Taschenmesser immer bei sich, erinnern Sie sich? Und was glauben Sie, das Messer war bei seinen Sachen!«

»Und? Sie haben es natürlich sofort untersuchen lassen auf Blutrückstände …«

»Ja, habe ich. Natürlich hat der Bursche es gründlich gereinigt. Aber unsere Leute von der Kriminaltechnik finden auch noch die allerkleinste Spur von Blut, und wenn es nur ein Molekül ist. Und sie hat Blut gefunden!«

Der Triumph in Julie Sommers Stimme war selbst durchs Telefon zu hören.

»Und es ist natürlich Christoph Fischers Blut, ja?«

»Ja. Der Junge ist der Mörder. Das ist der Beweis.«

Fuchs und Carlotta sahen sich an und nickten sich zu.

»Soll ich mitkommen, wenn Sie Patrick mit den Erkenntnissen der Polizei konfrontieren?«

»Ja, darum wollte ich Sie bitten, deshalb mein Anruf. Sie kennen die beiden jungen Männer besser als ich. Ihre Anwesenheit könnte hilfreich sein.«

Fuchs legte auf. Übers ganze Gesicht grinsend, sah er Carlotta an. Dann sprang er auf, riss sie in seine Arme und drückte sie fest an sich. Es war neben der Freude über den gelösten Fall auch die Erleichterung, dass ihn seine Menschenkenntnis in Bezug auf die Designerin nicht getrogen hatte. Im Stillen leistete er Carlotta Abbitte dafür, dass er sie überhaupt ernsthaft als Täterin in Erwägung gezogen hatte. Er ließ die verblüffte Juwelierin wieder los und lächelte sie an.

»Mein Auftrag ist damit erledigt, liebe Carlotta.«

Carlotta zupfte verlegen ihren Pulli zurecht und strich sich über ihre Haare.

»Ja, das ist er. Vielen Dank, Herr Fuchs! Das war großartige Arbeit.«

Hm, dachte Fuchs, als er wenig später den Schmuckladen verließ. Ob sie das auch noch denkt, wenn sie meine Rechnung bekommt?

48. KAPITEL

Fuchs traf Julie im Eingangsbereich des Krankenhauses, in dem die beiden jungen Männer lagen. Er fand, dass die Kommissarin sehr zufrieden aussah. Ihr blonder Pferdeschwanz hüpfte bei jedem ihrer Schritte unternehmungslustig von einer Seite zur anderen, als sie neben ihm die langen Korridore der Klinik entlang eilte.

»Ich bin gespannt, was Patrick sagen wird«, meinte sie. »Wie konnte er nur so dumm sein und die Tatwaffe bei sich behalten.«

Fuchs schwieg. Er konnte sich vorstellen, warum der Jugendliche sich von seinem Messer nicht hatte trennen können. Es hatte mit der Rolle zu tun, die sein Vater für ihn spielte.

Sie waren bei dem Zimmer, in dem Patrick Nordmann lag, angekommen.

»Ich werde die Vernehmung mit meinem Rekorder aufnehmen, so bekommt sie gleich etwas Offizielles«, sagte Julie.

Sie klopfte an und öffnete die Tür. Zwei Augenpaare sahen ihnen entgegen: Sascha Birkmeier, in Bademantel und Pantoffeln, saß am Bett, in dem Patrick Nordmann mit dicken Verbänden am Arm und Bein lag. Patrick sah immer noch recht mitgenommen aus, fand Fuchs, aber er ähnelte dem jämmerlichen Elend, das er vor ein paar Tagen gewesen war, nur noch wenig. Sascha hingegen wirkte erholt und wesentlich entspannter als beim letzten Mal.

»Hallo, ihr beiden«, begrüßte er die jungen Männer und gab jedem die Hand. »Wie geht es euch inzwischen?«

»Schon viel besser«, antwortete Sascha. Anscheinend tat es ihm gut, seine Homosexualität nicht mehr geheim halten zu müssen, denn er hielt ungeniert Patricks Hand. Außerdem schien er die schlimmsten Entzugserscheinungen überwunden zu haben. In dem lädierten Gesicht Patricks hingegen spiegelte sich deutliche Besorgnis, und er entzog Sascha verlegen seine Hand.

Julie nahm sich einen Stuhl, holte ihren Rekorder aus der Tasche und wandte sich an den Verletzten im Bett. »Wir sind hier, weil wir mit dir, Patrick, sprechen müssen. Es geht um den Mord an Christoph Fischer.« Der Tonfall, in dem die Kommissarin sprach, ließ keinen Zweifel an dem Ernst der Lage aufkommen. Sie richtete sich an Sascha. »Würdest du uns bitte allein lassen, Sascha? Es betrifft nur Patrick.«

Erschrocken sah Sascha seinen Freund an. Er griff nach Patricks Hand. »Wieso …? Was gibt es denn?«

Patrick drückte seine Hand. »Sascha darf ruhig hierbleiben. Er soll alles wissen.«

»Ganz wie du willst.« Julie stellte den Rekorder an. »Du erlaubst doch?« Ohne seine Antwort abzuwarten, sprach sie in das Mikrofon: »Dies ist ein offizielles polizeiliches Verhör. Anwesend sind Sascha Birkmeier, Patrick Nordmann, Detektiv Fuchs sowie Oberkommissarin Julie Sommer. Es ist Mittwoch, der 26. Juni 2019, 17.20 Uhr.«

Das junge Gesicht Patricks war eine Spur blasser geworden. Er presste Saschas Hand so sehr, dass die Fingerknöchel weiß hervortraten. Seine Hautfarbe wurde noch eine Nuance blasser, als Julie eine Plastiktüte mit seinem Messer aus ihrer Tasche holte und vor sein Gesicht hielt.

»Ist das Ihr Messer, Patrick?«

»Woher haben Sie das?«, fragte der Junge leise.

»Es war bei Ihren Sachen, als Sie hier ins Krankenhaus eingeliefert worden sind. Gehört dieses Taschenmesser Ihnen?«

»Ja.«

Patrick Stimme war nur noch ein Hauch. Er fing an, Fuchs leidzutun, aber er hütete sich, das Verhör zu unterbrechen. Die Kommissarin wusste, was sie tat.

»Wir haben dieses Messer untersuchen lassen«, sagte Julie in sachlichem Ton.

»Untersuchen lassen? Wieso denn untersuchen lassen?«, rief Sascha ungläubig, während Patrick die Augen niederschlug und schwieg.

»Wir haben das Messer auf Blutspuren untersuchen lassen«, fuhr die Kommissarin ungerührt fort. »Auf Blutspuren von Christoph Fischer.«

»Wieso? Glauben Sie etwa, Patrick hat …?« Saschas Stimme versagte.

»Sie haben das Messer zwar gründlich gereinigt, Patrick, aber unsere Leute von der Kriminaltechnik haben trotzdem Reste von Blut gefunden«, fuhr Julie fort, ohne sich um Sascha zu kümmern. »Und es ist tatsächlich das Blut von Christoph Fischer. Haben Sie etwas dazu zu sagen, Patrick?«

Patrick reagierte nicht. Stattdessen schrie Sascha: »Patrick! Sag doch etwas!« Er ließ Patricks Hand los und schüttelte ihn mit beiden Händen an den Schultern. »Das ist doch nicht wahr, Patrick, sag doch endlich, dass das nicht wahr ist!«, rief er verzweifelt.

»Ist schon gut, Sascha«, antwortete Patrick leise. »Es ist vorbei. Ja, ich war es.«

Fassungslos starrte Sascha seinen Freund an. Patrick lächelte ihn traurig an. Fuchs fand, dass der junge Mann auf einmal sehr erwachsen wirkte.

»Ich werde Ihnen alles sagen, Frau Kommissarin«, sagte Patrick mit fester Stimme. Er richtete sich in seinem Bett etwas auf und fing an zu erzählen.

»Es war am Donnerstag letzter Woche …«

Patrik Nordmann fuhr mit seinem Moped durch die Straßen Fuhlsbüttels und wusste nicht, was er tun sollte. Er fühlte sich schrecklich. Wie hatte er nur zulassen können, dass Sascha in diese furchtbare Situation geraten war. Der Arme! Wie leid er ihm tat! Wie sehr er ihn liebte! Jetzt lag er da im Krankenhaus mit dem Verband um die Brust, hatte Schmerzen und dazu noch die Entzugserscheinungen. Wenn er ihm doch nur helfen könnte!

Patrick verließ die Hauptstraße und kurvte in den Nebenstraßen herum.

Immer wieder drängte Sascha ihn dazu, doch zu ihrer Liebe zu stehen und sich zu outen. Aber nein, das konnte er nicht! Was würde seine Mutter dazu sagen, wenn sie erfuhr, dass ihr Sohn schwul war? Und die Jungs in der Schule! Nein, er würde sie nicht ertragen, diese schiefen Blicke, die offenen oder versteckten Anzüglichkeiten. Gerade er, Patrick, der immer so stark und sportlich war, der sich cool und tough gab, der eben ein richtiger Mann war. Wie sein Vater. Sein Vater, der genau gewusst hatte, was ein richtiger Mann war. Ein Mann, der vor nichts Angst hatte, der sich behauptete in der Welt, der sich durchsetzte. Wie Patrick ihn bewundert hatte, seinen Vater! Er war so stark gewesen, so selbstsicher! Und er hatte genau gewusst, wie man mit Frauen umgehen musste. Frauen wollten keinen Schlappschwanz, keine Warmduscher oder Weicheier. Für Homosexuelle hatte sein Vater nur Verachtung übriggehabt, hatte gespottet über diese Perversen, hatte sich vor Ekel und Abscheu geschüttelt, wenn er sich die Dinge vorstellte, die diese Tunten miteinander trieben. Unnatürlich sei das, hatte er gesagt, während sie am Lagerfeuer die selbst gefangenen und ausgenommenen Fische brieten. Noch heute erinnerte Patrick sich an den Duft der gebratenen Forellen, die sie mit den Fingern gegessen hatten. Er hatte sich stark und unbesiegbar gefühlt, zusammen mit seinem Vater, den er auch heute noch unsagbar liebte und bewunderte. Selbst dafür, dass er ihn und seine Mutter verlassen hatte, bewunderte er ihn. Er hatte eben eine jüngere und attraktivere Frau gefunden und die Konsequenzen gezogen. Cool eben. Was würde er sagen, wenn er je erfahren sollte, dass sein Sohn zu den Homos gehörte, die er verachtete? Nein, er, Patrick, könnte es nicht ertragen, wenn sein Vater es erführe. – Aber da gab es Sascha, den lieben, verletzlichen, zärtlichen Sascha, der ihn liebte! Was sollte er nur machen?

Patrick hatte gar nicht bemerkt, dass er gewohnheitsmäßig den Weg zum Flughafen genommen hatte und bei den Lagerräumen gelandet war. Richtig, heute wollte Fischer, dieses Arschloch, wieder neue Ware bringen. Er sah auf die Uhr: 16.15 Uhr. Ob er schon da war? Tatsächlich, da stand der Porsche, Fischers blödes Angeberauto. Natürlich etwas versteckt hinter den anderen Autos, damit man es nicht in Verbindung bringen konnte mit dem Lagerraum. Immer übervorsichtig, der

Typ. Patrick fühlte, wie die Wut in ihm wieder hochstieg, wenn er daran dachte, was Sascha ihm erzählt hatte. Dieser Mistkerl hatte JJ und Bulli angestiftet, Sascha zu quälen und ihn zu zwingen, bei dem Überfall auf den Laden seiner Schwester mitzumachen. Und wahrscheinlich hatte er auch die ganze Beute eingesackt, dieser Verbrecher!

Er stellte den Roller ab und näherte sich dem Gebäude. Leise öffnete er die Tür und betrat den Raum. Richtig, da stand der Arsch am Tisch und war dabei, den Stoff abzuwiegen und in kleine Tütchen zu füllen. Verdiente wahrscheinlich Tausende daran. Jedes Gramm kostete 100 Euro! Das Mistzeug hatte Sascha zu einem Wrack gemacht und ihn dazu gebracht, einen Haufen Schulden anzuhäufen. Hätte er es doch nie probiert, der Arme!

Fischer schaute sich kurz um, als er ihn kommen hörte.

»Hallo, Patrick! Du kommst gerade richtig. Komm, du kannst mir helfen beim Eintüten.«

»Nee, keine Lust.« Patrick steckte seine Hände in die Hosentaschen und trat näher an den Tisch heran.

Fischer warf ihm einen kurzen Blick zu.

»Was ist? Hast du irgendwas?«

»Allerdings! Was haben JJ und Bulli mit Sascha gemacht? Haben Sie ihnen gesagt, sie sollen ihn fesseln und verprügeln, bis er bei diesem schwachsinnigen Überfall mitmacht? Was haben Sie sich dabei gedacht? Und die Beute stecken Sie natürlich alleine ein, ist es nicht so?«

Fischer schaute nicht einmal von seiner Tätigkeit auf.

»Hat die kleine Schwuchtel sich bei dir beschwert? Konnte ich mir denken. Dieses Weichei. Keine Eier in der Hose. Hat was abgekriegt, sein Pech. Ist eben schiefgelaufen. Aber er wird's ja überleben, also halb so schlimm.

Immerhin kann er mit den Juwelen seine Schulden bezahlen.«

Er fuhr fort, winzige Mengen Crystal Meth mit der Feinwaage abzumessen und in die Plastiktüten abzufüllen.

»Er hat einen Steckschuss in der Lunge, das ist kein Kinderspiel!«

»Na und? Was geht dich das an?« Fischer maß Patrick mit einem abschätzigen Seitenblick. »Oder hast du etwa was mit dem kleinen Homo?« Er hielt inne mit dem Abwiegen, musterte Patrick, der mit vor Zorn glühenden Wangen neben ihm stand, und fing laut an zu lachen. »Ach so! Du bist auch so ein verdammter Schwuler! Habt ihr was miteinander, ihr zwei Schwuchteln? Kein Wunder, dass ihr dauernd miteinander rumhängt.« Wieder lachte er sein verächtliches Lachen. »Hätte ich dir ja gar nicht zugetraut, bei deiner sportlichen Figur. Aber man sagt ja, die Maskulinen sind die besten Schwanzlutscher.«

Patrick fühlte, wie eine ungeheure Wut in ihm hochstieg, eine Woge von Zorn, brennend und heiß wie glühende Lava. Er fühlte das Messer in seiner Hosentasche, das Messer, das sein Vater ihm geschenkt hatte. Jeder richtige Mann braucht ein Taschenmesser, hatte er zu ihm gesagt, als er es ihm zu seinem 13. Geburtstag überreichte. Patrick zog das Messer aus der Tasche, klappte es auf und stieß es dem Mann in den Bauch. Auf dem Gesicht Fischers zeigte sich ungläubiges Erstaunen. Er presste die Hände auf die Wunde. Zwischen seinen Fingern quoll dunkelrotes Blut hervor. Langsam sank er in die Knie, krümmte sich nach vorne und fiel auf den Holzboden.

Patrick stand da und starrte auf das Messer in seiner Hand. Es war voller Blut. Er wischte es an seinen Jeans ab, klappte es zusammen und steckte es zurück in seine Hosentasche. Er würde es zu Hause gründlich reinigen müssen, ging ihm durch den Kopf. Ihm schien, als stünde er neben sich und beobachtete, was er nun tat. Beobachtete, wie er den Lagerraum verließ, auf sein Moped stieg und nach Hause fuhr. Beobachtete, wie er mit einer Bürste und Scheuermittel das Messer reinigte, bis keine Spur von dem Blut mehr zu sehen war. Wie er seine blutverschmierten Jeans in die Waschmaschine steckte, Waschpulver einfüllte und den 60 Grad-Waschgang anstellte. Wie er sich eine saubere Hose anzog und sich auf sein Bett legte. Dann wurde ihm plötzlich schlecht. Er erbrach sich über der Toilettenschüssel wieder und wieder, bis nur noch bittere Galle kam.

Als Patrick seinen Bericht beendet hatte, blieb es in dem stickigen Krankenzimmer eine Weile still. Patrick drehte sein schweißnasses Gesicht zur Seite und starrte die Wand an. Sascha nahm seine Hand in seine beiden und drückte sie fest. Fuchs wechselte einen Blick mit Julie. Die Kommissarin räusperte sich.

»Danke, dass du uns alles erzählt hast, Patrick. Wir lassen dich jetzt erst einmal in Ruhe. Später sehen wir weiter.« Sie stellte das Aufnahmegerät aus und stand auf.

Fuchs erhob sich ebenfalls. Er nickte den beiden jungen Männern zu und verließ mit Julie den Raum.

»Das sieht ganz nach Totschlag im Affekt aus, wenn ich das richtig sehe«, sagte er, während er neben Julie herging.

Sie nickte. »Sie tun mir leid, die beiden. Es wird nicht leicht für sie werden in der nächsten Zeit.«

Dem konnte Fuchs nur zustimmen.

49. KAPITEL

Fuchs kochte Pudding. Während die betagte Stereoanlage die Wohnung mit den unsterblichen Klängen der Ouvertüre zu Verdis *Aida* erfüllte und Lady von ihrem Polster aus jede Bewegung ihres Herrchens beobachtete, gab Fuchs mit großer Sorgfalt den Zucker zu dem Puddingpulver, vermischte beides zunächst miteinander, dann mit der genau abgemessenen Menge Milch und verrührte alles solange, bis kein Klümpchen mehr zu sehen war. Sodann wartete er geduldig, bis die Milch, die er in einem Topf auf den Herd gestellt hatte – es war ein guter Liter – anfing zu kochen, nahm sie von der heißen Platte und gab die Puddingmischung nach und nach unter ständigem Rühren in die heiße Milch. Anschließend stellte er den Topf wieder auf die Herdplatte und ließ den Pudding noch einmal kurz aufkochen. Sorgfältig darauf achtend, richtig zu portionieren, füllte er schließlich den noch flüssigen heißen Pudding in die vorbereiteten Glasschälchen, die er vorher mit kaltem Wasser ausgespült hatte, damit sie nicht durch die plötzliche Hitze zersprangen. Zufrieden betrachtete zum Schluss sein Werk. Das würde für die nächsten Tage erst einmal reichen, sagte er sich, als er die Schälchen in den Kühlschrank einordnete.

Entspannt ließ Fuchs sich auf sein Sofa fallen und streckte die langen Beine aus. Lady kam, sprang auf seinen Bauch, drückte ihren Kopf an seinen Hals und wollte gestreichelt werden. Während er der Aufforderung nachkam, was ihm die Katze umgehend mit einem tiefen Schnurren dankte, dachte Fuchs über seinen erfolgreich abgeschlossenen Fall nach.

Er empfand eine gewisse Genugtuung dabei zu wissen, zumindest eines der vielen Drogennester ausgehoben und damit verhindert zu haben, dass dieses Teufelszeug Crystal Meth weiter in Fuhlsbüttel und anderen Teilen Hamburgs an Kinder und Jugendliche verkauft wurde. Die beiden jungen Männer, Sascha Birkmeier und Patrick Nordmann, taten ihm leid, aber sie waren alt genug, für ihre Handlungen geradezustehen. Der junge Nordmann würde sich wegen Totschlags im Affekt verantworten müssen und für einige Jahre ins Gefängnis wandern, auch wenn er noch nach dem Jugendstrafrecht verurteilt werden würde. Sascha Birkmeier würde wahrscheinlich mit einer Bewährungsstrafe davonkommen, aber immerhin war er an dem Raubüberfall auf den Laden seiner Schwester maßgeblich beteiligt. Die beiden Kleinkriminellen, Meunier und Wegmann, würden nicht nur wegen Verbreitung und Verkauf von verbotenen Betäubungsmitteln angeklagt werden, sondern auch wegen des Überfalls auf ihn, Fuchs. Vielleicht mussten sie ihm sogar Schmerzensgeld bezahlen, auf jeden Fall aber einen Schadensersatz für seine Kamera. Bei dem Gedanken an die betretenen Gesichter der beiden, wenn der Richter ein entsprechendes Urteil verkünden würde, zeigte sich ein breites Grinsen auf Fuchs' Gesicht.

Wenn er an die Familie Fischer dachte, an die betagten Eltern und die Schwester, fühlte Fuchs echtes Bedauern. Nicht nur dass sie den Sohn und Bruder verloren hatten, sie mussten sich zudem damit abfinden, dass er ein skrupelloser Verbrecher gewesen war. Interessant, dachte Fuchs, dass es nicht seine kriminellen Machenschaften gewesen waren, die Fischer zum Verhängnis geworden waren, sondern seine menschenverachtende Einstellung Andersdenkenden gegenüber. Fuchs konnte ihn nicht bedauern.

Plötzlich glitt ein Lächeln über sein Gesicht. Diese junge Kommissarin: alle Achtung! Wie sie die Motorradfahrt nach Tschechien bewältigt hatte! Und wie selbstbewusst und professionell sie ihre Arbeit anging! Dabei so sexy mit ihren Katzenaugen und den netten Grübchen. Allerdings konnte sie auch ausgesprochen kratzbürstig und angriffslustig sein. Auf jeden Fall eine interessante Person, die Frau Kriminaloberkommissarin.

Fuchs stand auf und setzte die Katze auf den Boden, was Lady mit einem unwilligen Miauen quittierte. Er musste noch seinen Abschlussbericht und die Rechnung fertigstellen für Carlotta Birkmeier. Die schöne junge Frau würde ihrer unglücklichen Beziehung zu Christoph Fischer sicher nicht lange nachtrauern. Sie war stärker, als sie glaubte. Ihr Bruder konnte froh sein, solch eine Schwester zu haben.

Auf dem Schreibtisch lag die Karte, die sein neuer Mandant, Doktor Weidenbaum, zurückgelassen hatte. Richtig, der aktuelle Fall. Das Wochenende in Boltenhagen kam wie gerufen. Job und Freizeit miteinander zu verbinden, was Besseres konnte sich der Detektiv nicht vorstellen. Er würde Herrn Weidenbaum bald anrufen.

Aber nicht mehr heute. Heute Abend würde er endlich das Versprechen einlösen, das er Hannes Olthus gegeben hatte. Der Mann hatte sich ein Bier redlich verdient. Er griff zu seiner Lederjacke und dem Motorradhelm.

»Tschüss, Lady. Ich gehe jetzt. Kann spät werden«, sagte er. Gelassen schaute ihm die Katze hinterher und fing an, sich zu putzen.

ENDE

Weitere Titel finden Sie auf den folgenden Seiten und im Internet:

WWW.GMEINER-VERLAG.DE